圖文普及本

西遊記

中華書局

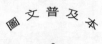

□

出版

中華書局（香港）有限公司

香港北角英皇道 499 號北角工業大廈一樓 B
電話：(852) 2137 2338　傳真：(852) 2713 8202
電子郵件：info@chunghwabook.com.hk
網址：http://www.chunghwabook.com.hk

□

發行

香港聯合書刊物流有限公司

香港新界荃灣德士古道 220-248 號
荃灣工業中心 16 樓
電話：(852) 2150 2100　傳真：(852) 2407 3062
電子郵件：info@suplogistics.com.hk

□

版次

2002 年 10 月初版
2024 年 11 月第 20 次印刷
© 2002 2024 中華書局（香港）有限公司

□

ISBN：978-962-231-472-6

目　錄

水簾洞石猴稱王

第一章

相傳盤古開天辟地後，世界分為四大部洲，依東西南北方位稱為東勝神洲、西牛賀洲、南贍部洲、北俱蘆洲。

四洲之首的東勝神洲境內有一國土，名為傲來國。這傲來國毗近大海，海中有一座名山，叫花果山。

花果山上丹崖怪石，削壁奇峯。丹崖上，時常有成雙的五彩鳳凰在鳴啼；削壁前，總可見一頭威武的麒麟獨自躺臥着。山上有成片成片的樹林，林中有壽鹿仙狐、靈禽玄鶴；瑤草奇花不謝，青松翠柏長春。

花果山頂上，有一塊石頭。最初，

1

這塊石頭和其他石頭一樣平淡無奇。漸漸地，它顯現出了仙石的樣子，竟然長高長大，一直長到三丈六尺五寸高，二丈四尺圍圓才停止；接着上面又自然出現了十七個孔竅，其排列方位竟然和九宮八卦的位置分佈一模一樣，不差分毫，令人嘖嘖稱奇。這塊仙石常受日月精華，竟漸有靈通之意。有一天，它忽然迸裂，從中滾出一個圓球樣的石卵來。石卵見風，變成了一個石猴，五官俱備，四肢皆全。這石猴一出世就學爬學走，朝四面八方禮拜。他的兩隻眼睛還發出兩道強烈的金光，一直沖到天上。當時，玉皇大帝正在金闕雲宮的靈霄寶殿上聚集眾仙卿議事，見下界金光焰焰，吃了一驚，不知是什麼東西，便命千里眼、順風耳開了南天門觀察。那二員神將奉旨出門外，看得真，聽得明，須臾向玉帝回報：「金光之處是東勝神洲傲來國的花果山，山上有一仙石，石產一卵，見風化一石猴，在那裏拜四方，眼運金光，射沖斗府。他吃了食物後，金光就會消失的。」玉帝聽了，不以為然道：「下方之物，乃天地精華所生，不足為異。」

　　這石猴自出世後就住在花果山上，食草木，飲澗泉，採山花，覓樹果，倒也自在消遙。石猴在終日遊逛中，結交了許多朋友，都是些虎豹豺狼、獐鹿獼猿。一日，天氣炎熱，石猴和一羣猴子在松樹林裏避暑。猴性無閒，避暑也不太平，其中頑劣的，一個個跳樹攀枝，挖泥拋沙，互相爭鬥，弄出一身大汗。石猴見狀，便提議去山澗中洗澡。

　　花果山中這條山澗的水源源不斷從上游奔流下來，好似滾瓜湧濺。眾猴子在澗中洗了一會澡，爬上岸來。有一個老猴說：「這股水，我從小就見它似這般洶湧地從上面流下來，卻不知道源頭在哪裏？"另一個猴子說："我們何不順澗邊一直往上走，去尋找源頭，順便玩耍玩耍。"

這個主意應該說是不錯的，但大多數猴子卻有些膽小，擔心去上游的路上會遇上妖魔鬼怪，遭來不測之禍，因此都臉露遲疑之色，腳下不肯挪動。這時，那石猴笑道："這花果山就是我們的家，有什麼可懼怕的！這樣吧，我來領頭，有什麼危險，由我負責應付，保大家太平無事！"

眾猴素知石猴膽大勇敢，朋友又多，見他肯領頭，頓時膽壯氣足，於是發一聲喊，成羣結伙地一齊順着澗流往山上爬去。爬了好久，總算到了山澗盡頭，發現是一股瀑布，飛流直下，形成了澗水。

眾猴站立，欣賞了一會瀑布，拍手稱讚道："好水！好水！"

石猴出世　戴敦邦　畫

有一個猴子問：「這股瀑布是不是山澗溪流的源頭？」

眾猴議論紛紛，有說是，有說不是。於是有猴子說：「是與不是，鑽進瀑布去探看一下就知道了。若是，則瀑布後面無水；若不是，則後面就另有源頭。」

眾猴都說言之有理，但誰也不敢鑽進瀑布去。大家就議論：「哪一個有本事的，鑽進去探看後又出得來並且不傷身體的，我們就拜他為王！」

那石猴聽了，從眾猴中跳出來高聲叫道：「我進去！我進去！」

眾猴一看，見又是石猴。大家一齊點頭，說只有他大概才行。也有個別膽小的猴子，拉着石猴的手勸他不要莽撞。石猴笑道：「沒事！沒事！我進得去，也就出得來。」

當下，石猴走到山澗邊，閉目蹲身，一個竄跳，躍入瀑布之中，雙腳往下一伸，竟然安全着地。石猴睜開眼睛一看，裏面無水亦無波，卻是明明朗朗的一架橋梁。

石猴覺得奇怪，自言自語道：「怎麼有一架橋梁？」再定睛觀看，原來是一座鐵板橋，橋下的水沖貫於石竅之間，倒掛流出來，遮閉了橋門。

石猴尋思：這橋那邊不知是怎樣一個世界，我何不過去探看一番！於是，石猴走上橋頭，慢慢地往前行。過了橋，只見橋邊有幾株茂盛青翠的松樹，樹旁還有幾叢翠竹，竹邊鮮花怒放。再往裏望，乃是一座天然石房。石猴走進去，一看之下，喜不自禁，原來石房內有現成的石鍋、石灶、石碗、石盆、石牀、石凳。

石猴欣喜萬狀，在石房內跳來躍去，石牀上躺躺，石凳上坐

4

坐，捧捧石盆，拿拿石碗，玩了一陣。這時，石猴發現石房正當中有一塊石碑，碑上鐫刻着一行楷體大字：花果山福地，水簾洞洞天。

石猴喜道："原來這裏名喚水簾洞，倒是可作為我們的安家處所。"

石猴忙着要告訴同伴們，急急往外走，到了瀑布邊，閉目蹲身，跳了出去。

卻説外面眾猴見石猴進入瀑布許久也無動靜，心裏都有些不安，正竊竊私語時，忽見石猴跳了出來，不禁歡呼雀躍，把石猴團團圍了起來。

石猴笑道："呵呵，大造化！大造化！"

眾猴問道："裏面怎麼樣？水有多深？"

石猴説："裏面沒水，是一座鐵板橋，橋那邊是一座天造地設的家當。"

眾猴不解，追問究竟是怎麼一回事。

石猴説道："這股水是從橋下沖貫石

美猴王　孟慶江　畫

竅，倒掛下來遮閉門戶的。橋邊有花有樹，是一座大石房。房內有石鍋、石灶、石碗、石盆、石牀、石凳。中間一塊石碑上，刻有‘花果山福地，水簾洞洞天’的文字。洞內很寬闊，容得下千百口老小，是個極好的安身之處。我想，我們都可以進去住，省得風霜雨露地飽受老天之氣。”

眾猴一聽，皆大歡喜，紛紛央求道：“你快帶我們進去！”

石猴叫聲“好”，帶眾猴到澗邊，閉目蹲身，往瀑布裏一跳，早落在鐵板橋上，高聲叫道：“都隨我進來！進來！”

外面那些猴子，一個個心癢難熬，膽子大的，都學着石猴的樣子，往裏跳了進去；膽子小的，急得伸頭縮頸，抓耳撓腮，高聲叫喊，但最終還是壯着膽子，都跳進去了。

眾猴進了水簾洞，見裏面景狀果然如石猴所述，皆興奮不已，一個個搶盆奪碗，佔灶爭牀，搬過來，移過去，正是猴性頑皮，無一刻安寧，直搬得力倦神疲方止。

這時，石猴往高處一坐，叫道：“各位，常言道：‘人而無信，不知其可。’你們剛才説有本事進得來，出得去，不傷身體者，就拜他為王。我如今進來又出去，出去又進來，尋了這一個洞天給你們安眠穩睡，各享成家之福，你們為什麼還不拜我為王？”

眾猴聽了，皆無異議，都衝石猴拱伏在地，按年齡長幼排班，朝上禮拜，齊呼“千歲大王”。

於是，石猴高登王位。他自稱“美猴王”，又在猿猴、獼猴、馬猴等各類猴羣中，分派了君臣佐使。自此，美猴王受眾猴擁戴，朝遊花果山，暮宿水簾洞，不勝歡樂。

方寸山求師訪道

第二章

　　朝去暮來，不覺二三百年過去了。有一天，美猴王在與羣猴喜宴時，忽然發起愁來，並掉下了眼淚。

　　眾猴見狀，慌忙拜問：「大王為何煩惱？」

　　原來，美猴王想到自己眼前雖然快樂，但將來年老血衰，難免被閻羅大王拘去，所以覺得十分悲傷。他一說心思，許多猴子都掩面悲啼。這時，一個通背猿猴跳出來對美猴王說，世上有三等人不伏閻羅大王所管，可以長生不老。美猴王聽了，忙問是哪三等人。

　　通背猿猴說：「是佛、仙、神聖三者，他們不生不滅，與天地山川齊壽。」

　　猴王問：「此三者住在哪

裏？"

通背猿猴回答："據我所知，他們只在天地世界之中，古洞仙山之內。"

猴王聽了，滿心歡喜，説："我明天就辭別你們下山，雲遊海角，遠涉天涯，務必訪得此三者，學一個長生不老之術，永遠躲過閻王的勾魂之災。"

次日，羣猴採來各種水果，大擺宴席，為美猴王餞行。一些小猴又用竹子編了個筏子，上面放些果品給美猴王作為旅途中的食物。美猴王和羣猴痛飲了一天，安睡一宿。第三天，美猴王獨自登筏，向大海中飄去。

美猴王乘筏航行數日，來到了南贍部洲地界。他棄筏上岸，只見海邊有人在捕魚、打雁、淘鹽，便走上前去，弄了個把戲，嚇得那些人四散奔逃。美猴王把他們脱下而來不及帶走的衣服穿在身上，搖搖擺擺，穿州過府，仿人禮節，學人言語，朝餐夜宿，一心要訪問佛仙神聖之道，覓個長生不老之方。他在南贍部洲串長城，遊小縣，一晃過了八九年，卻一直沒有訪問到佛仙神聖。

一天，美猴王行至西洋大海，尋思海外必有神仙，便自己動手製作了一個筏子，飄過西海，來到西牛賀洲地界。

美猴王登岸遍訪多時，忽然看到前面有座高山，林麓幽深，便爬上山去，邊爬邊看。忽然，他聽見樹林裏有人唱歌，歌詞內容帶有神仙意味。美猴王循聲尋去，只見一個樵夫在邊唱歌邊砍柴。美猴王上前施禮。交談之下，樵夫説他認識神仙。美猴王向樵夫問明了神仙的住址，便興沖沖地離去。

美猴王出了深林，找到路徑，過一山坡，又行了七八里，果然望見前面有一座洞府。美猴王走近去，只見洞前立着一塊石碑，上面鐫有一行十個大字：「靈台方寸山，斜月三星洞」。洞門緊閉，美猴王不敢敲門，就跳上洞前的松樹枝頭，摘松子吃着玩耍。

這三星洞裏住着一位神通廣大的神仙，名叫須菩提祖師。美猴王一到門口，那菩提祖師已知道了，就讓童子去把他領進來。

美猴王隨童子進入洞天深處，來到瑤台之下。只見菩提祖師端坐在台上，美猴王倒身下拜，磕頭不計其數，口中說：「師父！師父！我弟子志心朝禮！志心朝禮！」

祖師說：「你是哪方人氏？先說清鄉貫姓名再拜。」

猴王說：「弟子是東勝神洲傲來國花果山水簾洞人氏。」

祖師又問猴王姓什麼。猴王答稱自己沒有姓氏，又說了自己是如何出世的。祖師聽了，說：「如此說來，你是天地生成的。你起來走幾步給我看。」

猴王縱身跳起，拐呀拐的走了兩遍。

祖師看了笑道：「你這樣子很像個食松果的猢猻。我就從你身上取個姓氏，『猻』字去了獸旁，教你姓『孫』罷。」

猴王聽了，滿心歡喜，又朝上叩頭，請菩提祖師再賜個名字。

祖師說：「我門中有十二個字，為廣、大、智、慧、真、如、性、海、穎、悟、圓、覺，排到你正好是第十個字——悟，就給你起個法名叫『孫悟空』。」

從此，猴王就叫孫悟空。

孫悟空拜菩提祖師為師後，每天學言語禮貌，講經論道，習字焚香。閒時即掃地鋤園，養花修樹，尋柴燃火，挑水運漿。這樣，在洞中不覺過了六七年。

一天，菩提祖師登壇高坐，召集諸仙，開講大道。孫悟空在旁聽講，喜得他抓耳撓腮，眉開眼笑，忍不住手舞足蹈。祖師看見了，叫着悟空的名字道："你在班中，怎麼顛狂躍舞，不聽我講？"

孫悟空忙辯解說："聽師父講到妙處，十分高興，所以作此踴躍之狀。"祖師說："你既懂其中妙處，我即可以向你授道。我且問你，想學什麼道？"

悟空說："但憑尊師教誨，只要有些道氣兒，弟子便就學了。"

菩提祖師說教他一個"術"字門中之道。孫悟空問該道能否長生。祖師說不能，悟空就表示不想學。祖師改說教"流"道。悟空又問學該道能否長生，祖師還是搖頭，悟空便也不學。祖師又問悟空是否要學"靜"道或者"動"道，悟空都因那兩種道不能長生而大叫"不學"。

祖師聽了，"咄"的一聲，跳下高台，手持戒尺，指着悟空："你這猢猻，這也不學，那也不學，你準備怎樣？"說着，走上前去，用戒尺朝悟空頭上打了三下，倒背着手，走入裏面，將中門關了。這一看嚇得那班聽講的小仙個個驚懼，都埋怨孫悟空。悟空只是陪笑，心中竊喜。原來，悟空已破解其中之謎：師父打他三下，是讓他三更時分存心；倒背着手，走入裏面，把中門關上，是讓他從後門進去，傳他秘道。

當天晚上，將近三更時分，悟空悄悄爬起來，溜出寢室，來到後門。只見後門半開半掩，悟空入內，見祖師正在睡覺，就跪在臥榻前等候。一會兒，祖師醒來，見悟空跪在榻前，故作驚惱。悟空不慌不忙，説出了情由。祖師於是知道悟空果然是個天地生成的有緣之人。這樣，祖師就向他秘傳了長生之妙道。

過了三年，菩提祖師為使孫悟空能對付日後可能遇上的各種災難，決定再傳授給他能變化的上乘道術。這道術有兩種，一種叫天罡，可有三十六般變化；一種叫地煞，可有七十二般變化。祖師問悟空想學哪一種。

悟空説："弟子願多裏撈摸，學一個七十二般地煞變化罷。"

祖師點頭："既如此，上前來，傳你口訣。"

悟空上前跪下，祖師附耳低言，傳給他口訣。從此，悟空自修自煉，把七十二般變化都學成了。

一天傍晚，祖師與眾弟子在三星洞前觀賞晚景。

祖師設啞謎 戴敦邦 畫

祖師問孫悟空是否學會了飛舉騰雲，悟空答稱已會，祖師就讓他試演。悟空將身一聳，打了個連扯跟斗，跳離地有五六丈，踏雲霞去約有一頓飯工夫，往返不過三里遠近，落到地面，拱手道：「師父，這就是飛舉騰雲。」

祖師說：「你這個不叫騰雲，叫爬雲。所謂騰雲，是將四海之外，一日都遊遍。」

悟空連忙叩頭禮拜，求道：「師父，'為人須為徹'，索性捨個大慈悲，將這騰雲之法也傳授給我吧，決不敢忘恩。」

祖師說：「也罷，我就傳你個'筋斗雲'罷！」於是便向他傳授了口訣，又道：「學會這筋斗雲後，你捻着訣，念動真言，攢緊拳，將身一抖，跳將起來，一筋斗就有十萬八千里路哩！」

悟空將口訣默記在心。這一夜，他即運神煉法，會了筋斗雲。從此，悟空格外無拘無束，逍遙自在。

春歸夏至。一天，悟空和眾師兄在洞前松樹下閒聊。師兄們知道悟空已會地煞變化術，就請他表演一下。

悟空說：「眾師兄請出個題目，要我變成什麼？」眾人說：「就變棵松樹罷。」

悟空捻着訣，念動咒語，搖身一變，就變做一棵松樹。眾師兄見了，鼓掌呵呵大笑。喧嘩聲驚動了洞裏的菩提祖師，他拽杖出門來喝問何人在此喧鬧。眾人慌忙整衣向前，悟空也現了本相，雜在人羣中一起參拜。祖師喝問喧嘩原因，眾人不敢隱瞞，如實稟報。祖師聽罷，叫眾人都進洞去，只留下孫悟空一人。

祖師對悟空說：「我問你弄什麼精神，變什麼松樹？這個功夫，怎麼好在人前賣弄？假如你見別人有，不要求他？別人見你有，必然求你。你如果怕惹禍，就只好傳給他；如不傳他，人家必然會害你性命。"

悟空叩頭道："只望師父恕罪！"

祖師説："我也不怪罪你，但只是你去罷。"

悟空聽了，流着眼淚問："師父，叫我往哪裏去？"

祖師道："你從哪裏來，就回那裏去！"

悟空頓然醒悟："我自東勝神洲傲來國花果山水簾洞來的。"

祖師喝道："你快回去，全你性命；若在此間，斷然不可！"

悟空見祖師決心已定，決無回旋的餘地，只得拜辭。

祖師説："你離開這裏後，定有不良之舉。你無論怎樣惹禍行兇，都不許説是我的徒弟。你只要説出半個字來，我就

人前賣弄　戴敦邦　畫

13

知曉，會把你剝皮銼骨，將神魂貶在九幽之處，讓你萬劫不得翻身！"

　　悟空連忙說："我決不敢提起師父一字，只說是我自己學會的就是了。"

　　當下，孫悟空拜謝了須菩提祖師，縱起筋斗雲，只花了半個時辰，便回到了東勝神洲。

下東海龍宮借寶

第三章

　　孫悟空返回花果山，那些大大小小的猴子，都來參拜。羣猴向悟空稟告說：近來有一個自稱"混世魔王"的妖魔，經常來欺侮他們，搶去了許多東西，還準備強佔水簾洞。孫悟空聞言大怒，當即決定去找妖魔報仇。

　　孫悟空將身一縱，跳到空中，一路駕雲尋過去，不一會便找到了混世魔王藏身的水臟洞。悟空跳下去，命洞外的小妖去叫妖魔出來。那混世魔王出得洞來，悟空二話不說，衝上去拔拳就打。妖魔以為悟空武藝平常，便把手中的鋼刀扔下，與悟空徒手相搏。雙方拳打腳踢，一衝一撞。妖魔身高架大，不及悟空靈活，被悟空搯短脅，撞丫襠，着實挨了幾下。妖魔一看徒手鬥不過悟空，拿起鋼刀望悟空劈頭就砍。悟空急忙閃過，妖魔砍了個空。悟空見對方兇猛，便使了個"身外身"法術，拔一把毫毛，丟在口中嚼碎，望空拋去，叫一聲"變"，即變做二三百個小猴。這些小猴圍着妖魔前踴後躍，抱的抱，扯的扯，鑽襠的鑽襠，扳腳的扳腳，把妖魔弄翻在地下。悟空上去奪下妖魔的刀，一刀將妖魔砍成兩段。

悟空又率領小猴殺進洞裏，把那些小妖斬盡殺絕，這才將身子一抖，把毫毛收上身，然後縱起筋斗雲返回花果山。

悟空自此便把羣猴集中起來，安營下寨，終日操演武藝。初時用的是竹木削製的兵器，後來悟空尋思，萬一真有敵人來犯，竹木兵器難以禦敵，便決定去二百里外的傲來國京城搞些兵器。

悟空縱起筋斗雲，霎時間過了二百里水面，來到傲來國上空。悟空捻起訣來，念動咒語，吸上一口氣，呼的一吹，頓時狂風怒號，滿天飛沙走石。城內三市六街，都慌得關門閉戶，無人敢走。悟空下到地面，尋到兵器庫，開門一看，裏面有無數兵器，刀、槍、劍、戟、棍、弓、盾、矛，件件俱備。悟空大喜，當下使個"身外身"法，拔一把毫毛變做千百個小猴，將兵器盡數搬回了花果山。

次日，悟空會聚全山四萬七千餘隻猴子，各執武器，列隊成行。但見花果山漫山遍野的猴子，紛紛攘攘，陣容頗為壯觀。這威勢驚動了滿山野獸，山中七十二洞妖王，都來參拜，以悟空為尊。

悟空自己使的兵器，是從混世魔王那裏奪來的鋼刀，他使着覺得很不順手。有一老猴給他出了個主意："水簾洞前鐵板橋下直通東海龍宮，何不去向老龍王要件趁手的兵器。"悟空聞言甚喜："我這就去一趟龍宮。"

悟空跳至橋頭，使一個閉水法，捻着訣，"撲"的一聲鑽入波中，分開水路，來到東洋海底。一個巡海夜叉上來擋住，問明悟空身份，便去水晶宮向東海龍王敖廣稟報。敖廣連忙帶了龍子、龍孫、蝦兵、蟹將出宮迎接。

悟空進了水晶宮，敖廣命獻茶，然後問道："上仙幾時得道？授何仙術？"

悟空說："我自生身之後，出家修行，得一個無生無滅之體。近來教演子孫，守護山洞，卻缺少一件趁手的兵器。久聞賢鄰享樂水晶瑤宮，必有多餘神器，特來告求一件。"

龍王聽了，不好推辭，就吩咐鱖都司取出一把大杆刀奉上。悟空瞟了一眼，說："老孫不會使刀，請另賜一件。"

龍王又命令鱔力士抬出一杆九股叉來。悟空跳下來，接在手中，使了一路，放下來："輕！輕！輕！也不趁手！望另賜一件。"

龍王笑道："上仙，這叉有三千六百斤重哩！"悟空叫道："不趁手！不趁手！"

龍王心中恐懼，又命令鯾提督、鯉總兵抬出一柄畫杆方天戟，重七千二百斤。悟空見了，跑近去接在手中，使了幾招，往地下一插："也還輕！輕！輕！"

龍王越發害怕："上仙，我宮中只有這根戟最重了，再沒什麼兵器了。"悟空笑道："古人云：'愁海龍王沒寶哩！'你再去尋尋看。"龍王說："真的再沒什麼兵器了！"

這時，從後面閃出龍婆，提醒龍王說宮中有一塊天河定底的神珍鐵，可以送給這個不速之客。龍王向孫悟空一說，悟空道："拿出來我看看！"龍王搖手："扛不動！扛不動！須上仙親自去

龍宮借寶　戴敦邦　畫

看。”悟空説：“在哪裏？你引我去。”

龍王引悟空來到海藏中間，忽見金光萬道。龍王指着説：“那放光的就是。”

悟空撩起衣裳上前一看，原來是一根鐵柱子，約有笆斗粗，二丈長。他用兩手摸着説：“太粗，太長，再短些細些才能用。”説也奇怪，那寶貝真的就短了幾尺，細了一圍。悟空又用兩手抓握在手中掂了一掂説：“再細些更好！”說畢，那寶貝真的又細了幾分。

悟空十分歡喜，仔細一看，原來這寶貝兩頭是兩個金箍，中間是一段烏鐵，緊挨箍處刻有一行字：如意金箍棒，重一萬三千五百斤。悟空看了尋思：既喚“如意”，想必真能如人意，於是一邊走出海藏一邊心思口念：“再短細些更妙！”拿出外面，只有二丈長短，碗口粗細了。

悟空把金箍棒舞弄了一番，嚇得龍王膽戰心驚，龍子魂飛魄散。悟空把金箍棒拿在手裏，坐在水晶宮殿上，對龍王笑道：“多謝賢鄰厚意。”

龍王説：“不敢！不敢！”

悟空説：“這塊鐵雖然好用，我卻還有一個説法。”

龍王問：“上仙還有什麼説法？”

悟空説：“如果沒有這塊鐵，也就罷了；現在手裏既然拿着它，就想到身上沒有相配的披掛，顯得不倫不類。你這裏若有披掛，索性送我一副，一併奉謝。”

龍王聽了，皺眉道：“披掛？我這裏沒有哇！”

悟空晃晃金箍棒，笑着道：“若説沒有，就和你試試這個！”

龍王慌忙説：“上仙，切莫動手！切莫動手！讓我問問我的三個弟弟，如果有，一定送一副給你。”

悟空便問：“你三個弟弟是些什麼人？”

龍王説：“他們是南海龍王敖欽、北海龍王敖順、西海龍王敖閏。”

悟空説：“原來是他們三個！老孫不去！”

龍王説：“不須上仙去。我這裏有一面鐵鼓，一口金鐘，凡有緊急事，擂鼓撞鐘，他們馬上就會來的。”説罷便傳令擂鼓撞鐘。

果然，鐘鼓一響，那三海龍王便急急趕來了。那敖廣在外面候着，滿面愁容。三海龍王一見，忙問發生了什麼事。

敖廣説：“賢弟，我遇上一椿犯難事：有一個花果山的什麼天生聖人，跑來水晶宮認我做鄰居，向我討一件兵器，給他鋼叉、畫戟都嫌輕，後來看中了那塊天河定底神珍鐵，拿在手裏舞弄。現在坐在宮殿上，又一定要討一副披掛。我處沒有，所以急着請你們來。你們可有披掛，送他一副，打發他出門去就是了。”

敖欽聽了，大怒道：“我幾個弟兄，點起各自的兵將，合在一起，拿下他！”

敖廣説：“莫説拿！莫説拿！那塊神鐵，只要碰着，非死即傷！我們打不過他！”

西海龍王敖閏説：“二哥不可和他動手，就湊副披掛給他算了。打發他出了門，我們再寫奏本去玉帝那裏告他，玉帝會殺他的。”

幾個龍王商議定了，就湊了一副鎖子黃金甲、一頂鳳翅紫金冠、一雙藕絲步雲履，送給孫悟空。

孫悟空把金冠、金甲、雲履都穿戴停當，拿着如意金箍棒，對眾龍王說聲"打擾"，便揚長而去。

孫悟空回到花果山，羣猴在鐵板橋邊等着，見猴王一身金燦燦的躍上橋來，又驚又喜，一齊跪下祝賀。

悟空滿面春風，往寶座上一坐，把金箍棒豎

辭別眾龍王　余文祥　畫

在當中。那些猴子見了，都來拿這棒，卻如蜻蜓撼鐵樹，分毫也不能挪動。悟空近前去，舒開手，一把抓起，告訴眾猴："這叫如意金箍棒，可以變大變小。"

悟空把金箍棒掂在手中，連叫"小！小！小！"那棒即時就變得像一根小小繡花針，悟空把它放在耳朵裏。

從此，孫悟空如虎添翼，越加威武了。

上天界猴王受封

第四章

　　孫悟空得了金箍棒後，把手下的幾個老猴分別封為元帥、健將、將軍，讓他們率領羣猴終日操演武藝。他自己經常騰雲駕霧，遨遊四海，又結交了牛魔王等六個兄弟，七弟兄常在一起飲酒。

　　一天，孫悟空在水簾洞宴請賓客，宴會結束後，他在鐵板橋頭松樹下睡着了。

　　悟空在睡夢中，忽見兩個差人模樣的家伙，手裏拿着一張上寫"孫悟空"三字的批文，走上前來，用繩子套住了自己，拉了就走，一直拉到幽冥界。悟空一問，方知是十代冥王說他壽限已到，所以派小鬼來勾他了。悟空大怒之下，從耳中取出金箍棒，晃一晃，變成碗口粗細，把兩個勾命小鬼打死，直闖森羅殿。十代冥王慌得連忙求饒，搪塞說可能是勾錯了人。悟空讓十代冥王取來生死簿子，自己查看，把所有猴屬類有名姓的，全部一筆勾銷，然後一路舞棒打出幽冥界。

十代冥王待悟空走了，立即去翠雲宮拜見地藏王菩薩稟報此事，商議下來，決定派冥司秦廣王上天向玉帝奏報。

玉帝剛收到四海龍王告孫悟空龍宮索寶的奏本，緊接著又接到地藏王菩薩的奏本，不禁大為惱怒，要派神將下界去捉拿孫悟空。這時，一旁的太白金星啟奏道："臣請陛下降一道招安聖旨，將孫悟空宣到上界，授他一個官職，把他拘束在天上；如他不惹事，就罷了；若違天命，到那時再擒拿也不遲。"玉帝准奏，即命太白金星去花果山招安。

太白金星領了聖旨，出南天門外，按下祥雲，直至花果山水簾洞。孫悟空聽太白金星請他上天去拜受仙爵，自是歡喜，於是立刻動身。

太白金星領著悟空進了南天門，來到靈霄殿。太白金星向玉帝朝拜，悟空挺立在側，不行朝禮。金星奏道："臣領聖旨，已宣妖仙到了。"玉帝垂簾問道："哪個是妖仙？"悟空方才躬身答應道："老孫便是。"眾仙卿見狀，都大驚失色，紛紛指責悟空。

玉帝倒也不怪罪，命查看哪處有多出來的官職，好讓孫悟空去補授。武曲星君奏稱御馬監缺個正堂管事。玉帝降旨："就著孫悟空做個'弼馬溫'罷。"眾臣忙叫悟空謝恩，悟空仍不下跪，只朝上面躬身拱手。

馬監眾監官安排了酒席，一則為悟空接風，二則向他賀喜。

森羅殿勾名　戴敦邦 畫

　　悟空喝了幾杯酒，問道："我這個'弼馬溫'是個什麼樣的官銜？"

　　監官說這是一個官名。悟空又問這是個幾品官，監官說："沒品從。"

悟空説："沒品，想是大之極也。"

監官説："不大，不大，只喚做'未入流'。"

悟空不解。監官便向他解釋："未入流就是末等。這個官兒最低最小，只負責給玉帝看馬，餵得馬肥，是應該的；餵得不好，則要受責罰甚至問罪。"

悟空聽了，咬牙大怒："老孫在花果山，稱王稱祖，怎麼哄我來替他養馬？不做他！不做他！我去也！"

説着，悟空把公案推倒，從耳中取出金箍棒，晃一晃，碗來粗細，一路解數，直打出御馬監，來到南天門，一個筋斗翻回了花果山。

孫悟空回到花果山後，仍做他的猴王。他命羣猴置了面旌旗，上寫"齊天大聖"四個大字，在花果山上立竿張掛。

卻説玉帝得知孫悟空反出天宮，即命托塔李天王和哪吒三太子興師下界，赴花果山捉拿悟空。李天王和哪吒回到本宮，點起三軍，直往花果山。安下營寨後，李天王命先鋒官巨靈神出戰。

巨靈神到水簾洞前一叫陣，孫悟空出洞來迎戰。這巨靈神乃是天上的一員猛將，使一柄宣花斧，見孫悟空出來，劈頭就是一斧。悟空會家不忙，將金箍棒應手相迎。這兩個一場好戰，棒舉卻如龍戲水，斧來猶如鳳穿花；邊打鬥邊使法術，不時噴雲吐霧，播土揚沙。鬥到酣處，孫悟空一個縱跳，居高臨下劈頭一棒打下來；巨靈神慌忙將斧頭架隔，只聽得咔嚓一聲，斧柄被打做兩截！巨靈神大吃一驚，急忙轉身敗陣逃生。

巨靈神回到營寨一稟報，李天王大怒，要把他斬首，被哪吒勸阻。哪吒徵得李天王同意，出馬去戰孫悟空。

　　孫悟空對哪吒說："我且留你性命，不打你。你只看我旌旗上是什麼字號，拜上玉帝：是這般官銜，再也不須動眾，我就皈依；若是不遂我心，定要打上靈霄寶殿！"

御馬監接風　戴敦邦　畫

哪吒抬頭一看，只見旌旗上寫着"齊天大聖"四字。哪吒怒道："這妖猴能有多大神通，就敢稱此名號？呸！吃吾一劍！"

　　悟空說："我站着不動，任你砍幾劍罷！"

　　哪知哪吒大喝一聲："變！"即變做三頭六臂，手持六樣兵器，乃斬妖劍、砍妖刀、縛妖索、降妖杵、繡球兒、火輪兒，丫丫叉叉，惡狠狠撲面來打。悟空見了，心裏暗自吃驚，也叫聲"變"，變做三頭六臂；把金箍棒晃一晃，也變做三條，六隻手拿着三條棒架住哪吒的六件兵器，雙方惡鬥起來。哪吒與悟空各顯神威，鬥了三十回合。哪吒六件兵器，變做千千萬萬；孫悟空的金箍棒，也變作萬萬千千。兩人在半空中似雨點流星，打得難解難分。

　　打鬥了半個時辰，兩人先後恢復原身，繼續各顯身手。不一會，孫悟空突然心生一計，拔下一根毫毛，變做他的本相，手挺着棒，迷惑着哪吒。他的真身，悄悄一縱，趕到哪吒身後，朝他左胳膊一棒打去。哪吒聽得棒頭風響，躲閃不及，早已被着了一下，只得負痛逃走。

　　哪吒敗陣回去，戰戰兢兢報道："父王，弼馬溫真個有本事！孩兒這般法力，也戰他不過，已被他打傷了胳膊。"

　　李天王聽了大驚失色："他這樣的神通，如何取勝？"

　　哪吒說："他在洞門外豎一竿旗，上寫'齊天大聖'四字，親口誇稱，教玉帝封他做齊天大聖，萬事俱休；若不是此稱號，定要打上靈霄寶殿！"

　　李天王想了想，說："既然如此，我們也不和他打下去了，回上界去把情況奏明玉帝，再多遣天兵，圍捉這猴頭。"

　　李天王、哪吒返回上界，直至靈霄寶殿。李天王向玉帝啟奏：

"孫悟空神通廣大，臣等不能取勝，祈望萬歲添兵剿除。"哪吒又近前奏道："那妖猴使一條鐵棒，先打敗巨靈神，又打傷臣的臂膊。他在洞門外立一竿旗，上書'齊天大聖'四字，稱如封他這官職，就休兵來投；否則，還要打上靈霄寶殿哩！"

玉帝聽了，大為驚訝："這妖猴怎麼敢這樣狂妄！待朕再遣將即刻把他誅除！"

玉帝正要點將，太白金星出班奏道："如果增加兵馬和那妖猴爭鬥，估計一時不一定就能將他制伏，我天兵天將倒又弄得疲勞不堪。不如萬歲開恩，仍降一道招安聖旨，就封他做個齊天大聖——但這只是個空銜，有官無祿。就是名義上是齊天大聖，實際上不叫他管事，也不發給俸祿。把他養在天地間，收他的邪心，使他不再

悟空大喜懇留飲宴不
肯遂与金星縱着祥云
到南天門外
那些天丁天
將都拱手相迎

南天門外 郎承文 畫

滋釁惹事，這樣可圖個乾坤安寧。"

玉帝認為太白金星所奏不無道理，就降了一道詔書，仍派金星去花果山招安。

太白金星領旨而去，出了南天門，直至花果山水簾洞外。孫悟空聞知金星前來，知道不必動刀動槍，便傳令大張旗鼓，擺隊迎接，將太白金星迎入水簾洞。

那太白金星把前後情況向孫悟空說了一遍，要悟空隨他上天去做齊天大聖。孫悟空曾上過一次當，這回學乖了，先問清上界是否有"齊天大聖"這樣一個官銜。太白金星拍胸保證決無虛言，孫悟空這才答應上天。

當下，孫悟空和太白金星縱着祥雲，到南天門外。那些天兵天將，都拱手相迎。兩人來到靈霄殿，太白金星上前向玉帝拜奏說孫悟空已經宣到。

玉帝說："那孫悟空過來。今番宣你上天，讓你做個'齊天大聖'，官品已到極位，你要好自為之，切不可胡為。"

孫悟空聽了，朝玉帝作揖謝恩。

玉帝降旨命工幹官張、魯二班在蟠桃園右側，造一座齊天大聖府；府內設兩個司：安靜司、寧神司。又差五斗星君送孫悟空去到任，賞賜御酒二瓶、金花十朵，讓他安心定志，再勿胡為。

孫悟空這才遂心滿意，在天宮過起無掛無礙的日子來。

犯天條偷桃竊丹

第五章

　　孫悟空做了齊天大聖後，日食三餐，夜眠一榻，無事牽縈，自由自在。閒來無事，東遊西蕩，會友逛宮，交朋結義。悟空不把上界的禮儀當一回事，除對三清四帝稍稍尊敬外，對那些九曜星、五方將、二十八宿、四大天王等，都以兄弟相稱。這情況引起一些神仙的不滿，有人就向玉帝報告並提出建議：給孫悟空一件事管，省得他東遊西蕩惹出事來。玉帝接受了這個建議，派孫悟空去管理蟠桃園。

　　孫悟空接受玉帝旨意後，立刻去蟠桃園查勘。蟠桃園土地陪孫悟空進園察看，並介紹道：“全園共有三千六百株桃樹，前面的一千二百株，花微果小，三千年一熟，人吃了可以成仙得道，體健身輕。中間一千二百株，層花甘實，六千年一熟，人吃了霞舉飛升，長生不老。後面一千二百株，紫紋緗核，九千年一熟，人吃了與天地齊壽，日月同庚。"

孫悟空聽了，歡喜至極。當天查明了株樹，點看了亭閣，就返回齊天大聖府。從此，孫悟空三五日來蟠桃園賞玩一次，不再東遊西蕩。

有一天，孫悟空見蟠桃園中那老樹枝頭上的仙桃已經熟了大半，便想嚐個新鮮。但是，他去園裏時，本園土地、力士和齊天大聖府仙吏都緊隨在側，不便下手。於是，悟空借口身子疲倦，要在亭子裏休息一會，將眾仙支了出去，然後爬上大樹，專揀那熟透的大仙桃，吃了一飽，方才跳下樹來，喚眾仙吏進園。這樣，悟空每隔兩三天就去偷一次仙桃，盡興享用。

過了數日，王母娘娘要在瑤池做"蟠桃勝會"，派紅衣仙女、青衣仙女、素衣仙女、皂衣仙女、紫衣仙女、黃衣仙女、綠衣仙女各頂花籃，去蟠桃園摘仙桃。七仙女來到蟠桃園門口，只見土地、力士等在那裏把門，她們上前道明來意。土地說："今年與往年不同了，玉帝派齊天大聖在此督理，必須報知齊天大聖後，方敢採摘。"

仙女便問大聖在何處，土地等說在園內，仙女便和土地等一起入園去尋找。眾人找了好一陣，也沒找到孫悟空。原來悟空偷吃了幾個桃子，變成一個二寸長的小人，在樹枝上睡覺。眾仙女等不及了，土地等就叫她們先摘桃，等找到大聖後由他們轉稟。七仙女便入樹林去摘桃。她們先在前園摘了兩籃，又在中園摘了三籃。臨末，她們來到後園，只見那樹上花果稀疏，只有幾個毛

31

七仙女　王宏喜 畫

蒂青皮的——原來熟的都已被悟空偷吃了。七仙女東張西望，只見一株樹上有一個半紅半白的桃子，便走過去。青衣女用手扯下枝來，紅衣女摘下桃子，青衣女一鬆手，樹枝向上彈去。不想孫悟空正睡在這根樹枝上，頓時被驚醒了。悟空現出本相，自樹上跳下，從耳朵裏取出金箍棒，晃一晃，碗來粗細，大聲喝道：「哪方怪物，竟敢來偷摘桃子！」七仙女嚇得一齊跪下，口稱「大聖」，述說了情由。

悟空聽了，便叫七仙女起身，問王母開蟠桃大會，請了些什麼人。仙女說：「按照老規矩，請的是西天佛老、菩薩、聖僧、羅漢，南方南極觀音，東方崇恩聖帝，十洲三島仙翁，北方北極玄靈，中央黃極黃角大仙，這個是五方五老。還有五斗星君，上八洞三清、四帝、太乙天仙，中八洞玉皇、九壘、海嶽神仙，下八洞幽冥教主、注世地仙，各宮各殿大小尊神等。」

悟空笑問：「可請我麼？」仙女說：「不曾聽得說。」悟空說：「我是齊天大聖，就請我老孫做個席尊，有何不可？」仙女說：「我們說的是上會舊規，今會不知如何。」

孫悟空就想去打聽消息，他捻着訣，念聲咒語，指着眾仙女說：「住！住！住！」用定身法把她們定在桃樹下。悟空縱朵祥雲，跳出桃園，直奔瑤池路上而去。正行間，遠遠看見赤腳大仙過來。悟空心生一計，走上前去騙赤腳大仙，說玉帝派他通知各路神仙，先去通明殿下演習禮儀，然後才去瑤池赴會。赤腳大仙信以為真，真的往通明殿去了。悟空則變作赤腳大仙的模樣，去了瑤池。

悟空來到瑤池，只見瑤池內一張張五彩描金桌上放滿了千花碧玉盆，內盛龍肝、鳳髓、熊掌、猩唇等珍饈佳餚。因時間尚早，所以還未有一個神仙抵達。只見右壁廂長廊下幾個仙官領着力士、道人、童子在侍弄酒漿。悟空聞得酒香，止不住口角流涎，盤算要去喝嘗。他把毫毛拔下幾根，丟入口中嚼碎，噴在空中，念咒語叫聲"變"，即變做一些瞌睡蟲，叮在眾人臉上，那些人立即垂頭瞌睡。悟空去拿了些百味八珍、佳餚異品，走入長廊裏面，就着缸，挨着甕，放開量痛飲起來。不一會覺得醉意上來，他尋思回府去睡覺，便起身離開了瑤池。

孫悟空走着，酒性發作，頭腦顯得迷迷糊糊，連方向都辨別不清，一走竟走到了兜率天宮外面。仔細一看，頓然醒悟："兜率宮是太上老君之處，如何錯到此間？"轉念又想："我很久未遇此老，今天索性順路看看他吧！"於是，悟空整整衣服，闖

仙酒會 趙宏本 畫

進了兜率宮。

悟空進宮一看，宮裏四下無人。原來這時太上老君與燃燈古佛在三層高閣朱陵丹台上講道，眾仙童、仙將、仙官、仙吏都侍立左右聽講。孫悟空直至丹房裏面，尋訪不遇。只見丹爐左右有五個葫蘆，葫蘆裏都是煉就的金丹。

孫悟空一看金丹，滿心喜歡，尋思道：這東西是仙家的至寶。今天也是有緣，正好撞着這東西，趁老君不在，何不吃他幾粒嘗嘗新。想着，孫悟空把葫蘆裏的金丹都倒出來。像吃炒豆一樣，一下子吃了個精光。

這時，孫悟空酒醒了，突然意識到情勢很是不妙：偷吃仙桃，將仙女定身，假傳聖旨，擾亂蟠桃會，竊食金丹——這場禍比天還大！若驚動了玉帝，性命難保。怎麼辦？孫悟空想來想去，決定還是回花果山當他的猴王去。當下，孫悟空離開了兜率宮，到瑤池挾帶了幾瓶美酒，溜到西天門，見那兒有天兵天將把守，就悄悄使了個隱身法，閃出門外，一筋斗翻出天界，逃回了花果山。

花果山眾猴見孫悟空回山，高興得不得了。孫悟空在水簾洞開了個"仙酒會"，把帶回來的玉液瓊漿分給眾猴一起享用。洞中大小猴兒各飲半杯，都嘗到了那仙酒的滋味。

花果山大聖被擒

第六章

　　孫悟空偷桃竊丹、攪亂蟠桃會的事敗露後，玉帝大怒，降旨命四大天王協同李天王並哪吒太子，點二十八宿、九曜星官、十二元辰、五方揭諦、四值功曹、東西星斗等，共十萬天兵，佈十八架天羅地網下界去擒拿孫悟空。

　　天兵天將下界後，把花果山圍了個水泄不通。九曜星官先去進攻水簾洞，孫悟空命部下獨角鬼王帶七十二洞妖王出陣。那鬼王速率妖兵，出門迎敵，卻被九曜星官一齊掩殺，抵住在鐵板橋頭，別想出去。

　　孫悟空聞報大怒，揮舞金箍棒往外打出來。九曜星官抵擋不住，只得後退。他們來到洞外開闊地，等悟空

衝出洞來後，又一齊上前，揮舞兵器，從四面八方殺向悟空。孫悟空不懼分毫，掄起金箍棒，左遮右擋，把那九曜星戰得筋疲力軟，一個個倒拖器械，敗陣而走。

李天王見狀，即調四大天王與二十八宿出陣。孫悟空依然不懼，率獨角鬼王、七十二洞妖王、四個健將與羣猴在洞門外列成陣勢，與天兵天將惡戰。這一場惡戰一直進行到日落西山，獨角鬼王與七十二洞妖怪，都被眾天神捉去，四健將和羣猴先後戰敗，紛紛退至水簾洞底。獨有那孫悟空精神抖擻，在空中和李天王、哪吒、四大天王鬥殺。殺到天黑，悟空拔一把毫毛，丟在口中嚼碎了，噴將出去，叫聲"變"，變作千百個悟空，都使金箍棒，把六個對手殺退。

李天王返回中軍帳，傳令嚴密圍困花果山，待來日繼續廝殺。

卻說王母娘娘開蟠桃大會，所請的嘉賓中有一位是南海普陀落伽山觀世音菩薩。觀音帶着大徒弟惠岸行者即李天王的二太子木叉，同登寶閣瑤池，因見那裏席面殘亂，便轉道去看望玉帝。玉帝把孫悟空由石球成精，降龍伏虎，自削死籍，兩次招安直至這次惹下的種種禍事向觀音說了一遍；又說十萬天兵下界，一日不見回報，不知戰況如何。

觀音聽了，吩咐惠岸去花果山打聽軍情，並伺機協助天王作戰。

惠岸奉命駕雲來到花果山前。只見那裏天羅地網，各營門把守嚴密。惠岸立住叫道："把門的天丁，煩請傳報：我是李天王二太子木叉、南海觀音大徒弟惠岸，特來打探軍情。"

消息傳到中軍帳下，李天王發下令旗，放惠岸進來。惠岸入見李天王和四大天王，並說明來意。李天王便介紹了日前的戰況。

　　正說着，有神兵來稟報："那大聖引一羣猴精，在外面叫戰。"木叉道："父王，孩兒願出去會會那妖猴，看他究竟怎樣了得。"李天王說："孩兒，你隨菩薩修行這幾年，想必學得了一些神通，不過和這妖猴鬥，千萬要小心！"木叉點頭答應，束一束繡衣，雙手掄着一根鐵棍，跳出轅門，高叫："哪個是齊天大聖？"

玉皇大帝　戴敦邦　畫

　　悟空挺着如意棒，應聲道："老孫便是。你是什麼人？到這裏來幹什麼？"木叉說："我是李天王二太子木叉、觀音菩薩大徒弟惠岸。因見你這等猖獗，特來擒你！"悟空怒道："你敢說那等大話！且休走，吃老孫一棒！"

孫悟空一棒打下，木叉全然不懼，使鐵棒劈手相迎。兩人一場惡鬥，戰了五六十回合。木叉畢竟道行尚淺，功夫還低，漸漸覺得臂膊酸麻，不能迎敵，虛晃一棒，敗陣而走。悟空也不追趕，由他逃命。

木叉敗退回營。李天王見了心驚，即命寫表求助，差大力鬼王與木叉上天啟奏。兩人出了天羅地網，駕雲返回上界。一個向玉帝上表，一個向觀音啟稟。

玉帝閱了表章，沉思道："可恨這個猴精，能有多大手段，竟敵得過十萬天兵！李天王來求助，派哪路神兵去呢？"話音剛落，觀音合掌啟奏："陛下寬心，貧僧舉一神，可擒此猴。此神是陛下的外甥顯聖二郎真君，現在住在灌洲灌江口，享受下方香火。他有梅山兄弟與帳前一千二百草頭神，神通廣大。"玉帝依奏，即傳旨意，差大力鬼王前往灌江口調二郎神。

大力鬼王領了旨，即駕雲飛往灌江口，落在真君廟門前。二郎神接旨後，馬上喚來康、張、姚、李四太尉與郭申、直健二將軍這梅山六兄弟，說明情由。眾兄弟都願意一起前往給李天王助陣。於是，二郎神和梅山六兄弟點起本部神兵，駕鷹牽犬，搭弩張弓，縱狂風，霎時過了東洋大海，來到花果山。

李天王聞報，即與四大天王等出轅門迎接。相見畢，李天王把和孫悟空作戰的情況介紹了一遍。二郎神笑道："小聖來此，必須與他鬥個變化。列公將天羅地網，不要遮擋那頂上，只須四面圍緊，讓我與他賭鬥。請托塔天王拿着照妖鏡站在空中，如果妖猴敗陣後逃竄他方，務必給我照明白了，別讓他溜走。"李天王自是一口答應，按二郎神的意思傳下將令。二郎神待眾天兵排列停當，便領着四太尉、二將軍出營挑戰。

洞口小猴見二郎神及梅山六兄弟來勢洶洶，忙去報知孫悟空。悟空即掣金箍棒，披掛齊整，躍出營門。二郎神、悟空相見，言來語去沒幾句，便動起手來。二郎神舉起三尖兩刃刀，衝悟空就是一刀；悟空側身躲過，疾舉金箍棒，劈手相還。兩人惡鬥了三百餘回合，不分勝負。二郎神抖擻神威，搖身一變，變得身高萬丈，兩隻手舉着三尖兩刃刀，恰似華山頂上的峯石，只見他青臉獠牙，朱紅頭髮，惡狠狠地朝悟空劈頭就砍。孫悟空見狀，也使神通，搖身一變，變得和二郎神一樣，身高萬丈，嘴臉亦與二郎神一般兇惡，舉一條如意金箍棒，猶如崑崙頂上的擎天之柱，抵住二郎神。

孫悟空和二郎神惡鬥時，那梅山六兄弟傳號令，撒放草頭神，朝那守洞的羣猴搭弩張弓，一齊掩殺。羣猴哪裏是梅山六兄弟的對手，抵擋一陣後，即拋戈棄甲，撇劍丟槍；跑的跑，喊的喊；上山的上山，歸洞的歸洞。孫悟空見本營中羣猴敗散，不禁心慌意亂，恢復本相，掣棒抽身就走。

二郎神見了，大步追趕，叫道：“哪裏走？趁早歸降，饒你性命！”悟空不理，只管猛跑。快到洞口時，那康、張、姚、李四太尉和郭申、直健二將軍率領眾草頭神擋住他，喝道：“潑猴，哪裏走！”孫悟空慌了手腳，就把金箍棒捏做繡花針，藏在耳朵裏，然後搖身一變，變成一隻麻雀，飛在樹梢上蹲着。梅山六兄弟忽見悟空消失，連忙前後左右尋覓。二郎神追過來問：“兄弟們，這妖猴在哪裏不見的？”梅山六兄弟說：“才在這裏攔住，就不見了！”

二郎神圓睜鳳目觀看，見孫悟空變了麻雀蹲在樹上，就收了法象，撇了兵器，卸下彈弓，搖身一變，變成一隻餓鷹，抖翅飛向麻雀撲打。悟空見了，"嗖"的一聲飛在空中，變成一隻大鳥，沖天而去。二郎神急抖翎毛，搖身一變，變作一隻大海鶴，鑽上雲霄來啄。悟空又跳進山澗，變成了一條魚兒。二郎神趕到澗邊，不見悟空蹤跡，心想：這猢猻肯定逃到水裏去了，變成魚蝦之類，等我再作變化拿他。轉眼間，二郎神變成一隻魚鷹，飄蕩在水面上。片刻，忽然看見一條魚兒順流游來，看見他後，突然急轉頭，打了個漩渦往回游。

二郎神尋思：這條魚兒，見了我怎麼轉身而游？莫非是那妖猴變的！想着，真君趕上去，"唰"的一嘴啄過去。悟空立刻躥出水面，變成一條水蛇，鑽入岸邊草叢。二郎神一啄沒啄着，見水裏躥出一條水蛇，認得是

二郎神助陣　程多多　畫

悟空，急轉身，又變成一隻朱繡頂的灰鶴，伸着尖頭鐵鉗似的長嘴來吃水蛇。水蛇跳一跳，又變成一隻花鴇。二郎神見了，立刻現了原身，取過彈弓，拉開就打。孫悟空趁彈子打來的機會，滾下山崖，伏在地下變為一座土地廟：嘴巴是廟門，牙齒是門板，舌頭是菩薩，眼睛是窗戶。只有尾巴不好收拾，就變成一根旗竿豎在後面。二郎神趕到崖下，見有一座小廟，急睜鳳眼仔細觀看，見旗竿立在後面，心裏頓時明白了，笑道："這猢猻又哄我了，哪有旗竿豎在廟後面的？他想騙我進門，好一口咬住我！"悟空聽得二郎神已識破自己，連忙"撲"的一下，躍到空中不見了。

二郎神急忙縱身駕雲，起在空中，見李天王高擎照妖鏡站在雲端，便問道："天王，看見那猴王嗎？"李天王把照妖鏡往四下裏一照，失驚道："真君，快去！那猴子使了個隱身法出了營圍，往你那灌江口去了！"

二郎神急忙趕回灌江口。那孫悟空已變成二郎神模樣哄騙鬼判進入廟裏，正裝模作樣查看香火賬。二郎神撞進門去，悟空笑道："你這廟宇已姓孫了！"二郎神大怒，舉起三尖兩刃刀劈臉就砍。悟空使個身法讓過兵器，抽棒就打。兩個嚷嚷鬧鬧，打出廟門，半霧半雲，邊行邊戰，又打回花果山。

卻說玉帝在天上等了將近一天，還不見傳來捷報，便傳旨擺起儀駕，和太上老君、觀音、王母及眾仙卿一起來到南天門外。他們往下遙觀，只見悟空和二郎神、梅山六兄弟仍在大戰。太上老君對觀音說："我若用兵器助真君一臂之力，真君必能捉住孫悟空！"觀音問："你用什麼兵器？"老君捋起左臂衣袖，取下一個圈子，說："這件兵器，名叫'金鋼琢'，是用鋸鋼摶煉的，被我將還丹點成，養就一身靈氣，善能變化，又能套諸物。這妖猴本領再高強，也經不起這東西打一下。"

二聖賭變化 程多多 畫

老君説着，把金鋼琢朝下面一扔。花果山上，孫悟空正集中精力苦戰二郎神和梅山六兄弟，不曾料到天上會墜下這兵器，被打中天靈蓋，立不穩腳，跌了一跤；爬起來想跑，哪知被二郎神那頭

大聖遭擒　夏書玉　畫

44

"吠天犬"撲上來往腿上咬了一口,又扯了一跤。這時,二郎神和梅山六兄弟趕來,一擁而上,把悟空按住,急用繩索捆綁,又用勾刀穿了琵琶骨,使悟空再也不能變化。

孫悟空就這樣被抓住了。

孫悟空大鬧天宮

第七章

　　孫悟空被二郎真君、梅山六兄弟拿下後，當即由李天王等押往上界。玉帝聞奏，降下聖旨：即命大力鬼王與眾天丁把孫悟空押往斬妖台碎屍萬段。

　　大力鬼王等奉旨將孫悟空押往斬妖台，立刻行刑。但是，眾天兵無論刀砍斧剁，槍刺劍剟，都傷不了孫悟空。於是，南斗星就命令火部眾神來放火煨燒，但也燒不傷悟空。接着，又讓雷部眾神用雷屑釘打，仍傷不了悟空一根毫毛。大力鬼王無可奈何，只好去向玉帝報告：「萬歲，這大聖不知是何處學來的護身之法，臣等用刀砍斧剁，雷打火燒，都不能傷損他！」

玉帝大驚：“這妖猴這樣厲害，可如何……如何處治？”

這時，太上老君向玉帝拜奏，説孫悟空因為偷吃了他的五壺金丹，有生有熟都吃在肚裏，運用三昧火鍛成一塊，所以身體就像金鋼之軀，兵器雷火都奈何不得他。現在要處決他，只有一個辦法：把他放在八卦爐裏，以文武火鍛煉七七四十九天，煉出肚裏的金丹，他的身子才會燒成灰燼。

玉帝聽了，傳旨讓六丁六甲把孫悟空從降妖柱上解下，交給太上老君。太上老君把孫悟空帶到兜率宮，解去繩索，放了穿琵琶骨之器，推入八卦爐中，命令看爐的道人、架火的童子將火扇起。

這八卦爐是按乾、坎、艮、震、巽、離、坤、兌這八卦方位設置的，孫悟空一進爐子，就把身子鑽在巽宮位下。巽就是風，有風則無火，所以悟空未被燒傷，只是眼睛被煙熏得難受。

光陰迅速，轉眼四十九天到了。太上老君料想孫悟空已被燒死，金丹已經煉成，就命令熄火開爐。孫悟空在爐裏正用雙手捂着眼睛，忽然聽得爐頭聲響，抬頭一看，見爐蓋已經揭開，他馬上把身子一縱，跳出丹爐，唿喇一聲，蹬倒八卦爐，往外就走。那些看爐的道人、架火的童子、六丁六甲等大吃一驚，連忙上前扯拉，都被孫悟空一個個放倒。太上老君趕上去抓，也被孫悟空推了個倒栽蔥。

孫悟空逃出兜率宮，從耳朵裏取出金箍棒，迎風晃一晃，有碗口粗細，拿在手中，到處亂打，大鬧天宮，打得九曜星閉門閉戶，四天王無影無蹤。一直打到靈霄殿外，被佑聖真君的佐使王靈官手執金鞭擋住。孫悟空二話不説，舉棒就打，王靈官鞭起相迎，兩個在靈霄殿前大打出手。

佑聖真君一看，急差將佐調來三十六員雷將，把孫悟空圍在垓心。孫悟空以寡敵眾，毫無懼色，以金箍棒左遮右擋，後架前迎。眾雷將手執刀槍劍戟、鉞斧金瓜，一齊衝孫悟空砍來。悟空搖身一變，變成三頭六臂；把如意棒晃一晃，變作三條；六隻手使開三條棒，就像紡車一樣滴溜溜打轉，在那垓心裏飛舞。眾雷將費盡了力氣，也無法近他的身。

　　玉帝聞報，嚇了一跳。思量道：這妖猴連八卦爐都煉不死，真是無法對付了！轉念一想：常言道"佛法無邊"，想來如來佛能降伏妖猴。於是，玉帝傳旨派遊奕靈官和翊聖真君上西天去請如來佛。

　　如來佛聽說玉帝有急難相邀，即帶了阿儺、迦葉二尊者騰雲來到靈霄門外，只見那三十六員雷將正圍着孫悟空惡戰。如來傳法旨："雷將停息干戈，放開營所，叫那大聖出來。"

　　雷將退開後，孫悟空也收了法象，現出原身，來到如來近前，怒氣沖沖，厲聲高叫道："你是哪方善士，敢來止住刀兵問我？"

　　如來笑道："我是西方極樂世界釋迦牟尼尊者。今聞你屢反天宮，不知是何方生長，何年得道，為何如此暴橫？"

　　孫悟空就把自己的來歷說了一遍，並說："凡間地域太窄，所以要住到天上來，叫那玉帝讓出靈霄殿來，給我居住。"

　　如來聽了，冷笑道："你原來是猴子成精，竟也敢動玉帝皇位的腦筋。玉帝自幼修持，苦歷過一千七百五十劫。每劫是十二萬九千六百年，你算算他修持了多少年才能享受這無極大道？你不過是初為人世，怎麼口出狂言！"

　　孫悟空說："他雖然修持年久，也不應當久佔在此。常言道：

‘皇帝輪流做，明年到我家。’叫他搬出去，把天宮讓給我住，就罷休；否則，我要攪擾到底，永不清平！”

如來問道：“你究竟有什麼本事，敢佔天宮勝境？”悟空説：“我的手段多哩！我有七十二般變化，萬劫不老長生。會駕筋斗雲，一縱十萬八千里。怎麼坐不得天位？”

如來説：“我和你打個賭：你若能一筋斗翻出我的手掌，算你贏，再不用動刀兵，就請玉帝到西方居住，把天宮讓給你；如不能，那還是請你回下界當妖猴，且修上幾劫後再説。”

孫悟空聽了暗自好笑，尋思這如來的手掌方圓不滿一尺，怎麼跳不出去？於是馬上發問：“你可做得主張？”

如來點頭：“做得！”

如來説着伸開右手，大小像一張荷葉。孫悟空收了如意棒，抖擻神威，一跳跳在如來手掌上，叫一聲“我去也”，一個筋頭翻了就走。孫悟空邊行邊看，

蹬翻八卦爐　吳山明　畫

49

忽見有五根肉紅柱子，撐着一股青氣，心裏想道：這兒一定是天盡頭了。現在回去，有如來作證，靈霄宮我可坐定了！

孫悟空正要回去，忽然想到應當在這裏留下一個記號，好作為證據和如來說話。於是，他拔下一根毫毛，吹口仙氣，叫聲"變"，變成一管濃墨雙毫筆，在中間一根柱子上寫了一行大字："齊天大聖，到此一遊。"寫畢，收了毫毛，又在第一根柱子根下撒了一泡猴尿。然後，一個筋斗翻回去，站在如來手掌上，叫道：

"我已翻出去又翻回來了，你叫玉帝把天宮讓給我！"

如來說："你又不曾翻離我的手掌。不信，你把頭低下看看就曉得了。"

孫悟空睜大眼睛，低頭一看，只見如來佛的中指上寫着"齊天大聖，到此一遊"，大拇指丫裏，還有些猴尿臊氣。他不禁大吃一驚："啊！竟有這等事？我明明把這幾個字寫在撐天柱

受困五行山　吳山明　畫

子上的，怎麼會在他的手指上？難道有個未卜先知的法術？我決不相信！讓我再去看看！"

孫悟空說着，急急縱身又要跳出，被如來佛翻掌一撲，把他推出西天門外。如來隨即把五個手指化作金、木、水、火、土五座聯山，名喚"五行山"，把孫悟空壓在下面。

如來壓住了孫悟空，玉帝為感謝如來佛，特設盛宴款待，並請上界各路神仙作陪。如來與眾仙正歡飲時，巡視靈官來報告："那大聖從山底下伸出頭來了。"如來說："不妨！"他從袖中取出一張帖子，上面有"唵、嘛、呢、叭、咪、吽"六個金字，遞給阿儺，讓他去貼在山頂上。阿儺尊者拿着帖子，走出天門，到五行山頂上，把帖子緊緊地貼在一塊四方石上。那座山立時生根合縫，但孫悟空在下面可以呼吸，手也能伸出來搖動。

阿儺返回天宮向如來稟報後，如來即向玉帝和眾神告辭。如來走出天門時，發了一個慈悲心，念動真言咒語，召來一尊土地神，會同五方揭諦，命他們居住在五行山監押孫悟空。孫悟空餓時，給他吃鐵丸子；渴時，給他喝溶化的銅汁。等他災期滿時，自有人救他出來的。

赴西天唐僧啟程

第八章

　　孫悟空被壓在五行山下，轉眼已有五百年。這天，如來佛和眾菩薩閒聊，說他有三藏真經，共三十五部，一萬五千一百四十四卷，是修真之經，正善之門；他想送往東方普濟眾生，又生怕那裏的人不識法門旨要，怠慢了佛法，所以想找一個有法力的菩薩，去東土尋一個有德行的佛教信徒，教此人歷經千山萬水，到靈山來求取真經，永傳東土，勸化眾生。如來說罷，問誰肯去走一趟。

　　觀音菩薩聽了，當下表示自己願意去東土尋取經人。如來心中大喜，即命阿儺、迦葉取出袈裟一領、錫杖一根和三個緊箍兒，交給觀音，讓她把袈裟、錫杖贈給取經人。至於緊箍兒，則另有用途：如果路上撞見神通廣大的妖魔，可規勸跟取經人做個徒弟。如果他不聽使喚，就把緊箍兒戴在他頭上，立刻會見肉生根，再也取不下來。三個箍兒，均有咒語，各依所用的咒語念一念，保管戴箍人腦痛欲裂，乖乖就範。

觀音受了五件寶貝，即喚大徒弟惠岸行者隨她同赴東土。師徒兩人行了多日，來到一座山下，只見山上金光萬道，瑞氣千條。惠岸說："師父，這就是五行山了，那放光射氣的是如來的'壓帖'。"觀音想起了五百年前大鬧天宮的孫悟空，不勝感歎，當下與惠岸一起尋到孫悟空那裏。孫悟空被壓在山下，度日如年，今見觀音來看望他，很是感激，他對觀音菩薩說："如來哄了我，把我壓在這座山下已經五百年了，不能掙展。萬望菩薩相救，我已知悔了，情願修行。"觀音聽了，滿心歡喜，尋思正好讓孫悟空保護取經人赴西方取經，便向他說明情況，問孫悟空："你是否願意入我佛門，做取經人的徒弟？"孫悟空一口答應，觀音就讓孫悟空等取經人來救他。

觀音師徒一直東行，來到了長安大唐國，變成兩個遊僧，暗暗查訪道德高深的取經人。

卻說大唐太宗皇帝那時正患病，有一天忽然停止了呼吸，死了過去。朝中一班文武大臣都保着東宮太子與皇后、嬪妃等在白虎殿上舉哀。三天三夜後，唐太宗忽然活過來了。他在昏死三天三夜的過程中，覺得自己到地獄轉了一趟，許多冤死鬼都纏着他，害得他差點回不來。死而復活後，唐太宗決定搞一個"水陸大會"，超度冥府孤魂。

水陸大會需要一位高僧登壇說法講道，唐太宗於是出榜招僧，命各地官員推選有道的高僧，上長安做會。不到一個月，各地推選的高僧都到了長安。唐太宗就傳旨命魏徵、蕭瑀、張道源三大臣共同主持選舉高僧。

次日，魏徵、蕭瑀、張道源三位大臣聚集眾僧，逐一查選，終於選得一名深有道行的高僧——陳玄奘。

三位大臣領着陳玄奘去見唐太宗，向太宗奏明：此僧一出娘胎就持齋受戒。他外公是當朝一路總管殷開山；父親陳光蕊是狀元，官拜文淵閣大學士。他本人不愛榮華，一心只喜修持。查得他根源既好，德行又高；千經萬典，無所不通；佛號仙音，樣樣都會。

唐太宗聽了，打量着陳玄奘道：“果然舉之不錯，真是一位有德行有禪心的和尚。朕賜你為天下大闡都僧綱之職。”都僧綱一職就是管理全國僧人的總僧官。陳玄奘頓首謝恩，受了官爵，前往化生寺，選定吉日良時，開演經法。

唐貞觀十三年九月初三日，水陸大會正式開始，唐太宗親赴化生寺觀瞻。按照規矩，水陸大會要進行四十九天，朝務也照常辦理。這天，宰相蕭瑀散朝出來，在東華門外看見兩個疥癩和尚，身穿破衲，赤腳光頭，一個捧着件袈裟，一個拿着根錫杖，正沿街叫賣。蕭瑀勒馬觀看，見那件袈裟艷艷生光，知道是非凡之物，想起陳玄奘主持水陸大會，正好可讓他穿用，於是便向賣袈裟的問價錢。

那兩個疥癩和尚，正是觀音和惠岸變化的。原來觀音來長安後通過暗訪，已選定陳玄奘為去西天的取經人，準備把袈裟、錫杖送給他，便打算借出售之名通過蕭瑀去見唐太宗。當下，觀音開出了價錢：“袈裟要銀子五千兩，錫杖要兩千兩。”

蕭瑀聽了便問："這兩件東西有什麼好處，竟值這樣高的價錢？"

觀音説："袈裟有好處，有不好處；有要錢處，有不要錢處。穿了我這袈裟，不入沉淪，不墮地獄，不遭惡毒之難，不遇虎狼之災，這是好處；如是貪淫樂禍的愚僧，不齋不戒的和尚，毀經謗佛的凡夫，難見我袈裟之面，這就是不好處。不遵佛法，不敬三寶，強買袈裟、錫杖，定要賣他七千兩，這就是要錢；若敬重三寶，見善隨喜，皈依我佛，我將袈裟、錫杖送給他，這就是不要錢。"

蕭瑀聞言，知道這兩個和尚不是普通的僧人。於是，他跳下馬來，和觀音以禮相見，説："大法長老，恕我蕭瑀之罪。我大唐皇帝十分敬

玄奘受封　曠昌龍　畫

重佛門，現在正在舉辦「水陸大會」，這袈裟正是需求之物。請你和我入朝去見皇上。」

蕭瑀領着觀音、惠岸進了皇宮，向太宗展示了袈裟、錫杖，太宗一看，果然是好物，便說：「朕今大開善教，現在正在化生寺聚集眾多僧人，敷演經法。內中有一個大有德行者，法名玄奘。你這兩件寶物，朕已決定賜給陳玄奘。」

觀音聽了，躬身上啟道：「貧僧有願在前，原說如果有敬重三寶，見善隨喜，皈依我佛的，這兩件寶物就送給他。今見陛下敬我佛門，況又以有德有行的高僧宣揚大法，故理當奉上，決不要錢。」

唐太宗見他說得誠懇，就收下了袈裟、錫杖，並命令光祿寺安排素宴酬謝，觀音堅辭不受，和惠岸暢然而去。

次日，唐太宗宣玄奘入朝，向他轉贈了袈裟、錫杖。玄奘穿上袈裟，持了寶杖，果然光艷雅秀，猶如羅漢下降、菩薩臨凡。滿朝文武見了，無不喝采，太宗

觀音顯靈 趙志田 畫

也喜之不勝。

光陰迅速，轉眼已是第四十九天，水陸大會到了最後一日。這天，觀音、惠岸又變化為疥癩和尚，去化生寺看陳玄奘。只見法師在台上，念一會《受生度亡經》，又宣一會《勸修功卷》。觀音走近台前，拍着台沿高聲叫道：＂那和尚，你只會談＇小乘教法＇，可會談＇大乘＇麼？＂

陳玄奘聽了，即翻身跳下台來，對觀音行禮道：＂老師父，弟子失瞻，多罪。剛才講的確是＇小乘教法＇，因為弟子不知＇大乘教法＇是什麼內容。＂

觀音說：＂你這小乘教法，度不得亡者超升；我有大乘佛法三藏，能超亡者升天，能度難人脫苦，能修無量壽身，能作無來無去。＂

這天因是閉會之日，唐太宗也在化生寺。法師講經被打斷之事早有司香巡堂官報告太宗。太宗大怒，命去把那兩個和尚抓到後法堂。觀音、惠岸來到後法堂，太宗認出來人正是送袈裟、錫杖的那兩個和尚，稍稍客氣些，問道：＂你們既來這裏聽講，為何擾亂經堂，誤我佛事？＂

觀音說：＂你那法師講的是小乘教法，度不得亡者升天。我有大乘佛法三藏，可以度亡脫苦，壽身無壞。＂

太宗聽了大喜，問道：＂你那大乘佛法在哪裏？＂

觀音回答：＂在大西天天竺國大雷音寺我佛如來處。＂

太宗問：＂你可記得麼？＂

觀音點頭：＂我記得。＂

太宗便請觀音登台開講。觀音帶了惠岸，飛上高台，遂踏祥雲，直至九霄，現出原身。太宗及文武大臣、僧尼道俗都又驚又喜，紛紛朝天跪拜。觀音、惠岸踩着祥雲漸漸遠去，只見從空中飄下一張簡帖，上面寫着："禮上大唐君，西方有妙文。程途十萬八千里，大乘進殷勤。此經回上國，能超鬼出羣。若有肯去者，求正果金身。"

太宗看了，問眾人："誰肯領朕旨意，上西天拜佛求經？"話音剛落，陳玄奘施禮道："貧僧不才，願效犬馬之勞，去西天取回真經。"太宗大喜，親自上前扶起陳玄奘，並當場與玄奘去化生寺佛前結拜為兄弟，口稱"御弟聖僧"。

次日，太宗親自送陳玄奘出城，臨別時賜玄奘紫金鉢盂以供其途中化齋；又因西天有經三藏，即指經為號，賜玄奘雅號為"三藏"。玄奘自此登上了去西天取經之路，他離開本國國界後，異國人因他是大唐國來的僧人，又都稱他叫"唐僧"。

兩界山悟空脫難

第九章

　　唐僧離開長安往西天取經，有一天，唐僧來到大唐邊界，遇見兩隻猛虎，咆哮着撲過來要傷害他。正在危急關頭，來了一個叫劉伯欽的獵人，打死老虎，救了唐僧，並把唐僧接到他家去過夜。劉伯欽的母親是個慈善之人，她讓兒子第二天送唐僧一段路。

　　次日早上，劉伯欽護送唐僧上路。行了半天，兩人來到一座山下，劉伯欽正要和唐僧告別時，只聽得山腳下傳來如雷叫聲："我師父來了！我師父來了！"唐僧嚇了一跳，劉伯欽說："肯定是那頭老猿在叫嚷。"

　　原來，這座山就是五百年前如來佛五根手指化成的五行山。後因大唐王征西定國，便更名為"兩界

山"。孫悟空被壓山下五百年，前不久觀音路過時，讓他拜取經人為師，就可以從山下脫身了。今天聽得唐僧路過，便大叫起來。

當下，劉伯欽和唐僧循聲而去，果然見山下石縫中露出孫悟空的頭。悟空見到唐僧，招着手道："師父來得好！你救我出來，我保你上西天取經去！"

唐僧不清楚是怎麼回事，孫悟空便把自己的情況及觀音讓取經人救他的事敍述了一遍。唐僧同意救他並收他為徒，但說自己沒斧頭鑿子，無法解救。孫悟空說只要唐僧把當年如來佛讓人貼的那張壓帖揭去就可以

解救孫悟空　戴敦邦　畫

了。唐僧於是爬上山去，遙拜西方後，揭去了壓帖。孫悟空讓唐僧遠去十餘里，奮身一掙，只聽得地裂山崩一聲響，他已從山石中跳了出來。

孫悟空來到唐僧面前，拜了四拜，認了師父。唐僧問過悟空的姓名，又給他起了個混名，叫行者。劉伯欽見了，很為唐僧高興，便放心地告辭而去。

孫悟空請唐僧上馬，他背着行李在前面開路。走不多遠，忽然見一隻猛虎咆哮而來。唐僧在馬上見了嚇得膽戰心驚，孫悟空笑道：「師父別怕，它是給我送衣服來的。」原來，孫悟空早先身上穿的衣服，已爛光了，現在是赤條條一副身子。當下，孫悟空從耳朵裏取出五百年未用的金箍棒，迎風一晃，碗來粗細，迎着猛虎走上前去，當頭一棒，將虎打死。接着，他剝下虎皮，裁為兩幅，一幅製成一件短襖，一幅圍在腰間，遮住了身體，唐僧見了，又另外送了一件短小直裰給他。

師徒兩人繼續趕路。走了多時，忽聽得路旁唿哨一聲，闖出六個人來，各執長槍短劍，利刃強弓，大喝一聲道：「那和尚，哪裏走！趁早留下馬匹，放下行李，饒你性命過去！」唐僧嚇得魂飛魄散，跌下馬來。孫悟空扶起師父，安慰他不必害怕。孫悟空走到六個強盜面前道：「各位為什麼要阻貧僧的去路？」強盜説：「我們是專門攔路行劫的大王，奉勸你們趁早留下東西，不然，叫你們粉身碎骨！」孫悟空輕蔑地笑道：「原來是幾個口吐狂言的小毛賊！」

那六個強盜聽了，一個個大怒，掄槍舞劍，一擁而上，照孫悟空劈頭亂砍，乒乒乓乓，砍了七八十下。悟空站在原地，只當不知。

強盜説：“好和尚！頭真硬！”

孫悟空笑道：“將就看得過罷了！你們也打得手酸了，該輪到老孫取出個針兒來耍耍。”孫悟空説着，從耳朵裏取出金箍棒，迎風一晃，足有碗口粗細，喝道：“不要走！也讓老孫打一棍兒試試手！”

強盜一見，嚇得四散逃走，被孫悟空拽開步趕上，一一打死，然後剝了衣服，奪了盤纏，轉回身來笑嘻嘻地對唐僧説：“師父，那伙賊已被老孫剿滅了。”

唐僧説：“你十分撞禍！他們雖是剪徑的強徒，就是送到官府，也判不了死罪；你縱有手段，只可趕走就是了，怎麼就將他們都打死？”

孫悟空説：“師父，我若不打死他，他就要打死你哩！”

唐僧説：“我們出家人，寧死也不該行兇。我就是死，也只是一條命；你倒傷了六條命，這怎麼説？”

孫悟空説：“不瞞師父説，我老孫五百年前在花果山稱王為怪時，不知打死了多少人。”

唐僧説：“只因你沒收沒管，暴橫人間，欺天誑上，才受這五百年之難。今既入了沙門，若是還像當時行兇，一味傷生，就去不得西天，做不得和尚！忒惡！忒惡！”

唐僧一番絮絮叨叨，把孫悟空説得心頭發火，説：“你既説我做不得和尚，上不得西天，我就離去便了！”説着，將身子一縱，騰雲駕霧而去。

唐僧無奈，只得獨身一人向西方行去。行不多時，只見山路前面走來一個老婆婆，手捧一件衣服和一頂帽子。唐僧見她走近，慌忙牽馬立於右側讓行。

那老婆婆問道：「你是哪裏來的長老，孤孤淒淒獨行於此？」

唐僧説：「弟子是東土大唐奉聖旨往西天拜活佛求真經者。」

老婆婆説：「西方佛在大雷音寺天竺國界，此去有十萬八千里路。你這等單人獨馬，又無一個伴侶，又無一個徒弟，怎麼去得了？」

唐僧就説起曾收過一個徒弟，因性潑兇頑被説了幾句，就生氣

初念緊箍咒 余文祥 畫

走了。老婆婆説：「我有這一領綿布直裰，一頂嵌金帽子，原是我兒子用的。他只做了三天和尚，不幸命短身亡。我剛才去那個廟裏，哭了一場，將這兩件衣帽拿來，原想留個紀念，長老，你既有徒弟，我就把這衣帽送了你吧。我這裏還有一篇咒兒，叫『緊箍咒』，你可暗暗念熟，莫泄

漏於人。我去尋找你的徒弟，叫他還來跟你，你把這衣帽讓他穿戴。他如不服你使喚，你就默念此咒，他再不敢行兇，也再不敢離去了。"

唐僧聞言，正想拜謝。那老婆婆化一道金光，回東而去。唐僧方知這是觀音菩薩，急忙撮土焚香，望東頻頻禮拜。

卻說孫悟空別了唐僧，一個筋斗雲，徑轉東洋大海，去了東海龍宮。孫悟空向龍王述說了有關情況，龍王勸他應當受教誨，保唐僧去西方取經，否則休想得成正果，孫悟空想想有理，決定接受規勸。

孫悟空從龍宮告辭出來，剛到空中，正巧迎面遇上觀音菩薩，觀音問他為何不受教誨，不保唐僧。孫悟空搪塞了數句，拜別觀音，急急往前。一會兒，孫悟空就趕上了唐僧。唐僧見他去而復歸，心裏暗喜。師徒兩人說了一會，孫悟空聽說唐僧飢餓，就打開包裹取乾糧，見包裹裏有一領綿布直裰，一頂嵌金帽子，便問道："這衣帽是東土帶來的？"

唐僧順口說："這是我小時穿戴的。這帽子若戴了，不用教經，就會念經；這衣服若穿了，不用演習，就會行禮。"

孫悟空聽了，大感興趣，唐僧便把衣帽給了他。孫悟空把衣帽穿上，唐僧見狀，馬上念起了緊箍咒。孫悟空大叫"頭痛"，在地下打滾，抓破了嵌的帽子。唐僧生怕他扯斷金箍，住口不念。孫悟空不痛了，伸手去頭上摸摸，那箍似一條金線，緊緊地勒在上面，取不下，揪不斷，已經生了根了。他從耳朵裏取出針兒來，插入箍裏，往外亂撬。唐僧又恐怕他撬斷了，口中又念起來，痛得他豎蜻蜓，翻筋斗，耳紅面赤，眼脹身麻。唐僧目睹此狀，於心不忍，遂住了口，孫悟空的頭就不痛了。

這時，孫悟空發現自己頭痛原來和唐僧念經有關，馬上問：“這是怎麼說？”

唐僧問：“現在你可聽我教誨了？”

孫悟空說：“聽教了！”

孫悟空口裏雖然答應，心上仍懷不善，他把那針兒晃了晃，變成碗來粗的鐵棒，望唐僧就欲下手。慌得唐僧急速念咒，孫悟空痛得跌倒在地，丟了鐵棒，不能舉手，求道：“師父，我曉得了，再莫念！再莫念！”

唐僧問道：“你怎麼欺心，就敢打我？”

孫悟空慌了，說：“我不曾打，敢問師父，這法兒是誰教你的？”

唐僧說：“是剛才一個老婆婆。”

孫悟空大怒道：“這肯定是那個觀世音！她怎麼這樣害我，我上南海打她去！”

唐僧說：“這法術既是她授予我的，她必然先曉得了。你去尋她，她念起咒來，你不是死路一條？”

孫悟空見說得有理，便不敢去找觀音了。從此，孫悟空只得死心塌地保護唐僧赴西天取經。

鷹愁澗白龍變馬

第十章

　　孫悟空被套上緊箍後，再也不敢萌生叛逆之意，盡心竭力地服侍唐僧西進。行了數月，已是臘月寒天。這一日，師徒兩個來到一座險惡高山，名喚蛇盤山。山中有一條深澗，水光澄清，鴉鵲飛過時常因照見自己的形影誤認做同類而撲進水裏喪身，故名鷹愁澗。

唐僧師徒來到澗邊，
正看那水流時，只
聽見澗中響了一
聲，鑽出一條龍來。那龍
推波掀浪，竄出崖山，來搶
唐僧。孫悟空大驚，立即丟了
行李，把師父抱下馬，背了便
走。那條龍眼看趕不上，就把唐
僧騎的白馬連鞍轡一口吞下肚去，
依然伏水潛蹤。

孫悟空把師父送往高坡上坐了，回到澗邊，卻見只剩得一擔行李，不見了馬匹。悟空打個唿哨，跳在空中。手搭涼篷，睜開火眼金睛，四下裏觀看，卻沒有發現白馬的蹤跡。他按落雲頭，來到高坡，對唐僧説：「白馬已被那條龍吃掉了。」

唐僧聽了，想想沒了馬，自己難以前行，禁不住淚如雨落。孫悟空見他如此，便説：「師父莫哭，等老孫去尋着那廝，叫他還我馬匹就是了！」

唐僧一把扯住孫悟空，説：「徒弟啊，你哪裏去尋他？只怕你一走，他從暗地裏竄出來，卻不連我都害了？那時節怎生是好？」

師徒兩個正説不清時，只聽得空中有人叫道：「大聖，我等是觀音菩薩差來的一路神，特來暗中保護取經者。」

唐僧聞言，慌忙禮拜。孫悟空卻喝令神報名。眾神道：「我等是六丁六甲、五方揭諦、四值功曹、一十八位護教伽藍，各各輪流值日聽候。」

孫悟空問：「今日先從誰做起？」

眾揭諦道：「丁甲、功曹、伽藍輪次。我五方揭諦，惟金頭揭諦晝夜不離左右。」

孫悟空説：「既如此，不當值者退去，留下六丁神將、四值功曹和眾揭諦守護我師父。等老孫去尋那澗中的孽龍。」

眾神遵令，唐僧這才放心，吩咐徒弟小心在意。

當下，孫悟空束一束綿布直裰，撩起虎皮裙子，攢着金箍鐵棒，抖擻精神，來到澗壑上方，半雲半霧的，在那水面上高聲叫道：「潑泥鰍，還我馬來！還我馬來！」

卻説那龍吃了唐僧的白馬，伏在澗底潛靈養性。聽得有人叫罵索馬，按不住心中火發，縱身躍浪翻波，跳將上來道："是哪個敢在這裏出口傷吾？"

孫悟空大喝一聲："休走！還我馬來！"舉棒劈頭就打。

那條龍閃身讓過，張牙舞爪來抓。兩個在澗邊爭鬥，來來往往，戰罷多時，盤旋良久。終於，那條龍力軟筋麻，不能抵敵，打

孽龍逞兇　陳安民　畫

一個轉身，又竄入水內，深潛澗底，再不出頭。任憑孫悟空怎樣罵，也只當沒聽見。

　　孫悟空無可奈何，焦急之下，念了一聲"唵"字咒語，即喚出了當坊土地、本處山神。山神、土地見是孫悟空，立刻下跪："山神、土地來見。"孫悟空說："我問你們：鷹愁澗裏，是哪方來的怪龍？它怎麼搶了我師父的白馬吃了？"

　　山神、土地告訴了孫悟空這條龍的來歷。原來，這條龍是西海龍王敖閏之子，因縱火燒了水晶宮殿上的明珠，被敖閏表奏天庭，告了忤逆。玉帝大怒，降旨把他吊在空中，先打了三百鞭，待三日後再處死。那小龍吊在空中等死時，正好看見觀音菩薩東去尋訪取經人，便哀求觀音救他。觀音菩薩當即去見玉帝，說："貧僧領佛旨上東土尋取經人，路遇孽龍懸吊，特來啟奏，望能饒他性命，賜與貧僧，叫他與取經人做個腳力。"玉帝聞奏，即傳旨赦宥，差天將把小龍送給觀音。菩薩即把他送在深澗之中，只等取經人來，變做白馬，上西天立功。山神、土地臨末說："那龍受命潛身，並不為非作歹，只是飢餓時，上岸來撲些鳥鵲吃，或是捉些獐鹿食用。不知今日他怎麼無知，竟衝撞了大聖。這條澗有千萬個孔竅相通，要下水尋他也難，不過大聖不必煩惱，要擒此物，只消請觀音菩薩來即可。"

　　孫悟空聽了，便叫山神、土地一起去見唐僧，把情況說了一下。唐僧說："若要去請菩薩，幾時才得回來？我貧僧飢寒怎忍！"

　　正說着，只聽得暗空中有金頭揭諦叫道："大聖，你不須動身，小神去請菩薩來。"

孫悟空大喜，忙叫：「有累，有累！快行，快行！」

那金頭揭諦駕雲趕到南海，按祥光直至落伽山紫竹林中，見到了觀音菩薩，稟報情況。觀音聞言道：「這廝當初犯下死罪，是我親見玉帝，討他下來，叫他與唐僧做個腳力。他怎麼反吃了唐僧的馬？這等說，我須親自去走一趟。」

觀音與揭諦駕着祥光，不多時便來到蛇盤山。觀音停在半空中，讓揭諦去喚孫悟空上來。孫悟空一見觀音便說：「你怎麼把那有罪的孽龍，送在此處成精，叫他吃了我師父的馬匹？」

觀音說：「那條龍，是我親奏玉帝，討他在此，專為求經人做個腳力。你想那東土來的凡馬，怎經得這萬水千山？怎到得那靈山佛地？須是得這個龍馬，方才去得。」

孫悟空說：「像他這般懼怕老孫，潛躲不出，如之奈何？」

觀音吩咐揭諦：「你去澗邊叫一聲『敖閏龍王玉龍三太子，你出來，有南海菩薩在此。』他就出來了。」

金頭揭諦去澗邊叫了兩遍，那小龍翻波推浪，跳出水來，變作一個人像，踏了雲頭，到空中對觀音禮拜道：「向蒙菩薩解脫活命之恩，在此久等，更不聞取經人的音信。」

觀音指着孫悟空道：「這不是取經人的大徒弟？」

小龍見了道：「菩薩，這是我的對頭。我昨天腹中飢餓，吃了他的馬匹。他倚着有些力氣，將我鬥得力怯而回；又罵得我閉門不敢出來。他並不曾提及一個『取經』的字眼。」

孫悟空說：「你又不曾問我姓甚名誰，我怎麼就說？」

觀音上前，把那小龍項下的明珠摘了，將楊柳枝蘸出甘露，往他身上拂了一拂，吹口仙氣，喝聲「變」，那龍即變做被他吞吃的那匹馬的模樣。觀音吩咐道：“你須用心贖罪；功成後，超越凡龍，還你個金身正果。”

那小龍口銜着橫骨，唯唯領諾。觀音菩薩香風繞繞，彩霧飄飄，回轉普陀而去。

孫悟空按落雲頭，揪着那龍馬的頂鬃，來見唐僧：“師父，馬有了也。”

唐僧一見大喜道：“徒弟，這馬怎麼比前反肥盛了些？在何處尋着的？”

孫悟空說：“師父，你還做夢哩！剛才是金頭揭諦請了菩薩來，把那澗裏龍化作我們的白馬。其毛片相同，現被老孫揪將來也。”

唐僧大驚道：“菩薩何在？待我去拜謝她。”

孫悟空說：“菩薩此時已到南海，不耐煩矣。”

唐僧就撮土焚香，望南禮拜。拜罷，起身與悟空收拾行李，上了白馬，往西行進。

小龍變馬　戴敦邦　畫

索袈裟智鬥熊精

第十一章

　　唐僧師徒拜辭觀音菩薩後，繼續西行。一路上，悟空歡天喜地。原來，這次觀音菩薩前來，除將小白龍變成白馬，作為唐僧的坐騎外，還將三片柳葉放在悟空腦後，變成三根救命的毫毛，告訴他：「如到了萬分危難的時節，可以隨機應變，救得你急苦之災。」

　　這天，唐僧師徒來到一座寺院——觀音禪院。這禪院的院主是個有二百七十歲高壽的老僧，他接待唐僧、孫悟空時，用一個羊脂玉的盤子盛着三個法藍鑲金的茶盅。唐僧見了，稱讚道：「真是個好物件！」那老僧說唐僧是天朝上國來的，一定帶有寶貝。唐僧說沒有寶貝帶來，孫悟空提醒說那件袈裟是寶

貝，可以拿出來看看。那老僧聽了，一時賣弄，說袈裟算什麼寶貝，他有幾百件之多。於是，老僧便叫院內眾僧抬出十二個衣柜，取出袈裟掛在繩子上，弄了個滿堂綺繡，四壁綾羅。

孫悟空見了，很是不以為然，不顧唐僧的勸阻，從包裹裏拿出袈裟，一抖開，紅光滿室，彩氣盈庭。眾僧見了，誇讚不已。那老和尚見了這件稀世佛寶，動了奸心，對唐僧跪下，眼中垂淚，懇請唐僧允許他把袈裟借回他臥房去細細看上一

借袈裟　陳安民　畫

夜。唐僧聽了，暗吃一驚，正想拒絕，孫悟空卻已經爽氣地把袈裟交給老和尚了。老和尚大喜，吩咐眾僧把前面禪堂打掃乾淨，給唐僧師徒安歇。

老和尚把袈裟騙到手，拿到後面方丈房內，對着袈裟痛哭。老和尚兩個心愛的徒孫知道老和尚想霸佔這件袈裟，便給老和尚出了個主意：趁唐僧師徒已經睡着，把那間禪堂放火燒了，將唐僧師徒一起燒死在內。

老和尚聽了連聲叫"妙"，即安排眾僧搬柴禾準備放火燒那間禪堂。哪知外面的聲響早已驚醒了孫悟空，孫悟空心下起疑，於是變成一隻蜜蜂飛出禪堂。悟空一看是這麼個情況，尋思："他為謀我們的袈裟，所以起這樣的毒心。我如果一頓棍把他們都打死了，師父又怪我行兇。算了，待我弄個計策，讓他們連房子都住不成。"

當下孫悟空一個筋斗跳上南天門，向廣目天王借了一隻避火罩，返回禪院，到禪堂房脊上，罩住了唐僧與白馬、行李等。他自己去後面老和尚住的房上頭一坐，着意保護那袈裟。眼看那些人真的放起火來，他便念起咒語，望地上吸一口氣吹去，只見平地一陣風起，將那火轉刮得烘烘亂着。一時間，除了唐僧居處與後院放袈裟的屋宇外，整座觀音禪院都燒着了。眾和尚搬箱抬籠，搶桌端鍋，滿院裏叫苦連天。

卻説這火驚動了距觀音院南面二十里處黑風山黑風洞裏的一個妖精。這妖精和觀音院那和尚平時有些交情，見觀音院失火，當下便下山去禪院相幫救助。這妖精縱起雲頭下山一看，只見禪院內燃着沖天之火，兩廊煙火濃烈，而後房卻無火，房脊上有一人在放風。妖精感到奇怪，潛入方丈房裏一看，見桌上一個青氈包袱散放霞光彩氣，解開來，竟是一領錦袈裟，乃佛門異寶。妖精大喜，也不救火了，把袈裟盜了就走。

這場火一直燒到五更時分方才熄滅，禪院眾僧一個個都啼啼哭哭。孫悟空取了避火罩一筋斗送上南天門還給廣目天王。他返回禪院，叫醒了唐僧。唐僧穿衣出門，只見外面一片廢墟，不禁大驚。悟空便把昨晚情況說了一遍，唐僧聽了，嗟歎不已。

師徒兩個牽了馬，挑着擔子，出了禪堂，往後院走去。那些和尚見唐僧師徒兩人出現，只道是鬼魂，個個嚇得魂飛魄散。直到孫悟空開口向他們討還袈裟，他們才知道這兩人並未被燒死，便斷定他們是神僧，一齊跪下叩頭：「我等有眼無珠，不識真人下界！你們的袈裟在後面方丈中老師祖處。」

眾僧陪着唐僧師徒去方丈房中，卻見那老和尚已經頭破血流死了！原來，那老和尚早上醒來，見燒了本寺這許多房屋，而袈裟反而失蹤了，又着急又懊惱，尋思無計，進退無方，便一頭撞牆自殺了。孫悟空見狀，對眾僧叫道：「定是你們這些人把袈裟盜藏起來了！都集中起來，開具花名手本，等老孫逐一查點！」

眾僧無奈，只得

火燒禪院　陳安民　畫

75

聚在一起，開具手本二張，共計二百三十人。孫悟空請師父高坐，他從頭唱名，一一搜檢，並無袈裟。悟空又把那些從房裏搬搶出來的箱籠物件，從頭細細尋遍，也無影蹤。他沉思了一會，向眾僧打聽附近是否有妖精，有和尚告訴他二十里外的黑風山黑風洞有個妖精。孫悟空便命眾僧照顧唐僧，自己去那妖精處探尋袈裟。

孫悟空趕到黑風山，聽見芳草坡上有人在說話。他閃在石崖之下，偷偷觀察，原來是三個妖魔席地而坐：上首是一條黑漢，左首下是一個道人，右首下是一個白衣秀士。只聽得那黑漢在說："我夜來得了一件寶貝，名喚錦佛衣。我明日準備開一個'佛衣會'，邀請各山道官，一起來慶賀。"

孫悟空一聽"佛衣"兩字，認定準是那件袈裟，當下跳出石崖，雙手舉起金箍棒，高叫道："你們這伙賊怪，偷了我的袈裟，還要做什麼'佛衣會'，真是豈有此理！"掄棒照頭打下，慌得那黑漢化風而逃，道人駕雲而走；只把那個白衣秀士一棒打死，定睛一看，卻是一條白花蛇怪。

孫悟空在山中尋到黑風洞，在洞外一叫嚷，那黑漢便拿了一杆黑纓槍走出門來。孫悟空向他亮出了自己的身份，向他索討袈裟。那黑漢卻一口拒絕。孫悟空惱怒，舉棒打去，那黑漢側身躲過，綽長槍，劈手來迎。兩個鬥了數十回合，從洞口打上山頭，從山頭殺到空中，吐霧噴風，飛砂走石，從早上打到紅日當空，又從正午鬥到紅日沉西，不分勝敗。那妖魔見天色已晚，不想再戰，便化陣清風，轉回本洞，緊閉石門不出。

孫悟空攻門不開，一時無計可施，只得也轉回觀音院裏，向唐僧說了情況。師徒兩人吃了晚齋，便進禪堂安歇，決定第二天再作計議。

　　次日一早，孫悟空對唐僧說：「我想這椿事都是觀音菩薩沒理，她有這個禪院在此，受了這裏人家香火，又容那妖精在附近為鄰。我去南海尋她，請她親自來向妖精討還袈裟。」唐僧想想也只有如此了，便叫孫悟空快去快回。

棒打白花蛇 陳安民 畫

孫悟空一個筋斗翻到南海，拜見了觀音菩薩，說明了情況，求告道：「但恨那怪物不肯還我袈裟，師父又要念緊箍咒，老孫忍不得頭疼，所以來拜煩菩薩。望菩薩發慈悲之心，助我去拿那妖精，取還袈裟。」

　　觀音說：「那怪物是個黑熊精，神通不亞於你。也罷，我看在唐僧面上，和你去走一遭。」

　　觀音、孫悟空遂同駕祥雲，須臾即到黑風山，墜落雲頭，依路找洞。正走著，只見那山坡前走出一個道人，手拿著一個玻璃盤兒，盤內安著兩粒仙丹。孫悟空見了，掣出棒，就照頭一下，打得那道人腦漿流出。觀音大驚道：「你這個猴子，還是這等放潑！他又不曾偷你袈裟，又無甚冤仇，你怎麼就把他打死？」

　　孫悟空說：「菩薩，你不認得他。他是那黑熊精的朋友，昨天他和一個白衣秀士與黑熊精都在芳草坡前坐著，商議開‘佛衣會’的事呢。」

　　觀音點頭道：「既是這等說來，也罷。」

　　孫悟空去把那道人提起來看，原來是一隻蒼狼。再看那個盤兒底下刻著四個字：凌虛子製。孫悟空看了，歡喜道：「這

熊精現原形　余文祥　畫

78

事兒便當了！菩薩，我有一句話兒，叫做將計就計，不知菩薩可肯依我？」

菩薩説：「什麼將計就計？」

孫悟空便説出了他的計策：從盤子判斷，被打死的道人叫凌虛子，他拿着這兩粒仙丹是去獻給黑熊精祝壽的。如果觀音變做凌虛子，悟空變為兩粒仙丹中的一粒，由觀音獻給黑熊精，騙他吃下，悟空到了他肚子裏，就可逼他送還袈裟。觀音聽了，採納了這個計策。當下，觀音搖身一變，成了凌虛子，孫悟空則變成了一粒仙丹。

觀音走到黑風洞口，守洞小妖見了，便去裏面稟報：「凌虛仙長來了！」那黑熊精連忙出來迎接。觀音手捧丹盤道：「大王，這是小道一點心意。」邊説邊把孫悟空變的那粒仙丹送過去：「願大王千壽！」

黑熊精把「仙丹」放進嘴裏，正要咽，孫悟空已經一骨碌滾下肚裏，一動手腳，將妖魔痛得滾倒在地。觀音現了本相，向妖魔索回了袈裟。孫悟空便從妖魔鼻孔裏出來。觀音將袈裟交還給悟空，升至空中，並眼快手疾地把一個箍兒丟在妖魔頭上。妖魔立即現了原形。觀音將真言念起，妖魔頭疼，滿地亂滾。

觀音問：「孽畜！你肯皈依麼？」

妖魔答道：「情願皈依，只望饒命！」

觀音於是落到地下，給他摩頂受戒，讓他隨自己去落伽山，做守山大神。

孫悟空捧着索回的袈裟，向觀音叩頭拜謝而別，回觀音禪院向唐僧報喜去了。

高老莊收伏八戒

第十二章

　　唐僧、孫悟空索回袈裟後，在觀音禪院住了一宿，次日方才上路。師徒兩個行了六七日荒路，來到烏斯藏國的高老莊。

　　孫悟空在莊外扯住一個急匆匆往前趕路的少年，問少年急急忙忙要去何處。少年回答說，他是莊上高太公的家人，高太公的女兒被一個妖精佔了，太公請了三四個法師都降不了那妖精，高太公現在讓他再去請好一些的法師來對付妖精。孫悟空聽了，說：「我們是東土來的聖僧，往西天拜佛求經者，善能降妖縛怪。」

　　那家人聽了，便返回莊裏，去向高太公報告。高太公聽了，即出門來把唐僧師徒迎了進去。高太公告訴他們：自己那個女兒叫翠蘭，因考慮將來老了有個依靠，故想要招個女婿。三年前，來了一個漢子，模樣還過得去，自稱是福陵山人，姓豬，上無父母，下無兄弟，願做上門女婿。因見是

八戒背媳婦 孟慶江 畫

個無根無絆的人，就招了他。那漢子初進門時，倒也勤快，耕田耙地，不用牛具；收割田禾，不用刀杖。只是一件事有些古怪：有些會變嘴臉。他初來時，是一條黑胖漢，後來就變做一個長嘴大耳朵的呆子，腦後又有一溜鬃毛，身體粗糙怕人，頭臉就像個豬的模樣。另外，他的食量驚人，一頓要吃三五斗米飯；早上的點心，燒餅要吃百十個才夠。最近，他又會弄風，雲來霧去，走石飛砂的，

嚇得全家和左鄰右舍都不得安生。他連哄帶騙地將翠蘭背進後宅子裏，已有半年，也不知死活如何。

高太公說罷，請孫悟空幫忙把那妖精除掉。悟空一口答應。當天吃過晚飯後，高太公引着孫悟空去後宅子，只見大門上的鎖已被銅汁灌了，鑰匙插不進去。孫悟空用金箍棒把門搗開了，兩人走進門去。高太公叫女兒，翠蘭在裏面答應，走出來一把扯住太公大哭。孫悟空吩咐高太公把女兒帶走，自己變做翠蘭，守在房裏，等那妖精到來。

不多時，一陣狂風吹來，只見半空裏來了一個妖精：黑臉短毛，長喙大耳；穿一領青不青、藍不藍的梭布直裰，繫一條花布手巾。孫悟空假裝生病，躺在牀上哼哼哈哈，妖精跳上牀來，孫悟空假意埋怨了他幾句。妖精未識真假，被孫悟空一番言語套出了底細：家住福陵山雲棧洞，姓豬。

孫悟空說："父親說要請法師來拿你哩！"妖怪笑道："莫睬他！我有天罡數的變化，九齒的釘鈀，怕什麼法師？"孫悟空說："他說請一個五百年前大鬧天宮姓孫的齊天大聖來拿你哩！"妖怪聽了有三分害怕："既是這樣說，我去了罷！"孫悟空問："為什麼？"妖怪說："那鬧天宮的弼馬溫，有些本事，只恐我弄他不過。"

妖怪說着，開了門，往外就走；孫悟空一把扯住他，將自己臉上一抹，現出原形，喝道："妖怪，哪裏走？你抬頭看看我是哪個？"妖怪轉過眼來，看見孫悟空呲牙咧嘴，火眼金睛，磕頭毛臉，慌得他手麻腳軟，嘩啦一聲，掙破了衣服，化狂風脫身而去。孫悟空急忙上前，用金箍棒望風打了一下。那妖怪化萬道火光，逃往福陵山去了。孫悟空駕雲急追，一直追到福陵山。

妖怪從他棲身的雲棧洞裏取出一柄九齒釘鈀來戰孫悟空。孫悟空喝道：「潑怪！你是哪裏來的邪魔？怎麼知道我老孫的名號？」

妖怪便道出了自己的底細：他原是天上的天蓬元帥，總督天河水兵。有一年，王母娘娘開蟠桃會，他也去了，因為喝醉了酒，一頭撞入廣寒宮，意欲調戲嫦娥仙子。結果被糾察靈官抓獲，押往靈霄宮見玉帝。玉帝將他重責二千錘，放生趕出天界。

孫悟空聽了失聲道：「你這廝原來是天蓬水神下界，怪道知我老孫的名號。」

妖怪說：「你這誑上的弼馬溫，當年惹那禍時，不知帶累我等多少，今日又來此欺人。不要無禮，吃我一鈀！」

孫悟空舉棒，當頭就打。他兩個在那半山之中，大打出手，從二更時分一直鬥到東方發白。妖怪兩臂酸麻，力怯敗陣，化作狂風，回到洞裏，把門緊閉。孫悟空追到洞口，一頓鐵棍，把兩扇門打

雲棧洞鬥八戒　潘裕鈺　畫

得粉碎，口裏罵道："那饢糠的夯貨，敢出來與老孫再打麼？"

那妖怪聽見打得門響，惱怒難禁，當下抖擻精神，從裏面跑出來，厲聲罵道："你這個弼馬溫，着實憊懶！我與你有什麼相干，要把我的大門打破？你去看看律條，打破大門而入，該判個死罪哩！"

孫悟空笑道："這個呆子！我就打了大門，還有個辯處。像你強佔人家女子，又沒個三媒六證，也沒送過禮，真該問個斬罪哩！"

妖怪大怒，舉鈀就築。孫悟空用金箍棒架住釘鈀，問道："你這鈀是不是給高太公家做園工築地種菜的？"

妖怪一聽，乘機吹噓他的釘鈀說：這是用天上的神冰鐵製作的，由火德神君生火添炭，太上老君親自動手錘打精製而成，名叫"上寶遜金鈀"，獻給玉帝。後來玉帝封他做天蓬元帥時，把這鈀賜給他。這釘鈀是神器，即使是銅頭鐵腦一身鋼的角色，挨到一鈀也是魂消氣泄。

孫悟空聽了，收起鐵棒道："呆子不要說嘴！老孫把這頭伸在那裏，你築一下試試，看是不是魂消氣泄。"

妖怪真的舉起鈀，用足力氣築下來。"撲"的一下，只見火星四濺，卻不曾築動孫悟空一點兒頭皮，嚇得那怪手麻腳軟，口中讚道："好頭！好頭！"妖怪問道："你這猴子，我記得你鬧天宮時，家住在東勝神洲傲來國花果山水簾洞裏，到如今久不聞名，你怎麼來到這裏，上門子欺我？是不是我丈人去那裏請你來的？"

孫悟空說："你丈人不曾去請我。因是老孫改邪歸正，棄道從僧，保護一個東土大唐駕下御弟，叫做三藏法師，往西天拜佛取經，路過高老莊借宿，那高老兒因而遇見三藏法師與我，就請我救他女兒，拿你這饞糠的夯貨！」

那怪一聞此言，丟了釘鈀，行禮道：「那取經的法師在哪裏？累煩你引見引見。」

孫悟空覺得奇怪：「你要見他幹什麼？」

那妖怪說出了一番情由，原來觀音菩薩奉如來之命去東土尋訪取經人經過福陵山時，曾勸他行善，讓他給不久以後來此路過的取經人當徒弟。他為將功折罪，求得正果，就答應了。這一陣，他一直在等取經人的消息。

孫悟空說：「你不要以謊話來哄騙我，以求脫身。你如果真要保護唐僧西行取經，就朝天發個誓，把釘鈀交給我，再將那雲棧洞燒了，我這才帶你去見我師父。」

那妖怪果然一一照辦了。

悟空又拔下一根毫毛，吹口仙氣，變做一條三股麻繩，走過來，要把那妖怪的手背綁剪了。那妖怪真個倒背着手，憑他怎麼綁縛。孫悟空又揪他的耳朵，叫「快走！快走！」那妖怪叫道：「輕着些兒！你的手重，揪得我耳根子疼！」孫悟空說：「輕不成！顧你不得！常言道：『善豬惡拿。』只等見了我師父，果有真心，方才放你。」

他兩個騰雲駕霧，頃刻間到了高老莊，孫悟空揪着妖

辭別高老庄　戴敦邦 畫

怪的耳朵説："看清了，那廳堂上端坐着的正是我師父。"

　　高太公及陪着唐僧閑聊的幾個親友見孫悟空把妖怪捉來了，一個個欣然迎到天井中，説："長老，長老，他正是我家的女婿。"

那妖怪走到唐僧面前，雙膝跪下，背着手，對唐僧叩頭，高叫道：“師父，弟子失迎。早知是師父住在我丈人家，我就來拜接，哪裏要費這些周折！”

唐僧問：“悟空，你怎麼降得他來拜我？”孫悟空拿釘鈀柄打着那怪，喝道：“呆子，你説！”妖怪就把觀音菩薩勸善之事，細細陳述了一遍。

唐僧大喜，叫道：“高太公，取個香案用。”高太公連忙抬出香案。唐僧淨了手焚香，望南禮拜道：“多蒙菩薩聖恩！”拜罷，唐僧上廳高坐，吩咐：“悟空你放了他！”

孫悟空把身子抖了抖，把毫毛變的麻繩收上身來，綁着的繩子就不見了。那妖怪重新禮拜唐僧，表示願跟隨西行；又與悟空拜了，稱為師兄。

唐僧説：“你既從吾善果，要做徒弟，我給你起個法名，平時也好呼喚。”妖怪説：“師父，觀音菩薩已給我摩頂受戒，起了法名，叫豬悟能。”唐僧笑道：“好！好！你師兄叫做悟空，你叫做悟能，確實是我法門中的宗派。”

悟能説：“師父，我受了菩薩戒行，斷了五葷三厭，在我丈人家持齋把素，更不曾動葷；今日見了師父，我開了齋罷。”唐僧説：“不可！不可！你既是不吃五葷三厭，我再給你起個別名，叫八戒。”那呆子歡歡喜喜道：“謹遵師命！”

從此，豬悟能又叫豬八戒。

次日，唐僧師徒三人辭別高太公，投西而去。

流沙河沙僧歸正

第十三章

　　唐僧師徒三人一路西行，這一天，他們來到了一條大河邊，只見大水狂瀾，翻波湧浪。岸上有一座石碑，上有"流沙河"三個大大的篆字；下面刻有四行小字："八百流沙界，三千弱水深。鵝毛飄不起，蘆花定底沉。"

　　師徒們正看碑文，只聽得那浪湧如山，波翻若嶺，河當中"嘩啦"一聲鑽出一個妖精：一頭紅髮，兩隻燈籠眼，一臉絡腮胡子，聲若龍吼，身披鵝黃氅，頭頸裏掛着九個骷髏，手裏拿着一柄寶杖。那妖怪一個旋風，奔上岸來，撲向唐僧，慌得孫悟空一把將師父抱住，急登高岸。豬八戒放下擔子，掣出鐵鈀，望妖精便筑。

　　豬八戒和妖精一口氣鬥了二十回合，不分勝負。那孫悟空將唐僧安排在高岸僻靜處，回轉身去打妖精。他打個唿哨，跳到前邊，掄起鐵棒，望妖怪當頭就是一下。妖怪慌忙躲過，急轉身鑽入流沙河去了。

悟空、八戒商議：這流沙河又寬又深，波浪洶湧，又無船隻，沒法渡過去。所以必須把那妖怪捉住，他久住於此，熟悉水性，估計有辦法讓唐僧渡過河去的。那孫悟空道：「不過水裏勾當，老孫不大熟悉。」八戒說：「老豬當年總督天河，掌管那八萬水兵，倒知些水性——但就怕那水裏有什麼眷族老小，七窩八代的都來，我就弄他不過了。」孫悟空說：「這樣吧，你下去和他交戰，把他引出水面，等老孫下手助你。」

豬八戒點頭答應，就雙手舞鈀，分開水路，使出那當年的舊手段，躍浪翻波，撞將進去，直達水底，往前走去。那妖怪敗陣逃回，方才喘定，聽得有人推得水響，急起身觀看，原來是八戒。於是，舉杖呼道：「那和尚，哪裏走，仔細看打！」八戒使鈀架住：「你是個什麼妖精，竟敢在此間擋路？」

對方便自述了簡歷：他原是南天門裏靈霄宮的捲簾將軍，只因在蟠桃會上失手打碎了玉玻璃，使與會天神受了驚嚇，於是被玉帝貶在下界。他在流沙河為妖，吃下的樵夫、漁翁不計其數。妖怪臨末說：「今天你這個和尚到我門上來行兇，我的肚皮有所望了。你的皮肉看上去比較粗糙，不過還可以食用。」

八戒聞言大怒，罵道：「你這潑物，怎敢如此無禮，休走，吃你祖宗這一鈀！」邊罵邊使鈀打去。那妖怪見鈀來，使一個「鳳點頭」躲過。兩個在水中打出水面，踏浪登波惡鬥。鬥了一陣，豬八戒虛晃一鈀，詐敗往東岸上走。那怪隨後趕來，將到岸邊，孫悟空忍耐不住，掣了鐵棒跳到河邊，望妖精劈頭就打。妖怪大吃一驚，不敢相迎，颼的又鑽入河內。

八戒嚷道："你這個急猴子！你不會慢些下手嗎？等我哄他到

八戒詐敗　戴敦邦　畫

了高處，你阻住河邊，使他不能往回逃，不就能捉住他了？他這一進去，幾時再肯出來？」

悟空一時語塞，便轉移話題，與八戒商議如何過流沙河，議來議去還是只有去找那妖怪。因為若論悟空、八戒的神通，要把唐僧弄過河去自是不難，但如若這樣就違背了如來的初衷，如來規定取經人必須歷盡千辛萬苦到得西天，方給他真經，才可得正果。

孫悟空說：「沒別的辦法，還須你下水。這番我再不急性了，只讓你引他上來，我攔住河沿，不讓他回去，務要將他擒了。」

八戒遂抹抹臉，抖擻精神，雙手拿鈀，分開水路，依然又下至那怪的窩巢。那怪正在休息，聽得水響，見八戒到來，便跳出來，當頭阻住，喝道：「慢來，慢來！看杖！」八戒舉鈀架住道：「你是甚麼『哭喪杖』，敢叫你祖宗看杖？」妖怪說：「我這根杖名喚『降妖寶杖』，乃玉帝御賜神杖！看你那個鏽釘鈀，只好鋤田與種菜！」八戒笑道：「什麼種菜，只怕扎你一下兒，教你九個眼子一齊流血！」

那妖怪大怒，挺杖就打，八戒舉鈀相迎。兩人在水底下鬥了幾個回合，又打到水面上；來來往往，鬥了三十回合，不見強弱。八戒又使個佯輸計，拖了鈀走。妖怪隨後又趕來，擁波掀浪，趕至崖邊。

八戒罵道：「潑怪，你上來！這高處，腳踏實地好打！」妖怪冷笑道：「你這廝哄我上去，又教那幫手來哩！你下來，還在水裏相鬥。」

孫悟空見他不肯上岸，心焦性暴，他急吼吼跳在半空，「刷」的一下落下來，使出一個餓鷹叼食的姿式，來抓那妖。那妖聽得風響，急回頭，見是悟空落下雲來，馬上又收了寶杖，一頭淬下水去，隱跡潛蹤，渺然不見。

兩人無計可施，回到高岸去見唐僧，説那妖怪不肯出水，難以捕捉。唐僧聽了，流着眼淚道："似此萬難，怎麼能渡過河去？"

悟空説："師父莫要煩惱，這取經的事，原是觀音菩薩弄出來的；脱解我倆，也是觀音菩薩；今日路阻流沙河，可找她去，請她設法解決。"

孫悟空説罷，讓八戒保護好師傅，他自己即縱筋斗雲赴南海——不消半個時辰，早望見普陀山境。

觀音見了孫悟空，問道："你怎麼不保唐僧，又來見我？"

孫悟空向觀音説明了情況，臨末道："望菩薩慈垂憐憫，濟渡我師。"

觀音問："你這猴子，又逞自滿，沒有與他説出保唐僧取經的話來麼？"

悟空回答："沒有説。"

觀音説："那流沙河的妖怪，乃是捲簾大將臨凡，也是我勸化了，讓他保護取經之輩。你若肯説出東土取經人呵，他決不與你爭持，斷然歸順矣！"

原來，那妖怪是觀音當初去東土尋訪取經人時，途中遇到的第一個妖怪，他聽從觀音勸化，願拜取經人為師，一直在等候取經人。

孫悟空説："那怪如今怯戰，不肯上崖，只在水裏潛蹤，怎麼讓他歸順？"

觀音喚來惠岸，從袖中取出一個葫蘆，吩咐道："你拿了這個葫蘆，同孫悟空到流沙河水面上，只要叫‘悟淨’，他就出來了。先要引他歸依了唐僧；然後把他那九個骷髏穿在一處，按九宮佈列，把這葫蘆安在當中，就是法船一隻，能渡唐僧過流沙河界。”

孫悟空、惠岸得了法旨，即捧了葫蘆騰雲駕霧來到流沙河。豬八戒認得是惠岸行者，便引師父上前迎接。孫悟空待唐僧和惠岸見了禮，便向師父報告了求見觀音菩薩的過程。

唐僧聞言，朝天頂禮，又對惠岸行禮道：“萬望尊者作速一行。”

惠岸行者捧定葫蘆，來到流沙河水面上，厲聲高叫道：“悟淨！悟淨！取經人在此久矣，你怎麼還不歸順！”

那悟淨聽見叫他法名，情知是觀音菩薩派來的，又聽說“取經人在此”，便急翻波伸出頭來，認出來人是惠岸行者，連忙笑盈盈上前作禮道：“尊者失迎。菩薩今在何處？”

惠岸說：“我師未來，差我來吩咐你早跟唐僧做個徒弟。叫把你項下掛的骷髏與這個葫蘆，按九宮結做一隻法船，渡他過河。”

悟淨問：“取經人在哪裏？”

惠岸用手指道：“那東岸上坐的不是？”

悟淨先看見八戒、悟空，說自己和他們鬥了多時，從未聽他們說過“取經”兩字，又說孫悟空很厲害，他不去了。惠岸告訴他，悟空、八戒都是唐僧的徒弟，故不必害怕。悟淨聽了，這才表示願意上岸去見唐僧。

悟淨收了寶杖，整一整黃錦直裰，跳上岸來，對唐僧雙膝跪下道：“師父，弟子有眼無珠，不認得師父的尊容，多有衝撞，萬望恕罪！”

唐僧問道：「你果真肯誠心皈依吾教麼？」

悟淨說：「弟子已蒙菩薩教化，指河為姓，法名叫沙悟淨，豈有不從師父之理！」

唐僧點點頭，叫悟空取戒刀給悟淨剃了頭。悟淨拜了唐僧，又拜了悟空、八戒，排為第三。唐僧見他行禮真像個和尚家風，故又叫他做沙和尚。惠岸見悟淨已皈依，便催促他作法船渡河。

沙和尚不敢怠慢，立刻把頸上掛的骷髏取下，用索子結作九宮，把菩薩給的葫蘆安在當中，請師父下岸。唐僧登上法船，坐於上面，果然穩似輕舟。右有八戒扶持，左有悟淨護衛；悟空在後面牽了龍馬，半雲半霧相跟；惠岸行者駕祥雲在頭頂上方照看，那法船如飛似箭，不多時已順利渡過流沙河。

唐僧上岸後，惠岸行者收了葫蘆，只見那骷髏瞬時化作九股陰風，寂然不見。唐僧拜謝了惠岸，上馬向西行進。

五莊觀品嘗仙果

第十四章

距唐僧取經出發地長安一萬多里處，有一座山，名叫萬壽山。萬壽山上有一座觀——五莊觀。五莊觀觀主鎮元子是一位神仙。五莊觀裏有一樣天下獨一無二的異寶，名喚"人參果"。這人參果生長時間極長，一萬年內，總共只結三十個果子。果子的模樣，就像剛出生的嬰兒，四肢俱全，五官齊備。人若有緣，得那果子聞一聞，可活三百六十歲；吃一個，可活四萬七千年。

這天，鎮元子接到元始天尊的簡帖，要去上清天上彌羅宮中聽講"混元道果"。臨走時，他吩咐徒弟清風、明月：近日將有從東土來的一個和尚唐僧經過，他若來投宿，可摘兩個人參果送給他本人吃。

鎮元子走後，唐僧師徒四人路過萬壽

山，來五莊觀投宿。清風、明月一問，果然是從東土往西方取經的唐僧和他的徒弟，便把他們迎進觀裏。唐僧在殿裏坐下歇息，吩咐悟空去山門前放馬，沙僧看守行李，八戒去做飯。

清風、明月見悟空等三人走開了，就回到房中，一個拿了金擊

投宿五莊觀　戴敦邦　畫

子，一個拿了丹盆，以絲帕墊着盤底，來到人參園內。那清風爬上樹去，用金擊子敲下了兩個人參果，明月用盤接住，送到前殿唐僧跟前。

清風說："這位師父，我五莊觀土僻山荒，無物可奉，土儀素果二枚，權為解渴。"

唐僧見了，戰戰兢兢，遠離三尺："善哉！善哉！這個是三朝未滿的孩童，怎麼拿給我解渴？"

明月上前解釋道："此物叫做'人參果'，吃一個兒不妨。"

唐僧亂搖頭："胡說！胡說！"

清風說："這真是樹上結的！"

唐僧亂搖手："亂談！亂談！"

清風、明月見唐僧千推萬辭不吃，只得拿着盤子，轉回本房。這人參果摘下後不能久放，否則就會變質。兩個道童商議下來，就一人一個吃掉了。

那八戒正在隔壁廚房裏做飯，將這一切都聽在耳朵了，口裏忍不住流涎水，尋思最好弄一個來嘗嘗新。一會兒，孫悟空來了，八戒道："師兄，這觀裏有人參果。我想你一向伶俐，能不能去他那園子裏偷幾個來嘗嘗？不過，我聽說要拿甚麼金擊子去打哩。"

悟空說："這個容易。老孫去，手到擒來。"

孫悟空使一個隱身法，閃進道房拿走了金擊子，又溜到後園，果然見正中間有棵大樹，樹上結着一些人參果。悟空一縱身躥到樹上，把金擊子敲了一下，一個人參果"撲"的落將下來，他也隨跳下來尋找，找來找去也沒找到。悟空感到奇怪，想了想，就捻着訣，念一口"唵"字咒，把花園土地拘來。

土地解釋道："這人參果與五行相畏：遇金而落，遇木而枯，遇水而化，遇火而焦，遇土而入。敲時必用金器，以盤兒襯墊絲帕相接。大聖剛才把果子打落在地，它就鑽下土去了。"

孫悟空弄明原因後，重新上樹，一隻手使擊子，一隻手將錦布直裰的襟兒扯起來做個兜兒接着，敲了三個果，返回廚房。沙僧正好也在，師兄弟三人便一人一個吃起來。一邊吃，一邊還說"人參果"如何如何。正在這時，清風、明月進道房取東西，聽見隔壁在說"人參果"，不禁警惕起來。於是便去後園查看。數下來，發覺少了四個。他們斷定是被悟空等人偷吃的，便去找唐僧說話。

唐僧當下召來三個徒弟，悟空初時抵賴，後來承認了。清風、明月便破口潑罵起來。孫悟空被罵得性起，不覺鋼牙咬響，火眼睜圓，暗自思忖：我送他一個絕後計，管教他從此吃不成！

孫悟空把腦後的毫毛拔了一根，吹口仙氣，叫"變"，變做個假悟空，跟定唐僧，陪着悟能、悟淨，忍受着道童嚷罵。他的真身縱雲頭跳起來，來到人參園裏，掣金箍棒往樹上乒乒一下，又使出個推山移嶺的神力，把樹一推推倒。那些人參果都被震落下來，鑽進了土裏。孫悟空幹完這事，回到前面，把毫毛一抖，收上身來。

清風、明月亂罵了一陣，又去園中，發現樹已倒下，果子一個都不見了，兩人嚇了個魂飛魄散。他們議下來，認定是孫悟空玩弄的神通，於是便用鎖把他們師徒四個鎖在殿裏，決定等師父鎮元子回來後再說。

這時，唐僧已知道悟空所為，不由得埋怨悟空："你這個猴頭，番番惹禍！你偷吃了他的果子，就受他些氣兒，讓他罵幾句便也罷了，怎麼又推倒他的樹！"

悟空説："師父莫怪了。只等那童子睡着，我們連夜起身不就得了！"

説了一會話，不覺東方月上。孫悟空説："看來那兩個道童已睡下，此時萬籟無聲，月色皎潔，正好走了去罷！"悟空把金箍棒捻在手中，使一個"解鎖法"，往門上一指，只聽得"鐺"的一聲響，門鎖跌落，悟空請師父出了門，上了馬，八戒挑着擔，沙僧攏着馬，往西投大路而去。孫悟空來到童子睡的房門外，摸出兩個瞌睡蟲，隔窗彈了進去，釘在二童子臉上，二童子頓時鼾鼾沉睡。悟空拽開雲步，趕上唐僧。這一夜馬不停蹄，行到天曉，師徒四人方才在路旁樹林中歇下。

這時，鎮元子自元始宮散會，回到萬壽山五莊觀。進觀一看，明月、清風正鼾鼾沉睡，叫也叫不醒。鎮元子笑道："好仙童啊！成仙的人，神滿再不思睡，卻怎麼這般困倦？莫不是有人作弄了他們？"

袖裏乾坤　戴敦邦　畫

鎮元子念動咒語，一口水噴在兩人臉上，隨即解了睡魔。明月、清風一醒過來，便把情況向師父稟報了。

鎮元子大怒，吩咐："眾徒弟們，都收拾下刑具，等我擒那猴頭回來好好收拾他！"鎮元子當下縱起祥光，來趕唐僧師徒。須臾間便發現了在樹林裏休息的唐僧等人。他下到地上，走進樹林，指着孫悟空道："潑猴，不要走，趁早還我樹來！"

孫悟空大惱，掣鐵棒不容分說，望鎮元子劈頭就打。鎮元子側身躲過，踏祥光，升到空中。悟空也駕雲，急趕上去，沒高沒低的將棍子亂打。鎮元子用玉麈左遮右擋，與他周旋了兩三回合，使一下"袖裏乾坤"的手段，在雲端裏，把袍袖迎風輕輕的一展，"刷"的一下，把唐僧師徒連馬一袖子籠住。

鎮元子轉祥雲，回到五莊觀坐下，從袖子裏把唐僧、悟空、八戒、沙和尚一個個拿將出來。鎮元子想起這萬年結成的人參仙果被毀於一旦，氣不打一處來，他發發狠心，決定開油鍋炸唐僧師徒四人。他讓徒弟把四人用布包起來，只留頭臉在外面，又在布上塗了生漆。油鍋將滾時，孫悟空將身子一縱，滾到西邊的石獅子旁，咬破舌尖，朝石獅子噴了一口，叫聲"變"，將石獅子變作他的模樣，也這般捆作一團；他本身卻出了元神，升在雲端裏，低頭看着眾道士。這時，油鍋滾沸了，鎮元子令左右小仙先抬起石獅子變的孫悟空，往鍋裏一擯，只聽得"砰"的一聲響，鍋底被砸破，滾油漏盡。眾道士一看，鍋裏是一隻石獅子！

鎮元子大怒，知道是孫悟空做的手腳，卻又無可奈何，便讓重起油鍋炸唐僧。孫悟空在空中聽得，嚇了一跳，連忙落到地下，說自己願替師父下油鍋。鎮元子一把扯住他，要他還人參果樹。孫悟空答應設法使樹復活。鎮元子説："你若有神通，醫得樹活，我與你八拜為交，結為兄弟。"

孫悟空急縱筋斗雲，來到東洋大海，先去蓬萊仙境，向福、祿、壽三星討教醫樹方法，三星無計可施。悟空再去方丈仙山找東華帝君求助，帝君也無可奈何。接着，悟空又去瀛洲九老，九老也沒有辦法。

最後，孫悟空去普陀落伽山見觀音菩薩。他向觀音説明了經過情況，懇求菩薩伸手相助。觀音説："我這淨瓶底的'甘露水'，善治得仙樹靈苗。"孫悟空大喜，急求觀音速去五莊觀。

觀音和孫悟空駕雲到了五莊觀。鎮元子見請來了觀音，大喜，焚香恭迎。觀音到了後園，讓悟空將左手伸開，觀音將柳樹枝蘸了瓶中甘露，在他手心裏畫了一道起死回生的符字，教他

甘露活仙樹　戴敦邦　畫

放在樹根之下。悟空遵言照辦，須臾，樹根下的土坑裏即有清泉一汪。觀音讓童子用玉茶杯、玉酒盞，把清泉舀起來。悟空、八戒、沙僧扛起樹來，扶得周正，擁上土，又將童子手中裝甘泉的玉盅一一捧給觀音，觀音將楊柳枝蘸了甘泉，細細灑在樹上，灑完，那樹果然返青，但見綠葉森森，上有二十幾個人參果——悟空偷摘時鑽入土中的一個也長上了。

鎮元子見狀大喜，急令清風、明月用金擊子敲下十個果子，開了個"人參果會"，酬謝觀音，款待唐僧師徒。

觀音離開後，鎮元子又安排素酒，與孫悟空結為兄弟。

孫悟空三打白骨精

第十五章

　　五莊觀觀主鎮元子和孫悟空結為兄弟後，兩人情投意合。鎮元子留唐僧師徒一連住了五六日，這才放他們上路西行。

　　師徒四人行了幾日，來到一座高山。此山峯岩重疊，澗壑灣環。山中虎狼成羣，狐兔聚叢，大蟒噴霧，長蛇吐風。那唐僧騎在馬上，看得膽戰心驚。孫悟空當即佈施手段，舞着鐵棒，大吼一聲，唬得那虎狼奔逃，狐蛇匿跡。唐僧這才放心策馬前行。

　　師徒們行到嵯峨之處，唐僧説肚中飢餓了，孫悟空道：「師父下馬穩坐，等我去找點吃的。」

孫悟空將身一縱，跳到雲端裏，手搭涼篷，睜眼觀看。只見遠處正南一座高山上，有一片鮮紅的點子。孫悟空按下雲頭，對唐僧說："師父，那南山有一片紅的，想必是熟透了的山桃，我去摘幾個來給你充飢。"唐僧喜道："出家人若有桃子吃，就已是上好的了！快去。"

孫悟空便取了鉢盂，縱起祥光，直奔南山。

常言道："山高必有怪，嶺峻卻生精。"這座高山上果然有一個妖精，孫悟空去時，驚動了那妖精。妖精在雲端裏，踏着陰風，看見唐僧坐在地下，不禁大喜："造化！造化！這幾年聽人家講東土大唐有聖僧去西天取'大乘'，有誰吃他一塊肉，長壽長生。今天讓我碰上他，正該是我的口中之食！"

妖精上前就要拿唐僧，只見唐僧左右有八戒、沙僧護持，覺得把握不大，便轉了個念頭，想先變化一下走近過去再作計較。那妖精按住陰風，在那山凹裏，搖身一變，變做個花容月貌的少婦，看上去眉清目秀，齒白唇紅，模樣兒楚楚動人；又使了個小法術，左手上變出個青砂罐兒，右手上變出個綠磁瓶兒，從西向東，款款而行。

唐僧見前面走來一個少婦，便說："八戒，這裏曠野無人，你看那裏怎麼走出一個人來了？"

八戒放下釘鈀，迎面走去，衝妖精問道："女菩薩，往哪裏去？手裏提着的是什麼？"

妖精答道："長老，我這青罐裏是香米飯，綠瓶裏是炒麵筋。因還誓願來齋僧。"

八戒聞言，急去告知唐僧。唐僧聽了，半信半疑，見妖精已到前面，便站起來，合掌當胸道："女菩薩，你府上在何處住？有什麼心願，來此齋僧？"

那妖精說家住嶺西山下，父母均在，現在是給正在山北凹裏鋤田的丈夫去送飯的，因見這裏有三個和尚，想起父母一向好善，所以想將這份飯菜齋僧。

正說間，孫悟空從南山摘了桃子回來了，他睜開火眼金睛觀看，認得那少婦是妖精，便放下缽盂，掄起鐵棒當頭就打。唐僧見了，慌忙扯住，問他為什麼亂打人。悟空說這女人是妖精，唐僧不信。悟空二話不說，揮鐵棒望妖精劈臉一下。那妖精有些手段，見悟空棍子打來，即抖擻精神，使個"解屍法"溜走，把一個假屍首留在地下。唬得唐僧臉孔發白，發怒責怪道："這猴着實無禮！怎麼不

一打白骨精　趙宏本　畫

105

聽勸阻，無故傷人性命！"

悟空說："師父莫怪，你看看這罐子裏是什麼東西。"

沙僧攙着唐僧，近前看時，哪裏是什麼香米飯，分明是一罐子拖尾巴的長蛆；磁瓶裏也不是麵筋，而是幾隻青蛙、癩蛤蟆。唐僧一見，才有三分兒信了，不料八戒在旁挑撥，說這女人不是妖精，罐裏的東西，也是孫悟空使法術變成這個樣子的。唐僧一聽，竟然相信八戒的話，念起了緊箍咒，並要把孫悟空趕回花果山。

悟空跪下叩頭道："老孫因大鬧天宮，遭致傷身之難，被我佛壓在那五行山下：幸觀音菩薩給我受了戒行，又虧師父救脫吾身：若不和師父同上西天，顯得我'知恩不報非君子，萬古千秋作罵名'。"

唐僧聽了，生了慈憫之心："既如此說，且饒你這一次。"

悟空於是服侍唐僧上馬，又將摘來的桃子奉

二打白骨精　趙宏本　畫

上，唐僧吃了幾個，師徒們繼續上路。

卻說那妖精，脫命升空，在雲端裏咬牙切齒，暗恨悟空道："那唐僧認不得我，我剛要伸手抓他，不想被這猴頭弄破我這勾當，又幾乎被他打了一棒。若饒了這個和尚，豈非是勞而無功！我還得要想方設法下手。"

妖精按落陰雲，在那前山坡上搖身一變，變作個八旬老婦，手拄竹杖，一步一聲地哭着走來。八戒見了，大驚道："師父，不好了！這老婆婆定是來尋她那被打死的女兒的！"

孫悟空說："不要胡說！等老孫去看看。"

孫悟空上前一看，認得對方是妖精，也不開口，舉棒照頭便打。妖精見棍子起時，依然出化了元神，脫真兒去了，把個假屍首又留在山路之下。唐僧見了，嚇得從馬上掉下來，他等不及爬起來，就在地下念起了緊箍咒。

孫悟空分辯說："那是妖精。"

唐僧說："哪裏有這許多妖精？你真是個無心向善之輩，有意作惡之人，你去罷！"

孫悟空說："師父，老孫五百年前，居花果山水簾洞大展英雄之際，着實也曾為人。自從跟你做了徒弟，把這個'金箍兒'勒在我頭上，若回去，卻也難見故鄉人。所以，師父若真的不要我，就把鬆箍兒咒念一念，退下這個箍子。"

唐僧說："悟空，我當時只是菩薩暗授一卷緊箍兒咒，卻沒有什麼鬆箍兒咒。"

悟空說："若沒有，你還是帶我取經去罷！"

唐僧無可奈何道："我再饒你這一次。"

孫悟空於是又服侍師父上馬，探路前進。

那妖精二次脫命升空，見唐僧又跨馬前行，急得抓腮搔耳：
"這些和尚，他去得快，若過此山，西下四十里，這地盤就不伏我
所管了。我還是得抓緊時機，去拿唐僧。"

妖精按住陰風，在山坡下搖身一變，變做一個老公公，一邊念
經一邊走來。孫悟空迎上前去，問道："老官兒，往哪裏去？怎麼
又走路，又念經？"妖精以為這次瞞過了悟空，心中暗喜，答道：
"長老啊，我老漢祖居此地，今早小女送飯下田，想是遭逢虎口。
老妻先來找尋，也不見回去。老漢特來尋看。"悟空笑道："你瞞
不過我！我認得你是個妖精！"

那妖精頓時唬得啞口無言。說時遲，那時快，只見悟空高舉金
箍棒，疾如閃電，一棒打下，妖怪來不及逃脫，立時斃命。

唐僧在馬上，又唬得戰戰兢兢，口不能言。八戒在旁邊笑道：
"好悟空啊，你發瘋了！只行了半日路，就打死了三個人！"

唐僧正要念咒，悟空急到馬前，叫道："師父，莫念！莫念！
請師父來看看那妖精的模樣。"

唐僧一看，竟是一堆粉骷髏在地下堆着，不禁大驚道："這個
人才死，怎麼就化作一堆骷髏？"

悟空說："這是個潛靈作怪的僵屍，專在此迷人；被我打殺，
她就現了本相。她那脊梁上有一行字，叫做'白骨夫人'。"

唐僧聽了，倒也信了。不料八戒又在旁邊挑撥說："師父，他
手重棍兇，把人打死，只怕你念那咒語，故意要的法術，掩你的眼
目哩！"唐僧耳朵軟，又信了八戒的話，便念起了緊箍咒，說悟空
連傷三命，不可原諒，讓他回花果山去。

悟空説："師父錯怪我了，這廝分明是個妖魔，她實有心害你。我打死她，替你除了害，你卻反信那呆子的讒言冷語，屢次逐我。常言道：'事不過三'，我若不去，真是個下流無恥之徒。我去！我去！只是師父，我也算是跟了你一場，又蒙菩薩指教；今日半途而廢，不曾成得功果，你請坐，受我一拜，我也去得放心。"

唐僧轉回身不睬，口裏唧唧噥噥地道："我是個好和尚，不受你歹人的禮！"

悟空見他不睬，又使個身外法，把腦後毫毛拔了三根，吹口仙氣，叫"變"，即變了三個悟空，連本身四個，四面圍住唐僧下拜。唐僧左右躲不脫，只好受了一拜。

孫悟空跳起來，把身子一抖，收上毫毛，又吩咐沙僧："賢弟，你是個

恨逐美猴王　趙宏本　畫

109

好人，日後要防着八戒胡説八道。途中更要仔細，如果有妖精拿住師父，你就説老孫是他大徒弟，西方毛怪聞我的手段，不敢傷我師父。"

　　唐僧説："我是個好和尚，不提你這歹人的名字。你回去罷！"

　　孫悟空見師父三番兩次不肯回心轉意，無可奈何，只得離開唐僧，縱筋斗雲回花果山水簾洞去了。

寶象國鬥黃袍怪

第十六章

唐僧趕走了孫悟空，和八戒、沙僧兩個繼續西行。這天，他們來到了一座高山——碗兒山。唐僧覺得肚子餓了，便讓八戒去化齋。

八戒走了十餘里，不見人家，生了懶心，不想化齋了。他擔心就這麼回去會被唐僧責怪不肯多走路，於是就決定睡一覺再回去。八戒鑽在草叢裏睡覺，唐僧卻等急了，叫沙僧去尋八戒。沙僧走後，唐僧在山丘的樹林子裏散步。他走了一陣，出了林子，忽見前面有一座寶塔。他心中一喜，尋思塔下必有寺院，只要上門一商量，食宿就可解決了。於是大步朝那邊走去，來到塔門下，唐僧入門定睛一望，不禁大驚失色：石牀上睡着一個妖怪！

原來這裏名叫波月洞，那妖怪名叫

大戰黃袍怪　杜覺民 畫

黃袍怪。唐僧見狀，遍體酥麻，怔了一怔，轉身就走。但已驚動了黃袍怪，那怪大聲下令："小的們，與我拿將來！"

　　眾小妖趕上去把唐僧拿住，抬進洞裏。黃袍怪喝問："你是哪裏來的和尚？一行有幾人？"唐僧答道："貧僧從大唐來，有兩個徒弟，叫做豬八戒、沙和尚，他倆化齋去了，還有一匹馬在松林裏。"

　　黃袍怪吩咐："把前門關了，等他兩個徒弟尋上門來，一齊捉住，連馬兒共四個，夠美美地吃一頓了！"

卻說沙僧在草叢中尋到八戒，兩人回到松樹林裏，發覺唐僧不在，急忙去找。一找找到波月洞，八戒上前敲門。黃袍怪一聽，大喜道："是豬八戒和沙僧找來了，取披掛來！"小妖取來盔甲，黃袍怪結紮了，綽刀在手，搶出門來。八戒與黃袍怪照了面，問清唐僧確實已被那怪抓去，即掣釘鈀望那怪劈臉上筑去。黃袍怪使鋼刀急架相迎。兩個都顯神通，縱雲頭，跳在空中廝殺。沙僧一見，急上前助戰。他三個在半空中，往往來來，戰了數十回合，不分勝負。

再說，唐僧正在洞裏悲啼，忽見洞內深處走出一個三十來歲的婦人。那婦人問道："長老，你從哪裏來？"唐僧一看，對方態度和氣，便答道："女菩薩，不消問了，要吃就吃了罷！"

那女人告訴唐僧，她是距此地三百里處的寶象國國王的第三個公主，名叫百花羞，十三年前被黃袍怪一陣狂風攝到這裏，已與妖怪做了十三年夫妻，很是思念父母。

唐僧知道她不是妖怪，便把有關情況說了一下。百花羞陪笑道："長老寬心，我救得你。那寶象國是你去西方的必經之地，你給我父母捎一封信去，我讓妖魔放了你。"

唐僧點頭道："貧僧願為女菩薩捎帶書信。"

於是，百花羞給唐僧鬆了綁，接着寫了一紙家書，交給唐僧。然後走到前門，把正在和八戒、沙僧惡鬥的黃袍怪叫過來，謊稱夢見一個金甲大神來討她十三年前許下的願，讓黃袍怪放了唐僧。黃袍怪同意了。

唐僧走出波月洞，師徒三個隨即曉行夜宿，抵達寶象國。三人進了城，收拾行李、馬匹，安歇在館驛中。唐僧步行至朝門外，求見國王，倒換文牒。

國王召見唐僧，閱了文牒，蓋了本國玉寶，用了花押，遞給唐僧。唐僧又取出百花羞的家書送上。那國王見失蹤十三年的女兒來信，又驚又喜，閱後大哭一場。這時，有大臣提出請唐僧去降妖救公主。唐僧奏道："陛下，貧僧只會念佛，不會降妖，但貧僧有兩個徒弟，也許能搭救公主。"

國王就召見八戒、沙僧，請他們去碗兒山降妖救公主，兩人一口答應，即刻騰雲而去。他兩個不多時就到了碗兒山波月洞，按落雲頭。八戒掣鈀往洞門上盡力氣一築，把石門築了個斗大的窟窿。嚇得把門的小妖急忙進去報告黃袍怪。那黃袍怪披掛後，綽了鋼刀走出來，問道："那和尚，我饒了你師父，你怎麼反而來打破我門？"

八戒道："你把寶象國三公主騙來洞內，倚強霸佔為妻，住了十三年。我今奉國王旨意，特來救她回去！"

黃袍怪聞言大怒，舉刀就砍。八戒側身躲過，使釘鈀劈面相迎，沙僧也舉寶杖趕上前齊打。他們在那山坡前戰了八九個回合，八戒漸覺不支，敗下陣來。黃袍怪見八戒走了，撲向沙僧。沙僧措手不及，被他一把抓住，捉進洞去。

黃袍怪因聽豬八戒說奉寶象國國王之命來救百花羞，突發奇想，決定去寶象國看看國王。他搖身一變，變成個俊俏青年，縱雲頭到了寶象國。那國王正與唐僧一起在等候豬八戒他們的消息，見黃袍怪生得俊秀，心裏竟然喜歡上了。黃袍怪乘機編造謊言，說十三年前見一隻猛虎身馱公主往山坡下走，被他救下，和公主結為夫婦。當時公主未透露身份，所以他未來叩見國王，近日方才說了。

至於那頭老虎，這幾年已修煉成精，現在陪國王坐着的唐僧就是它變的。

那國王愚迷肉眼，竟把黃袍怪的一片虛詞，當作實情，說："你能教他現出本相來麼？"

黃袍怪讓取來半盞淨水，走上前，使個"黑眼定身法"，念了咒語，將一口水望唐僧噴去，叫聲"變"。唐僧的真身隱在殿上，外形變作一隻斑斕猛虎！國王見了，魂飛魄散，急令幾個武將把虎鎖了，放在鐵籠裏。

國王傳旨安排筵宴，謝駙馬救拔之恩。當晚眾臣朝散，黃袍怪進了銀安殿，國王又讓人選了十八個美貌宮女，陪駙馬飲酒作樂。黃袍怪喝多了酒，禁不住現了本相，把一個宮女抓過來，咬了下酒。嚇得其餘宮女東躲西藏。

卻說八戒白天和黃袍怪交手敗陣後，躲進草堆裏，一直睡到日落西山才醒來。回到館驛，兩廊下尋不見師父，聽人傳言"唐僧是個虎精"、"駙馬救了公

花果山勝景 池沙鴻 畫

115

主"，這才覺得大事不妙。思來想去，十分後悔當初挑唆師父趕走了師兄。現在，最好的辦法還是速去花果山請回孫悟空。當下，八戒跳往空中，駕雲往東而去。不多時已過了東洋大海，按落雲頭，到了花果山。

孫悟空被唐僧趕走後，仍在花果山做猴王。那日，他穿戴着金盔金甲，正坐在水簾洞，見了八戒，問他為何而來。八戒佯稱師父想念悟空，派自己來請他回去。孫悟空一口拒絕："既趕退了，再莫想我！"八戒又勸，孫悟空便問："你老實說，不要瞞我，那唐僧在哪裏有難？"八戒見瞞不過，便把遇到黃袍怪的經過從頭到尾說了一遍。

悟空說："你這個呆子，我臨別之時，曾叮嚀又叮嚀，說道：'若有妖魔捉住師父，你就說老孫是他大徒弟。'為什麼不說起我？"

八戒想：請將不如激將，等我激他一激。於是說："我說了的！我說：'妖精，你不要無禮，莫害我師父！我還有個大師兄，叫孫悟空，他神通廣大，善能降妖。他來時教你死無葬身之地！'但那妖怪聽了卻罵道：'孫悟空若來，我剝了他皮，抽了他筋，啃了他骨，吃了他心！他這個猢猻再瘦，我也把他剁了油烹！'"

悟空一聽，氣得抓耳撓腮，暴躁亂跳道："老孫五百年前大鬧天宮，普天神將看見我，一個個控背躬身，口稱大聖。這妖怪無禮，他敢背後罵我！我這就去，把他拿住，定要碎屍萬段，以報罵我之仇！"說罷，孫悟空立刻換了便衣，和八戒攜手駕雲，徑往碗兒山波月洞。悟空按落雲頭，見洞前有兩個妖孩在玩，便上前去捉了就走。小妖報知百花羞，她慌忙出洞。孫悟空哄她：把沙僧放出來，就還你小孩。百花羞馬上返洞放出沙僧。孫悟空把小孩交給沙僧、八戒，讓他們速回城去，把兩個孩子摜在皇宮裏，告訴宮裏人這是黃袍怪的兒子。八戒、沙僧遵命而去。

孫悟空又問百花羞想不想回到父母身邊去，百花羞答説願意。悟空就讓她先藏起來，待他解決黃袍怪後再回國。百花羞躲起來後，悟空搖身一變，變成百花羞的模樣，去波月洞等黃袍怪回來。

卻説八戒、沙僧把黃袍怪的兩個妖兒拿到寶象國中，往皇宮裏一摜。頃刻間，那兩個妖兒鮮血迸流，骨骸粉碎，成了兩個肉餅。八戒在空中厲聲高叫：「那孩子是黃袍妖精的兒子，被老豬和我沙弟拿將來了！」

黃袍怪喝了酒，正在銀安殿裏睡覺。聽見八戒叫聲，半信半疑，決定先回波月洞去看看兒子在不在。他駕雲回到波月洞，悟空變的假公主正等着他。兩人説了幾句話，悟空顯出本相來，黃袍怪大驚：「呀！渾家，你怎麼拿出這一副嘴臉來？咦，我好像有些認得你哩！」

孫悟空舉棒就打，黃袍怪拔刀相迎。兩人從洞裏打到外面，在山頂上鬥了五六十回合，不分勝負。悟空暗想：這個潑怪，他那口刀，倒也抵得住老孫的這根棒。等老孫丟個破綻與他，看他可認得。孫悟空雙手舉棍，使一個「高探馬」的姿勢。妖怪不識是計，見有空兒，便舞着寶刀，直奔下三路砍；被悟空急轉個「大中平」，挑開他那口刀，又使個「葉底偷桃勢」，望妖精頭頂一棍，誰知只一瞬間，那妖精已躲得無影無蹤了。孫悟空找了一會沒見蹤影，忽然想到：那怪説好像有些認得我，想必不是凡間成的怪，而是天上來的精。

悟空當下一個筋斗跳到南天門，直至通明殿下。他向張、葛、許、邱四大天師説了情況，要求勘查天上少了哪路神將。天師奏明玉帝後，即查九曜星官、十二元辰等仙宮，普天神聖，都在天上，無一個敢離方位。又查斗牛宮外，二十八宿，獨少了奎星。一問，奎星失蹤已有十三日。玉帝聞奏説："天上十三日，下界已是十三年。"即命本部收他上界。

那二十七宿星員，領了旨意，出了天門，各念咒語，驚動了奎星。原來他打不過悟空，就閃在山澗裏躲災。這時聽得本部星員念咒，方敢出頭，隨眾上界。孫悟空攔住天門要打，幸虧眾星勸住，押見玉帝。玉帝降旨貶他去兜率宮給太上老君燒火。孫悟空則回到下界。

孫悟空、豬八戒、沙僧帶了百花羞返回寶象國。國王謝了孫悟空的恩德，吩咐眾將從朝房裏抬出鐵籠，只見那唐僧變的老虎在裏面走動。孫悟空吩咐取水來，念動真言，望那虎劈頭噴上一口水，退了妖術，解了虎氣。唐僧現了原身，定性睜眼，認出悟空，一把攙住："悟空，你從哪裏來的？"

沙僧把請悟空，降妖精，救公主，解虎氣等情況陳述了一遍。唐僧謝之不盡，連説："賢徒，虧了你也！虧了你也！"

悟空笑道："你不念緊箍咒，就是對我的厚愛了！"

國王設宴款待唐僧師徒四人。四人在寶象國住了幾日，然後告辭西去。

平頂山奪取五寶貝

第十七章

　　唐僧西去取經的路上，有一座平頂山，山上有個蓮花洞，洞內有兩個妖精，一個叫金角大王，一個叫銀角大王。兩妖有幌金繩、紫金紅葫蘆、羊脂玉淨瓶、七星劍與芭蕉扇五件寶貝。那幌金繩拋起即可扣人，暫時藏在他們母親那兒；葫蘆與玉淨瓶的口對準誰，誰一應聲就會被吸入化作膿水；七星劍鋒利無比；芭蕉扇一扇就可平地起火。兩妖倚仗這五件寶貝，聲言要捉拿唐僧師徒。

　　這一日，銀角帶了畫有唐僧師徒四人的圖像，點起三十名小妖，出洞巡邏。

這時，唐僧師徒已抵達平頂山。唐僧因見山勢險惡，心生怯意，就派豬八戒先去巡山。八戒正行間，和銀角大王一班人相遇。銀角認出他是豬八戒，便和小妖一擁而上來捉拿。八戒寡不敵眾，當場被擒。銀角於是知道唐僧已經到平頂山了，心中竊喜。他騰雲來到山頂，果然看見唐僧三人在山間行路。銀角知道孫悟空厲害，決定先對付住他後再捉唐僧、沙僧。

銀角按落雲頭，搖身變成一個傷了腿的道士，坐在路邊哼哼。唐僧過來看見了，頓生憐憫之心，吩咐孫悟空背他行路。孫悟空認得他是妖怪，本打算立即收拾他，但怕唐僧不明情由念緊箍咒，所以只好奉師命行事。悟空背上銀角，故意落在後頭，想伺機把妖怪摔死，那銀角知道悟空的心思，搶先使一個“移山倒海”的法術，把一座須彌山遣在空中，劈頭來壓悟空。悟空慌得把頭一偏，那山壓在他左肩背上。銀角又念咒語，把一座峨眉山遣在空中來壓。悟空又把頭一偏，那山壓在他右肩背上。銀角見孫悟空肩擔雙山仍照樣行走，暗暗吃驚，又將真言念動，將一座泰山遣在空中，劈頭壓住悟空。孫

壓龍洞 李子侯 畫

悟空被三座大山壓着，不禁力軟筋麻，再也動彈不得。

　　銀角將孫悟空壓住後，即駕長風，趕上唐僧，從雲端裏伸出手去抓唐僧。沙僧急掣寶杖擋住。銀角舉一口七星劍相迎。兩人鬥了數回合，銀角逼住寶杖，掄開大手，抓住沙僧，挾在左脅下，將右手去馬上拿了唐僧，腳尖兒鈎着行李，張開口，咬着馬鬃，使起法術，把他們一陣風都拿到蓮花洞裏。

　　卻說孫悟空被壓在三座大山下，當即念咒召來五方揭諦神眾、山神、土地，命令他們把山移開，遣回原處。孫悟空脫身後，變做個蒼蠅，混入了蓮花洞。那金角、銀角正在核計派小妖巴山虎、倚海龍去壓龍山壓龍洞，請他們的母親一起來吃唐僧肉，順便把寶貝幌金繩帶來。

　　巴山虎、倚海龍奉命前往壓龍山，孫悟空悄然尾隨。看看將到壓龍洞，悟空把二小妖打死，然後從身上拔下一根毫毛變做巴山虎，自己搖身變做倚海龍，叩開洞門進去。那老怪聽說請她去吃唐僧肉，十分喜歡，帶上幌金繩就出發。行至半路，孫悟空把老怪打死，取了幌金繩，自己搖身變做老怪，另拔一根毫毛變成倚海龍，來到平頂山蓮花洞。

　　金角、銀角初時不知老怪是孫悟空變化的，拜見了“母親”，便吩咐蒸唐僧肉給老怪吃。孫悟空聽了，忙說：“慢動唐僧，先把豬八戒的耳朵割下來蒸熟了下酒。”那豬八戒已認出老怪係悟空所變，這時慌得脫口大叫：“好個弼馬溫！你來是為割我耳朵的？我喊出來可不大好聽啊！”

　　八戒這一叫，使孫悟空漏了餡，銀角立刻持劍望悟空劈臉砍來。悟空將身子一晃，只見滿洞紅光一閃，他已預先走了。銀角隨即趕至洞外，孫悟空舉鐵棒相迎。兩個戰了三十幾個回合，不分勝負。孫悟空尋思該使用那根幌金繩了，於是一隻手使棒架住銀角的寶劍，另一隻手把那繩拋起，準確地扣住銀角。不料使用這繩有咒語，若扣住別人，就念緊繩咒；若扣住自家人，可念鬆繩咒，銀角被繩扣住後，便念鬆繩咒，得以解脫，卻將繩反望悟空拋去，扣住了悟空。將悟空牽進洞裏。

金角、銀角因拿住了孫悟空，便喝酒慶賀。孫悟空趁機使個"瘦身法"，從圈套裏解脫出來，拔根毫毛變個替身拴在那裏，真身變為一個小妖站在一旁。金角喝着酒，見假悟空拴在那裏左右揉搓，擔心磨壞了那根金繩，便把腰間拴的獅蠻帶解下，遞給悟空變的小妖，讓把幌金繩換下來。悟空大喜，借此機會，以一根用毫毛變成的假幌金繩調換了真繩交給金角大王。他自己則急轉身跳出洞外，現了原身，對把門的小妖說："你快進去報與你那潑魔，說'者行孫'來了。"

銀角聞報，拿着葫蘆出戰，見了孫悟空問道："你是哪裏來的？"孫悟空說自己是孫行者的兄弟，特來為被擒的孫行者報仇。銀角說："孫行者是我拿了，現鎖在洞中。你今既來索戰，我且先叫你一聲，你敢應麼？"孫悟空說："怎麼不敢？你叫吧！"

銀角執了葫蘆，跳在空中，把底兒朝天，口兒朝地，叫道："者行孫！"

孫悟空在底下尋思：我真名字叫孫行者，這者行孫是假名，應他一聲也無所謂。想着，就應了一聲。不料"颼"的一下，還是被吸進葫蘆去，貼上了帖兒。銀角喜滋滋地拿着葫蘆回洞，與金角飲酒慶賀。

孫悟空在葫蘆裏，見周圍渾然烏黑，只聽得外面銀角在對身邊小妖吹噓這寶貝葫蘆會很快把裝入的人化為膿水，於是他在裏面叫道：「天呀！孤拐都化了！……娘啊，連腰截骨都化了！」外面妖怪聽了信以為真，便揭帖子看。悟空拔根毫毛變成他的上半截身子，裝在葫蘆裏；自己變個小蟲停在葫蘆口邊。帖子剛揭開，他就飛了出去，變個小妖站在旁邊。妖怪見葫蘆裏的「者行孫」果真只有半截了，便又蓋上帖子，繼續飲酒。

站在一旁的孫悟空趁妖怪不備，悄悄地拔根毫毛變成假葫蘆，換走了真葫蘆。那妖怪只顧互相敬酒，竟無發現。

孫悟空得了葫蘆，溜出門外，現本相對把門小妖喝道：「快去通報，俺‘行者孫’來了！」

那金角大王聞報，驚道：「不好了！幌金繩現拴着孫行者，葫蘆裏現裝着者行孫，怎麼現在又來個行者孫？想是他幾個兄弟都來了！」

銀角說：「怕他怎的？我這葫蘆可裝一千人哩！等我出去看看，一齊裝來。」

銀角拿着假葫蘆，走

真假葫蘆 李子侯 畫

123

出門高呼道：“我不與你相打，只叫你一聲，你敢應麼？”悟空笑道：“你叫我，我就應了；我若叫你，你可應麼？”銀角説：“我叫你，是因為有個寶貝葫蘆可以裝人；你叫我，有什麼東西？”孫悟空説：“我也有個葫蘆。”説着，將真葫蘆拿出來亮了一亮。銀角一驚：“咦！怎麼和我這個是一樣的？”悟空説：“你那個是雄的，我這個是雌的。”銀角説：“莫説雌雄，但只裝得人的，就是好寶貝。”悟空點頭：“你也説得是，我就讓你先裝。”

銀角甚喜，急縱身跳到空中，執着葫蘆，叫一聲“行者孫”，卻見孫悟空一口氣連應了八九聲也不能將他裝進去。銀角墜落地下，跌腳捶胸：“我這葫蘆怎麼不靈啦？”

悟空笑道：“這回該輪到我叫你了。”説罷，急縱筋斗跳起來，將葫蘆底兒朝天，口兒朝地，照定妖魔，叫聲“銀角大王”。銀角不敢閉口，剛應了一聲，只見“倏”的一下被裝在裏面。悟空見了，立即在葫蘆口貼上“太上老君急急如律令奉敕”的帖子。不一會，銀角大王就化成了膿水。

孫悟空把葫蘆拴在腰間，又去蓮花洞口叫陣。金角大王正為失了銀角而哀傷，聞報大怒，暫將寶貝羊脂玉淨瓶留在洞內備用，只將芭蕉扇插在後項衣領，把七星劍提在手中，率領三百名小妖衝出洞來，悟空見了使鐵棒舉手相迎。兩人鬥了二十回合，不分勝負。金角把劍梢一指，叫聲“小的們齊來”，那三百餘名小妖，一齊擁上，把悟空圍在核心。悟空使一條棒，左衝右撞，後抵前遮。那些小妖都有手段，越打越來勁，一似綿絮纏身，摟腰扯腿，莫肯退後。悟空慌了，即使個身外身法，將左脅下毫毛，拔了一把，嚼碎噴去，喝聲“變”，一根根都變做悟空，把眾小妖打得星落雲散。

金角一轉念，取出芭蕉扇，"唿喇"一扇子，扇起滿地大火。悟空見了，心驚膽顫，急忙拔一根毫毛變個假悟空留在原地，他的真身跳離大火，直奔蓮花洞，進得洞裏，只見一道金光，原來是那羊脂玉淨瓶在放光。悟空見了一喜，將瓶子拿了就走。

卻説那金角大王扇過火後，回到洞中，見玉淨瓶失蹤，又想到眾小妖已被悟空的身外身法打死，止不住悲泣。他哭了一陣，將寶劍斜倚案邊，把扇子插於肩後，昏昏沉沉地睡着了。這時，孫悟空去而復歸，只見金角斜倚石案，正呼呼而睡。他上前去，輕輕地拔了扇子，急回頭，"呼"的一聲跑了。金角被驚醒後，急忙執劍來追。悟空早已跳出門前，將扇子插在腰間，雙手掄開鐵棒，與金角抵敵。金角與悟空戰了三四十個回合，抵敵不住，敗下陣來，投奔他舅舅狐阿七盤踞的壓龍洞去了。

孫悟空闖入蓮花洞裏，救出了唐僧、八戒、沙和尚。

金角逃到壓龍洞後，和其舅狐阿七商議為其母、其弟報仇。兩人點起羣妖，直奔蓮花要和悟空等決戰。悟空不慌不忙，將葫蘆、淨瓶繫在腰間，幌金繩籠於袖內，芭蕉扇插在肩後，雙手掄着鐵棒，吩咐沙僧保護師父穩坐洞中，八戒隨他出戰。

孫悟空與金角迎面相遇，大打出手。狐阿七想上陣來助金角，被八戒揮九齒鈀擋住。四個混戰一團，喊殺聲不絕。殺聲傳進洞裏，唐僧聽到了，吩咐沙僧出去打探戰況。

沙僧舉降妖杖出來，衝着狐阿七大喝一聲。狐阿七見勢不妙，回頭就走，卻被八戒趕上從背後一鈀，當場筑死在地，顯出原形——原來是隻狐狸精。

那金角見傷了他老舅，丟了悟空，揮劍劈向八戒。八戒使鈀架住，沙僧趕來，兩人合鬥金角。悟空見了，跳在空中，解下淨瓶，罩定金角，叫道：“金角大王！”金角只道是自家敗殘的小妖在呼叫，就應了一聲，卻被“颼”的一下裝將進去。悟空順手在瓶口貼上帖子。頃刻間，金角大王也化成了膿水。那把七星劍墜落塵埃，則歸了悟空。

那些小妖見金角、狐阿七均已喪生，都各自逃散。悟空三人便進洞去見唐僧。唐僧聽説已誅滅妖怪，喜不自勝。師徒們吃了些東西，收拾了行李、馬匹，上路西行。

師徒們行不多時，忽見太上老君前來，向孫悟空討那五件寶貝。原來金角、銀角是給老君看丹爐的童子，兩人偷了主人盛丹的葫蘆、盛水的淨瓶、煉魔的寶劍、扇火的扇子、勒袍的帶子，下界為妖。悟空儘管很喜歡這五件寶貝，但也只好一一取出，還給太上老君。

烏雞國真假國王

第十八章

　　唐僧師徒四人離開平頂山，趕了一程，這天傍晚，來到一座山上，見有一座名喚"寶林寺"的寺院，便借宿於寺內禪堂裏。

　　三更時分，唐僧迷迷糊糊地聽得外面陰風颯颯，見到門外站着一個漢子，渾身水淋淋的，卻是帝王裝束，眼中垂淚，口稱"師父"。唐僧吃了一驚，問道："陛下，你是何邦帝王？有何話説與我聽？"

　　那人向唐僧訴説：他是距此間四十里地的烏雞國的國王，五年前，國內遭逢乾旱，五穀不生。正在危急之時，忽然從鐘南山來了一個道士，自稱能呼風喚雨。國王請他登壇祈禱。那道士令牌響處，頃刻間大雨滂沱，國內飢荒得到緩解。國王為感謝他，就與他結拜兄弟，留他住在皇宮裏。有一天，國王和道士去御花園遊春賞玩，行至八角琉璃井旁，道士把國王推入井內淹死，並隨即將石板蓋住井口，壅上泥土，移一株芭蕉栽在上面，然後搖身一變，變作國王模樣，自己做起了烏雞國國王。真國王死後，陰魂不散，知道唐僧取經路過，手下大徒弟孫悟空十分了得，故特來請求拿住妖魔，辨明邪正。

　　唐僧聽了，説："降妖捉怪是我那大徒弟的拿手好戲。但是，那妖怪變得與你相同，我徒弟縱有手段，決不敢輕動干戈。倘被拿住，説我們欺邦滅國，問一款大逆之罪，困陷城中，豈不壞事？"

　　那國王説："我那烏雞國太子，明天要出城打獵，可以把這段情節告訴他，並把我被害時隨

國王託夢　曠昌龍　畫

128

身帶着的金廂白玉圭交給他，他就會相信確有其事，那時報仇就講得清楚了。另外，今夜我將託夢給我那正宮皇后，師父可囑太子去問他母親。」國王說完，叩頭拜別。唐僧舉步相送，不知怎麼失足跌了一個筋斗，把他驚醒了。

唐僧意識到這不是一個尋常的夢，便連忙叫醒悟空三人，把夢境敍述了一遍。孫悟空開門一看，門外石階上果真放着一柄金廂白玉圭。師徒遂信以為真，商議如何誅除那妖魔。

孫悟空拔了一根毫毛，吹口仙氣，變做一個紅漆匣兒，對唐僧說：師父只消如此如此，這般這般，那事情就可弄分明了。唐僧聽了，連稱「好計」。師徒四人也不睡覺，就坐等到天明。一會兒，悟空就出發去烏雞國了。

孫悟空升至空中，往下觀看，只見城東門開了，閃出一路人馬，幾十個武士簇擁着太子出城打獵。悟空在空中跟着太子行了二十里地，按落雲頭，撞入軍中，搖身變作一隻白兔，只在太子馬前亂跑。太子見了，拈起箭，拽滿弓，一箭射去。悟空眼快手疾，一口銜住那箭，丟開腳步跑了。太子見狀，策馬獨自爭先來趕。悟空在前面奔，馬行得快，他也跑得快；馬行得慢，他也跑得慢。這樣一程一程，把太子哄到了寶林寺。悟空把箭插在門檻上，自己進廟，變成一個二寸長的小和尚鑽進了紅匣。

太子追到廟前，不見兔子，只見箭插在門檻上，他覺得奇怪，便由那保駕的武士擁着進了廟。在正殿，太子見到了唐僧，問唐僧來歷。唐僧施禮道：「貧僧乃是東土唐僧，上雷音寺拜佛求經進寶的和尚。」

太子說：「那東土中原，有甚寶貝，你說來我聽聽。」

唐僧指指手裏的紅匣："這口匣內有一個一等寶貝，名叫'立帝貨'，他上知五百年，中知五百年，下知五百年，共知一千五百年過去未來之事，你要看看嗎？"

太子大感興趣："拿來我看！"

唐僧扯開匣蓋兒，孫悟空變的二寸長的小和尚從裏面跳出來，在地下亂走。

太子問道："立帝貨，這和尚說你能知未來過去吉凶，你能否說說我的過去？"孫悟空讓他屏退隨從，把國王所說的話復述了一遍。太子震驚之下，不大相信。孫悟空便拿出白玉圭，太子還是半信半疑，悟空就讓他回去問問母親正宮皇后。

太子於是命令隨從待在廟裏，自己飛馬直奔城裏，進宮向皇后探問情況。皇后說了兩點：一是昨晚四更時分曾有一夢，內容和孫悟空所言相同；二是這三年來，她發現國王和自己的夫妻之情大不如前。太子這才相信悟空所言。

太子急忙上馬出城，一路疾奔，不多時就到了寶林寺。進得寺去，整束衣冠，跪拜悟空。

孫悟空笑問道："你問得怎麼樣？"

太子遂把問母親的經過說了一遍。悟空說："不打緊！等我老孫替你掃蕩。不過今日已經晚了，待明早我來。"

太子點頭答應，便帶了隨從回城去了。

入晚，孫悟空和唐僧商議第二天如何捉拿妖怪。悟空說："這妖怪拿倒不難拿，只是理上不順。常言道：'拿賊拿贓'。那妖怪做了三年皇帝，又不曾走了馬腳，漏了風聲。他與三宮嬪后同眠，又和兩班文武共樂，我老孫就有本事拿住他，也不好定個罪名。"

唐僧問：“怎麼不好定罪？”

孫悟空說：“他如果說：‘我是烏雞國王。有什麼逆天之事，

八戒馱屍　程寶泓 畫

你來拿我？'我用什麼證據跟他說話？"

　　唐僧覺得悟空說得有道理，便問該如何處置。悟空說："有一個辦法，待老孫和八戒趁此時先入那烏雞國城中，尋着御花園，打開琉璃井，把那皇帝屍首撈上來，包在我們包袱裏。明日進城，且不管什麼倒換文牒，見了妖怪，舉棍就打。他如有言語，就將屍首拿出來給他看，說：'你殺的是這個人！'讓太子上來哭父，皇后出來認夫，文武百官準保都支持我們。"

　　唐僧聽了，點頭同意。悟空生怕八戒不肯去，就騙他說去城裏盜寶，盜到後送給他。八戒信以為真，興沖沖地隨悟空駕雲進城。師兄弟倆進城潛入皇宮，找到了御花園。進去轉了一會，見有一株芭蕉樹生得特別茂盛，悟空便讓八戒動手。八戒雙手舉鈀，筑倒了芭蕉，然後用嘴一拱，拱了有三四尺深，見下面有一塊石板。八戒又是一嘴，拱開石板，下面果真是一口水井。

　　悟空把金箍棒拿出來，兩頭一扯，叫："長！"足有七八丈長，說道："八戒，你抱着一頭兒，把你放下井去。"

　　八戒抱着鐵棒，被悟空輕輕提將起來，將他放下去，按進水裏。等八戒頭冒出水面，悟空已把鐵棒收上去了。八戒仰臉大叫，問："寶貝在哪裏？"悟空讓他潛入井底去撈，他便潛下去，不料是一具屍首！八戒嚇得趕緊躥出水面，扳着井牆，叫道："師兄，下面沒有寶貝，只有一具屍首。"

　　悟空說："那就是寶貝，你把他馱上來，我就拉你上來，否則，我就扔下你走了！"

　　八戒無奈，只好又一個猛子扎到井底，摸着屍首，拽過來，背在身上，躥出水面。悟空伸下鐵棒，八戒張開口，咬着鐵棒，被悟空輕輕地提了上來。

　　兩人把屍首運回寶林寺。唐僧一看，那皇帝容顏依舊，似生時未改分毫，不禁嘖嘖稱奇。八戒沒撈到寶貝，反而做了一趟苦力，心中暗惱，算計要報復悟空，便攛掇唐僧叫悟空救活國王，悟空怕唐僧念緊箍咒，只得點頭。

　　當下，孫悟空縱筋斗雲，入了南天門，一路雲光，來到三十三天離恨天兜率宮中找到那太上老君，把烏雞國國王之冤說了一遍，臨末道："我想着無處回生，特來參謁。萬望道祖垂憐，把'九轉還魂丹'借一千丸兒與我老孫，搭救那國王。"

　　老君道："這猴子胡說！什麼一千丸，當飯吃哩！這仙丹是用泥土搓的？這等容易？咄，快去，沒有！"悟空笑道："十來丸也罷。"老君怒道："這潑猴卻也纏帳。沒有，沒有！出去，出去！"悟空笑道："真個沒有，那我就到別處去想辦法罷。"說着拽轉步，往前就走。

　　老君忽然想道：這猴子神通廣大，只怕會溜轉來偷。與其讓他偷了去，不如讓個人情給他吧。於是命仙童叫回孫悟空，送給他一粒還魂仙丹。

　　孫悟空返回寶林寺，用仙丹救活了國王。國王拜謝了唐僧、悟空，悟空讓他化裝成挑擔的行童，挑着行李和他們一起去烏雞國。到了皇宮外，讓黃門官入內向假國王稟報取經僧人要求倒換關文。那假國王就命他們五人進去。五人進去後，假國王立在龍牀前面，喝問唐僧及幾個徒弟的情況。悟空代師父回答，說到"行童"時，他一口氣道出了真國王當初被謀害的情況。

那妖魔一聽，知道惡行敗露，嚇得臉都變了色，急從鎮殿將軍那裏搶過一把寶刀，駕雲頭望空而去。孫悟空縱到空中急追，看看趕上，照頂就是一棒；妖怪側身躲過，掣寶刀劈面相還。兩人鬥了幾個回合，妖怪抵不住悟空，急回頭復從舊路跳入城裏，混入白玉階前兩班文武叢中，搖身一變，變作與唐僧一般模樣。孫悟空趕來，面對着兩個唐僧，

文殊收怪　余文祥　畫

無從下手，便向沙僧問道："哪一個是妖怪？哪一個是師父？"

沙僧説："你在半空中相打相嚷，我們一眨眼就見有兩個師父，也不知誰真誰假。"

這時，八戒出了個主意：他和沙僧各扯住一個唐僧，讓他們念緊箍咒，如不會念的，便是妖怪。悟空為了誅妖，甘願頭疼，便讓照此施行。真唐僧就念起來。那妖怪怎麼知得，口裏胡哼亂哼。八戒扯的是假唐僧，見狀即説："這哼的就是妖怪了！"他一鬆手，取了釘鈀就筑。那妖魔乘他鬆手時縱身跳起，踏着雲頭便走。

八戒、沙僧舉起兵器駕雲而追。這時唐僧才停了咒語，孫悟空忍着頭疼，舉着鐵棒跳到空中。三師弟兄圍着妖魔正要下殺手，從東北角上飄來一朵彩雲，只見文殊菩薩踩雲而至，叫道："孫悟空，且休下手！我來替你收了這個妖怪。"

悟空道："累煩了。"

文殊菩薩從袖中掏出照妖鏡，照住了那妖怪。原來那妖怪是文殊的坐騎青毛獅子。文殊念個咒，那妖怪現了原身，菩薩坐上去，踏祥光辭了悟空，回五台山去了。

真國王重新坐上了王位後，即以重金酬謝唐僧師徒，但唐僧師徒謝絕了，他們小住了二日，便向國王告辭。國王知道挽留不住，便親自率領全宮上下一齊出動，將唐僧一行直送至城外。

紅孩兒號山受戒

第十九章

　　唐僧師徒離了烏雞國，夜住曉行，大約過了半個月，來到了一座險惡高山，名叫"六百里鑽頭號山"。山中有一條澗，叫做枯松澗；澗邊有一座洞，叫火雲洞；洞裏住着一個妖精，名叫聖嬰大王紅孩兒。這紅孩兒數年前就聽人說"東土唐僧往西天取經，吃他一塊肉，延生長壽，與天地同休"，從此便天天等候，想等唐僧經過時，抓進洞裏蒸吃。這天，紅孩兒知道唐僧經過號山，便出洞來到澗對面松林裏，變作一個七歲頑童，赤條條的，用麻繩捆了手足，高吊在松樹上，大叫"救命"。

　　那唐僧是個慈善人，見此情狀，心中老大不忍，便叫孫悟空解下紅孩兒，背着上路，送他回家。孫悟空已認得紅孩兒是妖精，但不好違抗師命，便把他背在身上。那紅孩兒在孫悟空背上使個重身法，然後出了元神，跳往空中，弄了一陣旋風，走石飛沙間攝走了唐僧。孫悟空摔掉背上的假妖精，急忙趕去，只見八戒、沙僧和白馬還在，唐僧卻已杳無蹤影。

三昧真火　王家訓　畫

　　孫悟空大驚之下，念咒召來山神、土地，打聽妖精情況。山神、土地說：「這個妖精乳名叫紅孩兒，號叫聖嬰大王，是牛魔王的兒子，羅剎女養的，曾在火焰山修行了三百年，煉成『三昧真火』，十分厲害！」

　　孫悟空聽了，不覺放下心來，對八戒、沙僧說：「老孫五百年前大鬧天宮時，那牛魔王曾與老孫結拜兄弟，算起來這紅孩兒還是我的侄兒哩。他怎敢害我師父？我去找他！"

孫悟空當下趕往枯松澗對面的火雲洞。那紅孩兒正準備蒸吃唐僧，聽說孫悟空來了，便拿了一杆丈八長的火尖槍，叫小妖推出五輛小車，按金、木、水、火、土方位排列在洞門前。孫悟空便對紅孩兒説起和牛魔王結拜弟兄之事，紅孩兒哪裏肯信，舉起火尖槍就刺，悟空舉棒相迎，兩個遂大打出手。鬥了二十餘回合，不分勝敗。豬八戒在旁邊忍不住了，舉着九齒鈀，在半空裏望紅孩兒劈頭就筑。紅孩兒見了心驚，急拖槍敗下陣來。悟空、八戒追到洞門口，只見紅孩兒站在那中間一輛小車上，一隻手捏着拳頭，往自家鼻子上捶了兩拳，念個咒語，口裏噴出火來，鼻子裏迸出濃煙來，眨眨眼，火焰齊生。那五輛車上，火光隨即湧出。他連噴了幾口，噴得那火雲洞前，滿天滿地都是火！悟空、八戒忍受不住，只得敗退。

孫悟空無奈，只好派豬八戒去南海請觀音菩薩來降伏紅孩兒。

紅孩兒見八戒往南去了，料想是去請觀音，便抄近路駕雲頭趕在八戒前頭，端坐在壁岩之上，變作一個假觀音。一會兒，八戒來了，見了假觀音，只以為是真的，連忙上前行禮，然後述説了情況。那紅孩兒要誘捕八戒，便佯稱可以去火雲洞説情，讓八戒一起跟着去請洞主放出唐僧。

八戒跟着假觀音到了火雲洞，紅孩兒現出真身，眾小妖一齊吶喊，將八戒掀翻，裝在一隻皮口袋裏，高吊在駄梁之上。八戒這才醒悟，在皮袋裏叫罵起來。

悟空、沙僧坐在樹林裏正等八戒把觀音請來，忽然，悟空聞到一陣腥風迎面刮來，不禁大驚，懷疑八戒出事了，便去火雲洞打探。悟空來到洞前，變作一隻蒼蠅，釘在門樞上，只聽得八戒在洞裏哼哩哼的，悟空飛了去尋時，發現原來他被吊在皮袋裏。悟空釘在皮袋上，才聽得他在嘟嚷"你怎敢假變作個觀音菩薩來哄人，吊我在此"。悟空這才弄清八戒是怎麼被抓的。

孫悟空出火雲洞，回到樹林裏與沙僧會合，他把情況向沙僧說了一下，決定自己去請觀音菩薩來降服紅孩兒。

孫悟空縱筋斗雲離了號山，直抵南海。他在普陀山落伽崖下來，早由二十四路諸天接着，報知觀音。觀音命悟空進去，悟空遂把紅孩兒捉唐僧、騙八戒等過程稟告了一遍。

觀音聽了，大怒道："那潑怪竟敢變我的模樣！"說完，猛然將手中的寶珠淨瓶往海心裏一摜，唬得悟空毛骨竦然。

片刻，只見那海當中，翻波跳浪，鑽出個瓶來。原來是一個大烏龜把瓶子馱上來了。那龜馱着淨瓶，爬上崖邊，對觀音點頭二十四下，權為二十四拜。悟空見了，暗笑道："原來是看瓶的。想是不見瓶，就問他要。"觀音說："悟空，拿上瓶來。"孫悟空即去拿瓶，但卻好似蜻蜓撼石柱，休想搖動半分毫。他只得跪下道："菩薩，弟子拿不動。"

觀音笑道："這淨瓶平常是個空瓶，剛才拋下海去，這一時間，轉過了三江五湖，於溪源潭洞之間，共借了一海水在裏面。你哪裏有架海的力量？所以拿不動。"觀音走上前，右手輕輕地提起淨瓶，托在左手掌上。只見那烏龜點點頭，鑽下水去了。觀音說："我這瓶中甘露水漿，能滅那妖精的三昧火。悟空，如今隨我去一趟號山，降服那紅孩兒，搭救唐僧。"悟空聽了，喜上眉梢，趕緊向觀音拜謝。

臨行時，觀音又吩咐大徒弟惠岸去向托塔李天王借一副天罡刀。惠岸速去速回，借來了三十六把天罡刀。觀音接在手中，拋起來，念個咒語，只見那刀化作一座千葉蓮台。觀音縱身上去，端坐在中間，駕着雲頭出發。悟空、惠岸緊隨其後。

不一會，觀音率悟空等抵達號山。觀音命住下祥雲，在那山頭上念一聲"唵"字咒語，只見那山左山右，走出許多神鬼，都是本山土地眾神，來到菩薩寶蓮座下磕頭。觀音道："你們不必驚慌。我今來擒此魔王，你們把這周圍打掃乾淨，這二三百里遠近地方，不許一個生靈在地。把那窩中小獸，窟內雛蟲，都送往巔峯之上安生。"眾神遵依而退。須臾間，又來回復已辦妥。觀音讓他們各自回祠，遂把淨瓶扳倒，瓶中一海水傾出，只見：萬迭波濤連四野，只聞風吼水漫天。那紅孩兒縱然有什麼天大的噴火本事，遇着這一海水，就再也別想發什麼威風了。

觀音叫："悟空，伸手過來！"

悟空忙將左手伸出，觀音拔楊柳枝，蘸甘露，在他手心裏寫一個"迷"字，說："捏着拳頭，快去與那妖精索戰，許敗不許勝。把那妖精引來我這跟前，我自有法力收他。"

悟空依言前往火雲洞，一棒把洞門打破，叫罵索戰。紅孩兒立刻跳出來應戰，悟空邊戰邊退，鬆開拳頭。紅孩兒着了迷亂，只管追趕。不一時，望見觀音了。悟空說："妖精，我怕你了。你如今趕到南海觀音菩薩處了，怎麼還不回去？"紅孩兒不信，咬着牙，只管趕來。悟空將身子一晃，藏在那菩薩的神光影裏。

紅孩兒見沒了悟空，走近前，睜圓眼，對觀音喝問："你就是孫悟空請來的救兵麼？"

觀音不響，紅孩兒拈轉長槍，望觀音劈心就是一槍。觀音化道金光，徑走上九霄雲內。悟空跟上，與觀音、惠岸俱在空中往下觀看。只見紅孩兒冷笑道："這潑猴頭，打不過我，就去請個什麼膿包菩薩來，也不中用，被我一槍搠得無影無蹤，把寶蓮台兒都丟了，讓我上去坐坐，看是什麼滋味。"

紅孩兒説着，也學菩薩，盤手盤腳地坐在當中。觀音覷得真切，將楊柳枝往下指定，叫一聲"退"——只見那千葉蓮台祥光突然消失，紅孩兒坐在了刀尖之上。觀音讓惠岸下去用降妖杵打刀柄。惠岸按下雲頭，將降妖杵如筑牆一般筑了千百餘下，刀尖穿通紅孩兒的雙腿，扎得他鮮血湧流，皮開肉綻。紅孩兒了慌，扳着刀尖，痛苦地央求道："菩薩，弟子有眼無珠，不識你廣大法力。乞望大發慈悲，饒我性命，願入法門戒行。"

菩薩聞言，與惠岸、悟空降下金光，來到紅孩兒面前，問道："你可受吾戒行麼？"

紅孩兒點頭滴淚："若饒性命，願受戒行。"

觀音菩薩道："你今既然願意受我戒行，我也就不虧待你，你去我處做個善財童子，如何？"那紅孩兒聽了，連連點頭，只望饒命。觀音於是把手一指，叫聲"退！"只聽得一聲響亮，天罡刀都脫落塵埃，紅孩兒身軀不損。觀音遂讓惠岸把天罡刀送還李天王去。

红孩儿野性不定，待惠岸拿着天罡刀走後，他走去綽起長槍，望菩薩道："你哪裏有甚麼真法力降我！原來是個裝模作樣的法術兒！我才不受什麼戒行哩，看槍！"望菩薩劈臉刺來。恨得悟空舉棒要打，觀音叫："莫打，我自有懲治！"

智縛紅孩兒　孟慶江　畫

　　觀音從袖中取出一個金箍兒，迎風一晃，即變作五個箍兒，望紅孩兒身上拋去，喝聲"着！"一個套在他頭頂上，兩個套在他左右手上，兩個套在他左右腳上。觀音隨即念起了金箍兒咒，疼得紅孩兒搓耳揉腮，滿地打滾。觀音念了幾遍，方才住口。紅孩兒不痛了，起身看時，頸項裏與手足上都是金箍，已見肉生根，再也抹不掉。

　　悟空笑道："我那乖乖，菩薩恐你養不大，與你戴個頸項鐲頭哩！"

　　紅孩兒聞此言，又生煩惱，綽槍衝悟空亂刺。觀音將那楊柳枝兒蘸了一點甘露灑去，叫聲"合"，只見紅孩兒丟了槍，一雙手合掌當胸，再也不能開放。紅孩兒方知觀音法力深微，沒奈何，這才納頭下拜。

　　觀音念動真言，把淨瓶傾斜在地，將那一海水收進瓶裏。又施法術，讓紅孩兒一步一拜，一直拜到落伽山。從此，紅孩兒就成了觀音的弟子。

　　孫悟空和沙僧進入火雲洞，把唐僧、八戒救了出來。

三妖道尋釁鬥法

第二十章

　　唐僧師徒過了號山，又往西行進了一個多月，來到了車遲國。車遲國在二十年前遇到了特大旱災，國王為求雨，請來和尚拜佛，不料空念一場經文，雨點一滴未下。這時，來了三個道士，分別稱為虎力大仙、鹿力大仙、羊力大仙，施展法術，求得大雨，解了旱災之難。為此，國王封三大仙為國師；又因和尚無用，發配給道士做苦力。那些和尚共有二千餘人，因受不得苦楚，死了一千五百餘人，只剩下五百個未死。

　　唐僧師徒抵達車遲國時，正見那五百個和尚在做苦力，大為驚駭。悟空見有兩個道士在監押和尚，就變做個道士上前去和二道人搭訕，弄清了緣由。悟空讓道士放掉和尚，道士不肯，悟空便從耳朵裏取出金箍棒把他們打死，然後放掉了眾和尚。

當晚，唐僧師徒宿於城內智淵寺。次日，唐僧要去見國王倒換關文。悟空生怕國王信着那三個道士，搞興道滅僧而害了唐僧，便和八戒、沙僧保護唐僧一起入朝。

唐僧見了國王，剛奉上關文，虎力、鹿力、羊力三個道士來了。國王見了，命近侍取來繡凳請三道士坐。三道士對國王說，這四個和尚昨天在東門外打殺了他們兩個徒弟，放了五百個囚僧，故應重重治罪。這時，孫悟空責問三道士指控他們殺人及放囚僧的證據在哪裏。三道士當然拿不出證據，國王聽了，感到難下決斷。

這時，有三四十名老鄉來見國王，求告說今年一春無雨，恐怕夏季再遭乾荒，特來啟奏請國師爺爺祈一場甘雨，普濟黎民。國王一聽，心裏有了主意，便說：「你們唐朝來的和尚可與國師賭勝，若祈得一場甘雨，濟度萬民，就倒換關文，放你們西去；若賭不過，無雨，就將你們推赴殺場斬首示眾。」悟空說：「好吧！」

那虎力大仙聽了，便要登壇作法，被孫悟空攔住，問道：「我與你都上壇祈雨，怎知那下的雨是你祈的還是我祈的？」虎力大仙便說：「這一上壇，只看我的令牌為號：一聲令牌響風來，二聲響雲起，三聲響雷鳴，四聲響雨至，五聲響雲散雨收。」

虎力大仙說完，登上一座三丈多高的台，立定。旁邊有個小道士，捧了幾張寫着符字的黃紙和一口寶劍，遞給虎力大仙。虎力大仙執着寶劍，念聲咒語，將一道符紙在燭上燒了。只聽得一聲令牌響，半空裏便有悠悠的風色飄來。悟空見了，拔下一根毫毛，變做一個假悟空，立在唐僧手下。他的真身出了元神，趕到半空中，一看風婆婆和巽二郎正在放風，馬上喝止。虎力大仙又打了下令牌，只見空中雲霧遮滿。悟空見了，連忙向推雲童子、佈霧郎君說明情況，那雲童、霧子也收了雲霧。三聲令牌響，只見那南天門裏，鄧天君領着雷公電母到當空，又被悟空攔住，不許打雷閃電。四聲令牌響，那四海龍王一齊擁至，還是被悟空攔住，不許下雨。悟空對眾神說明了情況，讓他們協助自己行雨，看他舉棒為號：一舉刮風，二舉佈雲，三舉雷電，四舉下雨，五舉晴天。

悟空回到地下，收了毫毛，真身站在那裏。那虎力大仙沒祈着雨，向國王佯稱龍王不在家。國王便讓唐僧上台祈雨。唐僧在悟空幫助下，果真使天空降下了大雨。那國王正要放唐僧師徒西行，三個道士上前拜奏，

唐僧坐禪　陳谷長　畫

說這雨是他們剛才燒符之功，只是龍王剛回家，聞我令牌趕來，遲了些時辰，卻並非是這些和尚弄的法力，所以請求國王讓他們再賭一場。

國王竟然同意，問賭什麼。虎力大仙說賭坐禪，即用一百張桌子分別迭成兩個禪台，坐禪者不許手攀，亦不用梯凳，須各駕一朵雲頭，上台坐下，約定幾個時辰不動，誰坐的時間長誰贏。國王便傳旨立禪台。不消半個時辰，兩座禪台就在金鑾殿左右架設起來了。那虎力大仙立於階心，將身一縱，踏一朵席雲，直上西邊台上坐下。悟空拔一根毫毛變做自己的形象，陪着八戒、沙僧立在下面；他的真身變為一朵五色祥雲，把唐僧托往空中，直至東邊台上坐下。悟空又變為一個小蟲，飛下來停在八戒耳朵邊。

虎力大仙和唐僧在禪台上坐了多時，不分勝負。底下鹿力大仙便想助他師兄一功，他拔下一根頭髮，捻成一團，彈到空中，落在唐僧頸項上，變做一個臭蟲，咬唐僧的脖子。唐僧被咬得又癢又疼，因坐禪規定不許動手，就只好縮着頭，就着衣襟擦痒。底下悟空見了，連忙飛上去，只見有豆粒大小一個臭蟲叮他師父，慌忙用手捻下，替師父撓撓摸摸。悟空認準這定是道士在作祟，便決定回敬他一下。他飛過去，落在虎力大仙鼻凹裏，變作一條大蜈蚣，用力叮了一下。虎力大仙坐不穩，一個筋斗翻落下去，差點摔死。

三個道士還是不肯罷休，要和悟空比三樣神通：砍下頭來，又能安上；剖腹剜心，仍再長好；滾油鍋裏，沐浴洗澡。孫悟空一口答應。

國王降旨令在朝門外設下殺場，讓先砍悟空的頭。悟空來到殺場裏面，劊子手將他摑住了，捆做一團，按在那土墩高處。只聽喊一聲："開刀！""颼"的一下，悟空的頭被砍下來，又被劊子手一腳踢出三四十步遠近。悟空腔子中並不出血，只聽得肚子裏叫着："頭來！"那鹿力大仙忙念咒語，令本坊土地神："將人頭扯住！"那些土地神真的把悟空的頭按住了。悟空叫不回頭來，心焦，捻着拳，挣了一挣，喝聲："長！"腔子裏又長出一顆頭來。

輪到虎力大仙砍頭了。幾個劊子手將他也捆翻在地，手起刀落，把頭砍下，也一腳踢開三四十步。他腔子裏也不出血，也叫一聲："頭來！"悟空連忙拔下一根毫毛，吹口仙氣，變做一條黃狗，奔過去一口銜起那顆頭，跑到御水河邊扔了下去。虎力大仙連叫三聲，人頭不到，他沒有另長一顆頭的神通，當即死了，現出原形，是一隻無頭的黃毛虎。

那鹿力大仙見師兄死了，大怒，定要和悟空賭剖腹剜心。悟空笑道："比就比，我倒正想清理內臟呢！"孫悟空搖搖擺擺，來到殺場，將身靠着大椿，解開衣帶，露出肚腹。劊子手將一條繩套在他頸項上，一條繩紮住他腿足，用一把牛耳短刀，晃一晃，着肚皮下一割，搠個窟窿。悟空雙手扒開肚腹，拿出腸臟來，清理了一下，依然安在裏面，照舊盤曲，捻着肚皮，吹口仙氣，叫："長！"依然長合。孫悟空鬆開繩子後，催鹿力大仙剖剜。

鹿力大仙也搖搖擺擺走入殺場，被劊子手套上繩，將牛耳短刀唿喇一聲割開肚腹。他也拿出肚腸，用手理弄。孫悟空見了，即拔一根毫毛，吹口仙氣，變做一隻餓鷹，展開翅爪，"颼"的一下，把他的五臟六腑一把抓去，不知飛向何方去了。鹿力大仙立時斃命。劊子手蹬倒大椿，拖屍來看，原來是一隻白毛角鹿！

國王聞報，大吃一驚："怎麼是個角鹿？"

那羊力大仙奏道："我師兄既死，怎麼會現出獸形？這都是那和尚弄法術害我們！我要為師兄報仇！"

國王問："你有什麼法力贏他？"

羊力大仙說："我和他賭下滾油鍋洗澡。"

國王便讓準備一口大鍋，盛滿了香油，讓兩人賭洗澡。

孫悟空便脫了衣服，將身一縱，跳在油鍋裏，翻波鬥浪，好似玩水一般。八戒、沙僧在一旁見了，唧唧噥噥，誇獎不盡。悟空望見了，懷疑八戒在笑自己，便也想和他開個玩笑。他變作個棗核釘兒，沉在鍋底，再也不起來了。監斬官報告國王說："那和尚被滾油烹死了。"

國王便叫把唐僧三人綁了，豬八戒於是在油鍋旁大罵悟空。悟空在油鍋裏聽得八戒亂罵，忍不住現了本相，站起來在鍋裏喝斥八戒。那監斬官恐怕國王責怪他謊報情況，便對

下油鍋洗澡　陳谷長　畫

149

國王說悟空確已死了，現在是顯魂。悟空聞言大怒，跳出鍋來，揩了油膩，穿上衣服，掣出棒，對準監斬官着頭一下，將他打做了肉團。國王嚇得跳下龍座要逃，被悟空扯住了道：「陛下不要走，叫你那三國師也下下油鍋。」

國王只得叫羊力大仙也下油鍋洗澡。那羊力大仙脫了衣服，跳下油鍋，學着孫悟空的樣子洗浴。悟空走到油鍋邊，叫燒火的添柴，伸手往鍋裏探了探，發現那滾油竟是冰冷的，心中暗想：我洗時滾熱，他洗時卻冷。我曉得了，這不知是哪個龍王，在此護持他哩！

悟空縱身跳在空中，念聲「唵」字咒語，把那北海龍王敖順喚來：「你這個帶角的蚯蚓，有鱗的泥鰍，你怎麼叫冷龍助道士護住鍋底，教他顯聖贏我！」

那龍王連忙分辯：「敖順不敢相助。大聖有所不知，這個孽畜，苦修行了一場，脫得本殼，卻只是五雷法真受，其餘都入了旁門，難歸仙道。那冷龍是他自己煉的，小龍如今收了他冷龍，管教他骨碎皮焦。」

敖順化一陣旋風，到油鍋邊，將冷龍捉下海去。悟空下來，和唐僧、八戒、沙僧立在殿前，見那道士在滾油鍋裏掙扎，爬不出來，滑了一跤，霎時間骨脫皮焦肉爛。

那國王方知那三個道士皆是妖邪，忙謝過唐僧師徒，又讓快出招僧榜文，把失散的和尚召回。從此，國王也敬僧，也敬道，也養育人才，江山越坐越穩。

通天河魚籃擒妖

第二十一章

　　唐僧師徒繼續西行，這天來到車遲國元會縣陳家莊。陳家莊外有一條八百里寬的大河，名喚通天河，唐僧師徒見河既寬且深，天色又晚了，便去陳家莊內一戶人家借宿。

　　那戶人家的主人是兄弟倆，名叫陳清、陳澄，這天正請了些和尚在做一場“預修亡齋”。悟空見了，感到很是奇怪，一問，方知是這麼一回事：原來，通天河旁有座靈感大王廟，那靈感大王是個來無蹤去無影的妖怪，他每年必須吃陳家莊百姓供上的一對童男童女，否則，就來降禍生災。今年，輪到陳清的兒子陳關保與陳澄的女兒一秤金供奉給那妖怪吃，今晚就要送去，所以在家裏做“預修亡齋”。

孫悟空很是同情陳家兒女，便和豬八戒分別變為陳關保、一秤金，說是代替陳家兒女去祭妖。眾人把這對假童男童女送往靈感廟。悟空、八戒等到半夜，只聽得外面呼呼風響，須臾間那妖怪竄進廟來，伸手來抓"童女"八戒。八戒現了本相，掣釘鈀，劈手一

金魚精作法　戴敦邦 畫

筑。那妖怪縮回手，轉身就走，只聽得"嚓"的一聲響，地上掉下兩個冰盤大小的魚鱗。悟空也現了本相，和八戒跳到空中，追那妖怪。妖怪化作一陣狂風，鑽進了通天河內。悟空、八戒遂喜滋滋地回到陳家莊。

卻說那妖怪逃回水底，回到宮中，和手下小妖說起此事。小妖中有一個鱖婆，原在東海水晶宮居住，見過孫悟空，知道他是保唐僧去西天取經的，便把情況告知妖怪。妖怪聽了，說："我一向聽人說：唐僧乃十世修行的好人，吃他一塊肉可以延壽長生。我很想把唐僧捉來吃了，但他有這樣厲害的徒弟，怎麼辦呢？！"

那鱖婆聽了，便為妖怪出了一個主意：使出神通，降下大雪，作冷結冰，使通天河凍住，可以跑馬走人。唐僧見了，必定會踏冰過河，等他走了一程，把冰弄破，就能抓住唐僧了。妖怪聽了大喜，即依言作法，登長空，刮寒風，下大雪，把八百里通天河整個兒都凝凍成了一條冰河。

次日清晨，唐僧師徒正在商議如何渡過八百里通天河，忽聽人說河面結冰，冰厚得可以奔馬過人，便告別陳清、陳澄，來到河邊冰上，慢慢地往前走去。

卻說那妖怪引眾小妖在冰下等候多時，現聽得上面馬蹄聲響，他就在底下弄個神通，只聽得"撲喇喇"一聲響亮，冰層突然裂開一條大縫。孫悟空聽得聲音不對，連忙跳在空中。唐僧、八戒、沙僧和白馬卻都掉進河裏。八戒、沙僧、白馬都是會水的，得以逃脫；唐僧則被妖怪捉住，被藏在宮後，放在一個六尺長的石匣中。

卻說悟空、八戒、沙僧三弟兄會合後，先回陳家莊，仍去陳清、陳澄家，飽餐了一頓，然後去救師父。三人來到河邊，同入通天河內。他們在水底下行了百十里遠近，望見一座樓台，上有"水黿之第"四個大字。孫悟空估計即是妖怪住處，便吩咐八戒、沙僧隱藏在左右，自己進去探聽。

悟空搖身一變，變作個長腳蝦婆，兩三跳跳到門裏。睜眼看時，只見那妖怪坐在上面，眾小妖排列於兩邊，那個鱖婆坐於側手，正在商議如何吃唐僧。悟空正留心尋找唐僧，忽看見一個大肚蝦婆走過來，便上前稱呼道："姆姆，大王要吃唐僧。唐僧在哪裏呢？"蝦婆說："在宮後石匣中間，只等明日，他徒弟們不來吵鬧，就把他吃掉。"

悟空尋到宮後，一看，果然有一個石匣。孫悟空伏在上面，聽了一會，只聽得唐僧在裏面嚶嚶地哭泣。他便忍不住叫道："師父，老孫來了！"唐僧大喜道："徒弟，救我耶！"悟空說："你放心，待我們擒住妖精，管教你脫難。"

悟空返回門外，現了原身，告訴八戒、沙僧道："師父被妖怪蓋在石匣之下。你們兩個前去挑戰，讓老孫先出水面。你們若擒得他就擒；擒不得，就引他出水，等我打他。"

豬八戒闖至門前，厲聲高叫："潑怪物，送我師父出來！"

妖怪聞報，執一柄銅錘，帶着百十個小妖出門來。豬八戒、沙和尚各執兵器，上去就打。雙方在水底下鬥了兩個時辰，不分勝敗。豬八戒、沙僧估計不能贏他，便詐敗佯輸，回頭就走。妖怪不知是計，隨後緊追不捨。

孫悟空在東岸上，正目不轉睛地守望着，忽然見波浪翻騰，八戒先跳上岸來，叫："來了！來了！"跟着沙僧也到了岸邊，說："來了！來了！"

那妖怪隨後趕來，才出頭，被悟空喝道：「看棍！」一棒打下。那妖怪閃身躲過，使銅錘急架相還。兩個鬥不到三個回合，妖怪招架不住，返身逃回水底，吩咐小妖們一齊搬石頭，塞泥塊，把鬥堵死。八戒、沙僧下水索戰，連喊不出。八戒心焦，就用釘鈀筑門，筑破門扇，卻見裏面都是泥土石塊，高疊千層。兩人便返回岸上，將情況告知悟空。

　　孫悟空聽了，說：「似這般卻也無法可治。你兩個在這河岸上巡視着，不可放他往別處走了，我去觀音菩薩那裏討個辦法。」八戒、沙僧聽了道：「如此最好，哥哥快去快回。」

　　孫悟空急縱祥光，直奔南海，不消半個時辰即抵普陀山。那二十四路諸天等一齊上前迎接，聽悟空說要見觀音，便說：「菩薩今早出洞，自入竹林裏。知大聖今日必來，吩咐我們在此候接。請聊坐片刻，待菩薩出來，自有道理。」

　　悟空性急，實在等不及，急縱身往裏就走。他闖進竹林，只見觀音手執一把鋼刀，正在破竹子。悟空叫道：「菩薩，弟子孫悟空志心朝禮。」觀音說：「外面等候。」悟空叩頭道：「菩薩，我師父有難，特來拜問通天河妖怪根源。」觀音說：「你且出去，待我出來。」

　　悟空不敢　，只得退出竹林。不多時，只見觀音手提一個紫竹魚籃從竹林裏出來，說：「悟空，我與你救唐僧去。」

　　觀音、悟空騰雲疾行，不一會就到了通天河。八戒、沙僧上前拜見了觀音，與悟空一起侍立一旁。觀音解下一根束襖的絲條，將籃兒拴定，提着絲條，半踏雲彩，拋往河中，往上水頭扯着，口中念念有詞：「死的去，活的住！」念了七遍，提起籃兒，只見籃裏有一尾亮灼灼的金魚。

　　觀音叫道："悟空，快救你師父去！"悟空問："未曾拿住妖怪，如何救得師父？"觀音說："這籃裏的金魚就是妖怪。"八戒、沙僧聽了，拜問道："這魚兒怎麼能有那樣的手段？"

　　觀音於是說出了原委：原來，這條金魚本是觀音的蓮花池裏養着的。觀音每天講經時，它總是浮頭聽講，漸生悟性，修成了手段。不知哪天，海潮泛漲，他趁機逃出蓮花池，來通天河為怪。今天早上，觀音菩薩在蓮花池扶欄看花，因不見這條金魚如往常那樣出來拜見，不禁起疑。掐指巡紋，算着他在通天河謀害唐僧，所以立刻運神功，織了個竹籃子擒他。

老黿報恩　戴敦邦　畫

當下，觀音菩薩帶着金魚返回南海普陀山。

送走觀音後，八戒、沙僧即跳進通天河，分開水道，直至那水黿之第，找尋師父。只見那裏邊的水怪魚精，都被觀音作法弄死了。兩人到了後宮，揭開石匣，馱着唐僧，上了河岸。

陳家莊的百姓因孫悟空等為他們除了妖怪，都非常感激，紛紛商議要為唐僧師徒打造一條船，正喧鬧間，忽聽得河中間高叫："孫大聖不必打船，我送你師徒們過去！"

眾人一看，只見河中游來一頭巨黿。孫悟空以為又是妖怪，掄着鐵棒道："你這個孽畜，若到跟前，就一棒打死你！"

巨黿說："大聖不必多疑，我原是這河底水黿之第的主

魚籃觀音　王宏喜　畫

人，九年前，那妖怪趕潮頭來此，仗逞兇頑，佔了宅第。今蒙大聖至此，請了觀音菩薩收去妖怪，將宅第還歸於我。此恩重若丘山，深如大海。我是特地來報恩的。”

悟空聞言，心中暗喜，收了鐵棒笑道：“你上來！你上來！”

巨黿游近岸邊，將身一縱，爬上河崖。眾人近前觀看，見那黿長有一個四丈圍圓的大黿背。悟空問唐僧：“師父，我們上那黿背渡河如何？”唐僧有點擔心：“踏在黿背上過河，不知是否穩便。”巨黿說：“師父放心。我在水中划動，穩得很哩。”唐僧聽了，這才放心。

孫悟空見師父同意了，便讓把馬牽在巨黿蓋上，請唐僧站在馬邊，沙僧牽着馬，八戒站在馬後，悟空站在馬前。悟空恐有閃失，解下虎筋條子，穿在黿的鼻子內，扯起來，像一條繮繩；一隻腳踏在蓋上，一隻腳登在頭上；一隻手執着鐵棒，一隻手扯着繮繩，叫道：“老黿，慢慢走啊。歪一歪兒，就照頭一下！”

巨黿點頭：“不敢！不敢！”說完，蹬開四足，踏水面游去，一路上如行平地，不到一日，便過了八百里河面。

子母河飲水懷胎

第二十二章

　　唐僧、悟空、八戒、沙僧渡過通天河後，繼續餐風宿露向西行，行到早春時節，來到一條河邊。

　　這條河，水清波寒。唐僧勒馬觀看，遙見河對岸有柳樹數行，微露着茅屋幾間，估計是擺渡的，就讓豬八戒招呼。

　　八戒連叫幾遍，只見那柳蔭裏面，咿咿啞啞的，撐出一隻船兒。不多時，船來到這岸，靠攏河邊，撐船的叫道："過河的，莫急，來了。"

　　唐僧幾個一看，大覺驚奇：原來這撐船的竟是個女人！悟空問道："艄公怎麼不在，讓個艄婆來撐船？"

那婦人微笑不答，用手拖上跳板。唐僧師徒四人上了船，那婦人撐開船，搖動槳，頃刻間過了河。唐僧上岸後，見那水很清潔，一時口渴，便吩咐八戒：「取缽盂，舀些水來我喝。」

　　八戒即取缽盂，舀了一缽，遞給師父。唐僧喝了一小半，剩下大半被八戒一飲而盡。師徒們找路西行，不到半個時辰，唐僧在馬上呻吟道：「腹痛！」八戒哼道：「我也有些腹痛。」沙僧説：「可能是冷水喝壞了。」

河水釀胎氣　韓碩　畫

　　不一會，兩人痛得更屬害了，漸漸肚子也大了起來，用手摸上去似有血團肉塊，在裏面亂動。孫悟空見前面路旁有一村舍，樹梢頭挑着兩個草把，便説：「師父，前面有個賣酒的人家，我們去化些熱湯給你喝，喝了就不痛了。」

　　唐僧聞言，催馬急行，不一

時就到了酒店門口。悟空上前去，對門口一個老婆婆説：“婆婆，貧僧是東土大唐來的，我師父和師弟剛才過河時喝了河水，覺得肚腹疼痛，能否請你燒些熱湯給他們喝，多謝你了。”

那老婆婆請他們進店堂，説：“我這裏乃是西梁女國，一國盡是女人，無一個男子。你們師父喝水的那條河，喚做子母河。我這裏人，須在二十歲以上，方敢去喝那子母河水。喝水之後，便覺腹痛有胎。你師父喝了子母河水，就此成了胎氣，不幾日也要生孩子。熱湯怎麼治得？”

唐僧、八戒聽了，大驚失色。唐僧急得直叫：“徒弟啊，怎麼辦呢？”

悟空問：“婆婆，你這裏可有醫家？教我師弟去買一帖墮胎藥吃了，將胎打下來吧！”

那婆婆説：“喝了子母河的水，任何墮胎藥都不濟事。只是我們這正南街上有一座解陽山，山中有一個破兒洞，洞裏有一眼‘落胎泉’。須得那泉裏水喝一口，方才可解胎氣。”

唐僧叫道：“悟空，快去取來！”

婆婆又説：“如今來了一個道人，稱名如意真仙，把破兒洞改作聚仙庵，護住落胎泉水，欲求水者，須要花紅表利，羊酒果盤，志誠奉獻，才能拜求得他一碗水哩！你們這行腳僧，哪裏來這許多錢財買辦？”

孫悟空聽了此言，滿心歡喜道：“婆婆，你這裏到那解陽山有多遠？”婆婆説：“有三十里。”悟空説：“好了！師父放心，待老孫取些水來給你喝。”

那婆婆忙拿出一個大瓦缽來遞給孫悟空，説：“拿這缽頭去，多取些來，給我們留着備用。”

孫悟空翻起筋斗雲，項刻間即到了解陽山。那背陰處有一所莊院，悟空走至門首，見有一老道人盤坐在綠茵之上。悟空放下瓦缽，上前行禮，説道：“貧僧乃東土大唐欽差西天取經者。因我師父誤飲了子母河之水，如今腹疼腫脹，據説已結成胎氣。訪得解陽山破兒洞有‘落胎泉’可以消得胎氣，故此特來拜見如意真仙，求些泉水，搭救師父。累煩指引。”

那道人笑道：“此間就是破兒洞，今改為聚仙庵了。我是如意真仙老爺的大徒弟。你叫什麼名字，我好給你通報。”

悟空説：“我是唐僧的大徒弟，叫孫悟空。”

道人問：“你的花紅、酒禮在哪裏？”

悟空説：“我是過路的掛搭僧，不曾辦得來。不過，人情大似聖旨，你去説我老孫的名字，他必然做個人情，或者連井都送我呢！”

道人聽了，便進去通報。那真仙正在撫琴，一聽得孫悟空名字，怒從心頭起，惡向膽邊生，急起身，下了琴牀，脱了素服，換上道衣，取一把如意鈎子，跳出庵門，喝問：“孫悟空何在？”悟空合掌作禮道：“貧僧便是。”真仙問：“你們西行路上可曾會着一個聖嬰大王麼？”悟空説：“那是號山枯松澗火雲洞紅孩兒的綽號。真仙問他怎的？”真仙説：“他是我侄兒。不久前家兄牛魔王有信來報我，説紅孩兒被唐僧的大徒弟孫悟空害了。我這裏正沒處尋你報仇，你倒來尋我，還要甚麼水哩！”悟空笑道：“先生差了。令兄早先也曾與我結拜為弟兄。如今令侄隨着觀音菩薩做了善財童子，我還不如他哩！怎麼反而怪我呢？”真仙喝道：“這潑猢猻，還弄巧舌！我侄兒是自在為王好，還是替人為奴好？不得無禮，吃我這一鈎！」

孫悟空急挈棒架住對方的如意鈎，說：「先生莫動手，還是讓我取了泉水去罷。」真仙罵道：「潑猢猻，不知死活！我定要把你剁成肉醬，為我侄子報仇！」悟空惱了，也罵道：「孽障，既要動手，走上來看棍！」

兩人便打鬥起來，鬥了十數回合，那真仙敵不過孫悟空，倒拖着如意鈎，往山上走了。孫悟空不去追趕，走向庵觀尋水。那個道人早把庵門關了。悟空拿着瓦缽，趕至門前，一腳把庵門踢開，闖了進去。他找到吊桶，正要打水，那如意真仙突然趕來了，使如意鈎子鈎住悟空的腳一拉，將悟空跌了個嘴啃地。悟空爬起來，舉鐵棒就打。如意真仙卻閃開去，執着鈎子道：「看你

爭奪“落胎泉” 韓碩 畫

可取得我的水去！”

孫悟空喝道：“你上來！你上來！我打殺你這個孽障！”

真仙也不上前拒敵，只是守住了井，不許悟空打水。悟空見他不動，便以左手掄着鐵棒，右手使吊桶打水。不料剛把吊桶放下去，真仙又來進攻了。悟空一隻手撑持不得，又被他一鈎鈎着腳，仰天跌了一跤，連吊桶也掉到井下去了。悟空爬起來，雙手掄棒，沒頭沒臉地打去。真仙不敢迎敵，又逃走了。悟空要去取水，但已沒有吊桶，又恐怕真仙來鈎扯，便決定回去叫個幫手來。

孫悟空於是趕回那個村舍，叫上沙僧，又向婆婆借了個吊桶和兩根繩子。兩人出了村舍，駕雲前往解陽山。悟空吩咐沙僧道：“你將桶與繩索拿了，且在一邊躲着，待老孫出頭索戰，把那真仙引開，你乘機進去取水。”沙僧點頭道：“我明白。”

孫悟空掣了鐵棒，走到庵前大叫：“開門！開門！”如意真仙挺着鈎子，走出門來喝道：“潑猢猻！你又來幹啥？”悟空説：“我來只是取水。”真仙道：“泉水乃吾家之井，就是帝王宰相，也須用表禮羊酒來求，才能稍稍給些；而你是我的仇人，還空手來取，我怎麼會給你？”悟空罵道：“潑孽障，既不給，看棒！”當下高舉鐵棒，劈頭就打。

如意真仙側身躲過，使鈎子急架相還。兩人在庵門外交手，跳跳蹦蹦，鬥到山坡之下，相持爭鬥。

這邊沙僧趁機提着吊桶，闖進門去，只見一老道人守在井邊擋住道：“你是什麼人，敢來取水！”沙僧放下吊桶，取出降妖寶杖，二話不説，着頭便打。那道人躲閃不及，左臂膊被打折，倒在地下掙札。沙僧罵道：“我要打殺你這孽畜，怎奈你是個人身！我還可憐你，饒你去罷！"那道士叫天叫地的，爬到後面去了。沙僧便將吊桶向井中滿滿地打了一吊桶水，走出庵門，駕起雲霧，望着悟空喊道："大哥，我已取到水了。你饒了他吧！"

孫悟空正和真仙打鬥，聽到沙僧叫喚，便用鐵棒支住鈎子道："你聽老孫說，我本待斬盡殺絕，但一則你不曾犯法；二則看在令兄牛魔王的情面上，就饒了你。我這次來，使了個調虎離山計，哄你出來爭戰，讓我師弟取水去了。老孫若肯拿出本事來打你，莫說你是一個甚麼如意真仙，就是再有幾個，也打死了。"

如意真仙不識好歹，又執鈎子撲上來。孫悟空閃過鈎子，趕上前，把真仙推了個仰面朝天；又奪過如意鈎，一折為四，扔在地下，喝道："潑孽畜，再敢無禮麼？"如意真仙這才知道孫悟空的厲害，戰戰兢兢，忍辱無言。

悟空、沙僧返回村舍，把泉水給唐僧、八戒喝了些，剩下的給了婆婆。不一會，唐僧、八戒就解了胎氣，肚腹也不痛了。

西梁國假親脫網

第二十三章

　　唐僧師徒別了村舍人家，一路西進，走了大約三四十里路，便到了西梁女國都城。唐僧在馬上關照道："此乃城池，市井上人語喧嘩，你們要仔細些，謹慎規矩，嚴守法門教旨。"孫悟空等聽了，都唔唔連聲，謹遵師命。

　　說話間，已經來到東關廂街口。那裏人都是長裙短襖，粉面油頭。不分老少，盡是婦女。她們正在大街上做買賣，忽見來了四個和尚，都圍攏來看熱鬧，須臾間就塞滿街道，惟聞笑語，弄得唐僧勒馬難行。八戒見了，把頭搖了兩搖，豎起一雙蒲扇耳，扭動蓮蓬吊搭唇，發一聲喊，把那些婦女們嚇得跌跌爬爬。

正走時，忽見有女官侍立衙前，高聲叫道："遠來的使客，請投館驛註名上簿，待下官執名奏駕，驗引放行。"

唐僧聞言下馬，觀看那衙門上有一匾，上書"迎陽驛"三字，遂上前與那女官作禮。女官引路，請他們都進驛內正廳坐下，即喚看茶。

女官欠身問

西梁女國 賀友直 畫

道："使客從哪裏來？"孫悟空回答："我等乃東土大唐王駕下欽差上西天拜佛求經者。我師父便是唐王御弟。我是他大徒弟孫悟空。這兩個是我師弟：豬悟能、沙悟淨。一行連馬五口。隨身有通關文牒，乞為照驗放行。"那女官執筆寫罷，下來叩頭道："老爺恕罪。下官乃迎陽驛驛丞，實不知上邦老爺，知當遠接。"驛丞拜畢，即令管事的安排齋飯，自己進城去啟奏國王，倒換關文，以讓唐僧師徒西進。

那國王也是個女人，聽驛丞一啟奏，滿心歡喜，對眾文武道：

"寡人夜來夢見金屏生彩艷，玉鏡展光明，乃是今日之喜兆也。"眾文武不解其言，都拜問原因。女王說："東土所來男人，乃唐朝御弟。我國中自混沌開闢之時，纍代帝王，從不曾見個男人至此。幸今唐王御弟下降，想是天賜來的。寡人以一國之富，願招那唐王御弟為王，我願為后，與他陰陽配合，生子生孫，永傳帝業。這不是今日之喜兆嗎？"眾女官聽了，都拜舞稱揚，無不歡悅。

這時，驛丞奏道："主公之論，乃萬代傳家之好；但只是那大唐御弟的三個徒弟兇惡，不成相貌。"女王詢問："你見大唐御弟如何模樣？他的徒弟如何兇醜？"驛丞說："那大唐御弟相貌堂堂，丰姿英俊，誠是天朝上國之男兒，南贍中華之人物。那三徒卻是形容獰惡，相貌如精。"女王說："既如此，給他徒弟倒換了關

女王設宴　楊宏富　畫

文，打發他們往西天取經。留下大唐御弟在此，有何不可呢？"眾女官聽了，都説主公之言極當。女王便派太師為媒人，去迎陽驛説媒求親。

那太師和驛丞趕到迎陽驛，見了唐僧，納頭便拜。唐僧一一還禮，問道："貧僧出家人，有何德能，敢勞大人下拜？"

驛丞説："大唐御弟爺爺，萬千之喜了！"唐僧問："我出家人，喜從何來？"太師道："此處叫西梁女國，國中向來沒個男子。今幸御弟爺爺降臨，臣奉我王旨意，特來求親。"

唐僧還不知女王看中的是他，説："善哉！善哉！貧僧隻身來到貴地，又無兒女相隨，只有頑徒三個，不知大人求的是哪個親事？"驛丞説："我王知御弟乃中華上國男兒，願以一國之富，招贅御弟爺爺為夫，坐南面稱孤，我王願為帝后。傳旨着太師作媒，故此特來求這門親事。"

唐僧聞言，低頭不語。

太師説："大丈夫遇時，不可錯過。似此招贅之事，天下雖有；託國之富，世上實稀。請御弟爺爺三思。"

唐僧悄悄問孫悟空："你看怎樣説好？"悟空笑道："依老孫説，你在這裏也好。"唐僧驚道："我們若在這裏貪圖富貴，誰去西天取經，這不辜負了我大唐帝王！"

那太師便説國王有旨意，留唐僧在此為王，三個徒弟倒換了關文即仍可去西天取經。孫悟空説："既然如此，我等不必作難，情願留下師父，與你王為夫。快換關文，打發我們西去。"

那驛丞和太師聽了，歡天喜地，回奏女王去了。

兩個女官一走，唐僧一把扯住悟空，罵道："你這猴頭，弄殺我也！怎麼説出這般話來，叫我在此入贅，你們西天拜佛，我就死也不敢如此！"悟空笑道："師父放心。老孫怎麼不知你的性情，但只因在此地，遇此人，不得不用計行事。"唐僧問："何計？"悟空説："我有個'假親脱網'之計，專對付眼前這境遇。"唐僧説："你可細細道來。"

悟空便解釋道："國王求親，你若不允她，她就不肯倒換關文，不放我們走路。如她意惡心毒，還會喝令多人，割了你肉，做甚麼香袋。而我一定要使出降魔蕩怪的神通，把那些人都打殺了。她們不是怪物妖精，怎能誅殺？所以只好施計哄她。剛才允了親事，她一定以皇帝禮，擺駕前來接你。你不要推辭，就坐她的鳳輦龍車，登寶殿，面南坐下，讓女王取出御寶印信來，宣我們兄弟進朝，把通關文牒用了印，再請女王寫個手字花押，僉押了交付與我們。此後女王必會擺宴款待我們。宴畢，你説要送我們三人出城，女王決不會起疑心。等到送出城外，你下了龍車鳳輦，立刻上白馬，老孫使個定身法定住她們，我們就好走了。走得極遠了，我念個咒解了法術，使她們蘇醒回城。"

唐僧聽了，如醉方醒，似夢初覺，樂以忘憂，稱謝不盡。

卻説太師、驛丞進城把喜訊啟奏女王後，女王大喜，一邊傳旨讓光祿寺擺宴，一邊讓左右擺駕前去迎接唐僧。不多時，大駕早到迎陽驛。唐僧率徒弟出廳迎駕。女王見了唐僧，十分中意，近前來，一把扯住請上龍車。

當下，唐僧與女王並肩同坐龍車上，孫悟空、豬八戒、沙和尚挑着行李，牽着白馬，跟在車後一同進了皇宮，往東閣赴宴。

東閣宴廳，一派笙歌，葷素筵席齊備。唐僧師徒四人，每人佔了一桌素席，吃喝了一頓。宴畢，女王攜唐僧上了金鑾寶殿，讓唐僧即位。

唐僧推辭道："不可！不可！明日是黃道吉日，貧僧才敢即位稱孤。今日可先倒換關文，打發我那徒弟西去。"

女王依言，仍坐了龍牀，即取金交椅一張，放在龍牀旁，請唐僧坐了，叫徒弟們拿上通關文牒來。孫悟空將關文雙手捧上。那女王細看一番，上有大唐皇帝寶印九顆，下有寶象國印，烏雞國印，車遲國印。

女王問："關文上如何沒有高徒之名？"唐僧說："三個頑徒，不是我唐朝人物，皆是途中收得，故此未註法名在牒。"

女王說："我把他三人的法名添註上去，好麼？"唐僧說："但憑陛下尊意。"

女王即令取筆硯來，在牒文之後，寫上孫悟空、豬悟能、沙悟淨三人名諱，取出御印，端端正正印了；又畫了個手字花押，交女官傳遞孫悟空。

唐僧說："陛下，貧僧送他三人出城，囑咐他們幾句，我回來後和陛下永享榮華。"女王不知是計，說："我和你一起送他們去。"

女王便傳旨擺駕，和唐僧同登鳳輦，出西城而去。到了西關之外，悟空、八戒、沙僧同心合意，結束整齊，迎着鳳輦厲聲高叫道："女王不必遠送，我們就此拜別。"

唐僧下了龍車，對女王拱手道："陛下請回，貧僧往西天取經去了。"

女王聞言，覺得十分意外："御弟哥哥，我願將一國之富，招你為夫，讓你明日高登寶位，即位稱君，我願為君之后，喜筵都已吃了，怎麼又變卦了？”

八戒闖至駕前，把嘴亂扭，耳朵亂搖，嚇得女王跌入輦駕之中。孫悟空念聲咒語，把眾人定住。沙僧服侍唐僧上了馬，一行四人拔腿就走，總算擺脫了西梁國女王的糾纏。

蠍子精濫施淫威

　　唐僧師徒剛離開西梁女國都城，忽然從路旁閃出一個女子，撲向唐僧。沙僧見勢不妙，掣寶杖劈頭就打。那女子弄陣旋風，"嗚"的一聲把唐僧捲走了。

　　孫悟空急忙跳到雲端裏，手搭涼篷，四下裏觀看。只見一陣灰塵，盤旋着往西北上去了。急招呼八戒、沙僧騰空踏霧，望着那陣旋風追趕。追到一座高山，風頭散了。三人按落雲霧，探路尋訪，找到一個洞府，石門上有六個大字："毒敵山琵琶洞"。孫悟空讓兩位師弟候在外面，他進洞去察看動靜。

　　孫悟空搖身變作個蜜蜂，從門縫裏鑽進去。飛進第二道門後，只見正中花亭上坐着一個女怪，面前擺着兩盤饅頭，正勸唐僧品嘗。孫悟空忍不住，現了本相，掣鐵棒喝道："孽畜無禮！"
那女怪見了，口噴一道煙光，把花亭子罩住。她拿了一柄三股鋼
叉，跳出亭門，罵道："潑猴，怎麼敢私入吾家，偷窺我容貌！不

蠍子精獻媚　戴敦邦 畫

要走，吃老娘一叉！」

孫悟空使鐵棒架住，且戰且退。兩人打出洞外，八戒讓沙僧看守行李馬匹，自己撲上來，雙手舉鈀筑向女妖。妖怪閃過，「呼」的一聲，鼻中出火，口內生煙，身子抖了一抖，三股叉上下飛舞，左右衝迎。孫悟空、豬八戒兩邊夾攻，鬥罷多時，竟不分勝負！

女妖叫道：「孫悟空，你好不識進退！」說着，將身一縱，使出個倒馬毒椿，往孫悟空頭皮上扎了一下。孫悟空叫聲「苦啊！」忍耐不得，負痛敗陣而走。豬八戒見勢不妙，也拖着釘鈀退下陣去。女妖得勝回洞。

孫悟空逃到一棵樹下，雙手抱頭，愁眉苦臉地叫着：「厲害！厲害！」

豬八戒走到跟前，問道：「哥哥，你怎麼正戰到好處，卻就叫苦連天的走了？」

孫悟空說：「了不得！了不得！這孽畜不知用甚麼兵器，在我頭上扎了一下，頓時頭疼難禁。」

豬八戒笑道：「你平時一直誇口，說你的頭是修煉過的，卻怎麼就不禁這一下兒？」

孫悟空說：「正是。我這頭，自從修煉成真，盜食了蟠桃、仙酒與金丹後，真正刀槍不入。今日不知何故，竟把頭弄傷了！」

豬八戒讓孫悟空鬆手，一看疼痛處，不破不腫，卻只是疼痛難禁。兄弟三人商議下來，暫不去索戰，就在山坡下背風處養養精神，待第二天再作理會。

次日天明，孫悟空覺得頭不疼了，只是有些痒，便決定再進洞府去打探。悟空仍變作蜜蜂，飛入門裏，只見那女妖正在睡覺。唐僧被四馬攢蹄吊在走廊裏。孫悟空飛過去，輕輕地釘在唐僧頭上，叫："師父！"

唐僧聽出是孫悟空的聲音，忙說："悟空，快救我命！"孫悟空問道："昨日那妖精對你很客氣，今天怎麼這樣子了？"唐僧告訴悟空："那女妖讓我和她做夫妻，我死活不肯。她糾纏了半夜，大為惱怒，就把我綁吊起來了。"

唐僧的說話聲音驚醒了女妖。她馬上滾下牀來，喝問唐僧在和誰說話。孫悟空慌了，撇卻師父，急忙展翅飛了出去。

孫悟空到洞外現了本相，向八戒說了情況。八戒說："我們救師父去！"走到石門前，舉釘鈀往門上盡力一鈀，把石門打破了。

女妖持三股叉出來，罵道："野豬，老大無知！你怎敢打破我的門？"豬八戒喝道："賤貨，你困陷我師父，還敢硬嘴！快快送出我師父來，還可饒你！若敢說個'不'字，老豬一頓鈀，連山也筑倒你的！"

女妖抖動身軀，鼻口內噴煙冒火，舉鋼叉就刺八戒。八戒側身躲過，着鈀就筑。孫悟空使鐵棒並力相幫。妖怪又弄神通，變出幾十隻手來，左右遮攔。交鋒三五個回合，不知是甚麼兵器，把豬八戒嘴唇上也扎了一下。八戒痛得大叫一聲，拖着鈀，捂着嘴，落荒而逃。孫悟空也有些恐懼，虛晃一棒，敗陣而走。妖怪也不追趕，得勝而回。

孫悟空、豬八戒、沙僧會合於山坡前，都說女妖厲害。正議論間，只見一個老媽媽，左手提着一個青竹籃子，自南山路上走來。孫悟空急睜眼看，只見老媽媽頭頂上方有祥雲蓋頂，左右有香霧籠身，連忙叫道："兄弟們，觀音菩薩來了。"豬八戒連忙忍疼下拜，沙和尚牽馬躬身，孫悟空合掌跪下，三人齊叫："南無大慈大悲救苦救難靈感觀世音菩薩。"

觀音見他們認得元光，即踏祥雲，升至空中，現了真相。

孫悟空趕到空中，拜告道："菩薩，恕弟子失迎之罪！我等努力救師，不知菩薩下降；今遇妖魔難降，萬望菩薩救助！"

觀音說："這妖精是個蠍子精，確實厲害。她那三股叉是生成的兩隻鉗腳；扎人痛者，是尾上一個鉤子，喚做'倒馬毒'。不久前她在雷音寺聽佛談經，如來見了，用手推她一下，她就轉過鉤子把如來手上扎了一下。如來也疼痛難禁，命金剛抓她。她當時逃了，原來卻在這裏！若要救得唐僧，可去東天門裏光明宮告求昴日星官。"言畢，遂化作一道金光，回

倒馬毒　戴敦邦　畫

南海去了。

孫悟空按落雲頭，對八戒、沙僧說："剛才菩薩指示，讓我告請昴日星官。你倆待在這裏，我去了！"

孫悟空駕筋斗雲直往東天門外光明宮，卻不見星官，剛要離宮，只見一列兵士簇擁着昴日星官自外返回。前行的兵士看見孫悟空立於光明宮外，急轉身報道："主公，孫大聖在這裏。"

昴日星官斂雲霧整束朝衣，停執事分開左右，上前作禮道："大聖何來？"

悟空說："我師徒在西梁國都城外毒敵山琵琶洞遇上一個蠍子精，觀音菩薩特舉先生方能治得，因此來請。"

星官點頭："既是菩薩舉薦，小神即隨大聖前往毒敵山走一趟。"

當下，昴日星官和孫悟空同出東天門，直至西梁國都城外毒敵山上空。孫悟空指道："此山便是。"

兩人按下雲頭，來到山坡前。豬八戒仍捂着嘴，哼哼道："恕罪！恕罪！有病在身，不能行禮。"星官問："你是修行之人，怎麼生病呢？"八戒解釋道："先前與那妖精交戰，被她不知用什麼東西在我嘴上扎了一下，至今還疼呢！"星官說："你上來，我替你醫治。"八戒上前，鬆開手。星官用手在他嘴唇上摸了一摸，又吹了一口氣。豬八戒的嘴立即不痛了，他歡喜地下拜道："妙啊！妙啊！"

孫悟空便說："煩星官也在我頭上摸摸。"星官說："你未遭毒，摸它幹麼？"悟空說："昨日也曾遭過，只是過了夜，才不疼；如今還有些麻癢，只恐天陰時發作，也煩治治。"星官真個也把他頭上摸了一摸，吹口氣。悟空果然解了餘毒，不麻不癢了。

豬八戒發狠道：「哥哥，打那潑賤去！」

星官道：「正是，正是。你兩個叫她出來，等我降她。」

悟空與八戒跳上山坡，來到洞門外，見被八戒筑破的大門口疊堆着石塊。八戒口裏亂罵，一頓釘鈀，把石塊扒開，直往裏闖，又一釘鈀，將二門筑得粉碎。

那女妖大怒，從亭子中跳出來，掄叉來刺八戒。八戒使釘鈀迎架。悟空在一旁，又使鐵棒來打。女妖趕至身邊，欲下毒手。悟空、八戒知道她又想扎人了，回頭就走。女妖緊追不捨，出了洞門，悟空大叫：「昴宿何在？」

只見昴日星官立於山坡上，現出本相，原來是一隻雙冠子大公雞。他昂起頭來，約有六七尺高，對着妖精叫一聲，那怪即時就現了本相——是個琵琶大小的蠍子精。星官再叫一聲，妖精渾身酥軟，死在坡前。

悟空三人謝過昴日星官。星官復聚金光，駕雲而去。三人走進洞內，救出了唐僧。

殺草寇悟空被逐

第二十五章

　　唐僧從毒敵山琵琶洞脱險後，繼續帶三個徒弟西進。朝去暮至，不覺到了夏天。

　　這天，師徒四人來到一座高山。他們進山，緩行良久，才過了山頭。下西坡乃是一段平陽大道，豬八戒賣弄精神，叫沙和尚挑着擔子，他雙手舉鈀，上前趕馬。那馬不懼他，只是緩緩而行。孫悟空説：「兄弟，你趕馬幹什麼？」八戒説：「天色將晚，自上山已經走了大半天，肚裏早餓了，大家走快些，尋個人家化些齋吃。」悟空點頭道：「既如此，讓我來趕。」他把金箍棒晃一晃，喝了一聲，那馬害怕，溜了韁，如飛似箭，順大路往前去了。

　　唐僧的騎術有限，當下挽不住韁口，只得扳緊着鞍鞽，讓那馬一路奔跑，大約有二十里地，方才緩步而行。

正走着，忽聽得一聲鑼響，路兩邊閃出三十多人，一個個執着槍刀棍棒，攔住路口，喝道：「和尚，哪裏走！」

唐僧被唬得戰戰兢兢，坐不穩，跌下馬來，蹲在路旁，只叫：「大王饒命！」那為首的強盜説：「不打你，只是有盤纏留下！」

唐僧見強盜兇惡，只得立起來，合掌當胸道：「大王，出家人專靠乞化謀生，哪裏有甚麼財帛？萬望大王方便，讓貧僧過去罷！」

強盜説：「甚麼方便方便？你如真無財帛，快趁早脱下衣服，留下白馬，放你過去！」

唐僧説：「阿彌陀佛！貧僧這件衣服，是東家化布，西家化針，零零碎碎化來的。你若剝去，可不害殺我了？只怕這世裏做得好漢，那世裏變畜生哩！」

強盜頭聞言大怒，走上來舉棒要打。唐僧一生不會説謊，遇着這急難處，無可奈何，只得騙他們：「大王，且莫動手。我有個小徒弟，走在後面，須臾即到。他身上有幾兩銀子，給你們算了。」

強盜頭聽了，轉怒為喜道：「既然如此，那就先把你捆起來再説。」眾嘍囉一齊下手，用一條繩子把唐僧綁了，高高地吊在樹上。

一會兒，孫悟空等三個從後面來了。他們遠遠望見唐僧被吊在樹上，不禁大吃一驚。悟空急登高坡細看，認得是伙強盜，心中暗喜道：「造化！造化！買賣上門了！」

孫悟空搖身變做個十五六歲的小和尚，穿一領緇衣，背着一個包袱。他拽開步，來到前邊，問道：「師父，這是怎麼回事？」

眾強盜見孫悟空和唐僧説話，便圍攏來，喝道：「小和尚，你

取經途中　戴敦邦 畫

師父説你身上有盤纏，趁早拿出來，饒你們性命！若道半個'不'字，就把你們都打死！」

孫悟空放下包袱，説：「列位，不要嚷。盤纏有些，在這個包袱裏，如你們要，就連包兒一起拿去，只望放下我師父來。」

強盜頭信以為真，喜道：「這老和尚慳吝，這小和尚倒還慷慨。」遂下令把唐僧放下來。

唐僧得了性命，跳上白馬，顧不得孫悟空，一直往回跑。悟空忙叫：「走錯路了！」提着包袱，拔腿欲奔。

強盜攔住孫悟空：「哪裏走？將盤纏留下，免得動手！」悟空笑道：「説清楚了，盤纏須三分分之。」強盜頭説：「這小和尚會算計，就要瞞着他師父留起些兒——也罷，拿出來看。如果多，也分些給你背地裏買果子吃。」悟空説：「哥呀，不是這等説。我哪裏有什麼盤纏？我是説你們打劫別人的金銀，必須分些給我。」

強盜頭聞言大怒，罵道：「這和尚不知死活！你不肯給我，反問我要？不要走，看打！」掄起一條撻藤棍，照悟空光頭上打了七八下。

孫悟空若無其事，滿臉陪笑道：「哥呀，像你這樣打，就是打到明年春天，也是不當真的。」強盜頭大驚：「這和尚好硬頭！」孫悟空笑道：「不敢，不敢，承過獎了，還將就看得過。」眾強盜擁上來，一齊亂打。打了五六十下。悟空忍無可忍，從耳中摸出金箍棒，晃一晃，碗來粗細，只一棍便把那個強盜頭打了個嘴啃地，再不作聲。

眾嘍羅見了，唬得撒槍棄棍，四路逃生而走。

卻説唐僧慌不擇路，打馬而往東走，正和八戒、沙僧相遇，這才站下，轉馬西來。走到原處，唐僧見孫悟空打死了強盜頭，就惱起來，口裏猢猻長，猴子短的不住地絮絮叨叨。説了一陣，吩咐八戒挖個坑，把屍首埋了。

　　師徒依大路向西又行了一會，忽見路北下有一座莊院。唐僧説去那裏借宿，四人便走了過去。莊院中一戶楊姓人家接待了他們。

半夜聞凶訊　沈虎　畫

那楊家老伯安排一頓素齋給他們吃了，又讓他們去後園草舍內安歇。

這楊老伯的兒子，正是白天打劫唐僧那伙強盜中的一個嘍囉。那伙人被悟空嚇散後，到四更時分方重新聚合，到楊家來吃飯。那楊某進門，見有一匹白馬拴着，便向妻子打聽是誰的。妻子告訴他是東土取經的和尚的，借宿在後園。楊某一聽，知道正是唐僧一行，遂和同伙密謀：趁和尚在睡覺，去殺死他們，為頭兒報仇。

楊老伯聽到楊某等人的密謀，便悄然去後園告訴唐僧。唐僧半夜聞此凶訊，戰戰兢兢地叩謝了楊老伯，即與悟空等從後門走了。

那伙強盜吃飽了飯食，磨快了刀槍，已是五更時分。一齊趕到後園去時，發現唐僧他們已經走了，便拔腿追趕。他們一個個如飛似箭，一直趕到東方日出，方才望見唐僧一行，便一齊吶喊叫道："拿住！"

唐僧聽得喊聲，回頭觀看，見後面有二三十人，槍刀簇簇而來，便叫："徒弟啊，賊兵追來了，怎麼辦啊！"孫悟空說："放心！放心！老孫對付他們去！"唐僧說："悟空，切莫傷人，只嚇退他們就是了。"

孫悟空哪裏肯聽，急掣棒回首相迎道："列位哪裏去？"眾強盜罵道："禿廝無禮！還我大王的命來！"

強盜們把悟空圍在中間，舉刀槍亂砍亂搠。孫悟空把金箍棒晃一晃，碗來粗細，把那伙歹徒打得星落雲散，砸着的就死，碰着的就亡；磕着的骨折，擦着的皮傷；乖些的跑脫幾個，痴些的都見了閻王。

孫悟空問一個受傷的強盜："哪個是楊老兒的兒子？"對方哼

哼的告道："爺爺，那穿灰藍衣的就是！"

悟空上前，從那受傷的強盜手中奪過刀來，走到穿灰藍衣的強盜面前，一把揪住他的胸襟，罵了他幾句，便"咔嚓"一下，割下了他的頭。隨後將那頭提在手中，拽開雲步，趕到唐僧馬前道："師父，這是楊老兒逆子的首級，被老孫取來了。"

唐僧見了那血淋淋的人頭，大驚失色，慌得跌下馬來，罵道："這潑猢猻唬殺我也！快拿過！快拿過！"八戒上前，將人頭一腳踢至路旁草叢中，用釘鈀築些土蓋了。

沙僧扶起唐僧。那唐僧大惱，便念起了緊箍兒咒來，把悟空勒得耳紅面赤，眼脹頭昏，在地下打滾，只叫："莫念！莫念！"

唐僧念了十餘遍，還不住口。孫悟空翻筋斗，豎蜻蜓，疼痛難禁，叫道："師父饒我罪罷！有話便說。莫念，莫念！"

唐僧住口不念了，說："沒話說，我不要你跟了，你回去吧！"悟空忍疼磕頭道："師父，怎麼趕我走呢？"

唐僧說："你這潑猴，兇惡太甚，不是個取經之人。昨日在山坡下，打死那個賊頭，我已怪你不仁。後來到了楊家，蒙那楊老兒賜齋借宿；又蒙他開後門放我們逃了性命；雖然他的兒子不肖，但也不該就割下他的首級；況且又殺死多人，壞了多少生命，傷了天地間多少和氣。屢次勸你，竟無一毫善念。要你幹什麼？快走！免得我又念真言！"

悟空聽了害怕，說："莫念，莫念！我去！"話音剛落，一個筋斗雲，已經無影無蹤了。

獼猴精以假亂真

第二十六章

唐僧趕走了孫悟空，教豬八戒引馬，沙僧挑擔，連馬四口，繼續西行。

走了五十里遠近，唐僧覺得又飢又渴，便讓八戒、沙僧去化齋弄水。兩人去後不久，唐僧正閉目養神，忽聽得一聲響亮，睜眼一看，見是孫悟空雙手捧着個瓷杯來送水。唐僧不喝。那悟空變了臉，發怒生嗔，掄鐵棒望唐僧背脊上砑了一下，唐僧當即疼暈在地。那悟空把唐僧的兩個包袱提在手裏，駕起筋斗雲，不知去向。

一會兒，八戒、沙僧回來，把唐僧救醒，聽唐僧一說情況，大為氣惱。包袱裏有關文，必須拿回才能取到經本，三人商議下來決定由沙僧去花果山向孫悟空索回。

沙僧捻了訣，駕起雲光，行了三晝夜，方到花果山。他按下雲頭，只聽得一派喧聲，原來是羣猴在嚷嚷，那孫悟空正高坐在石台上念唐僧那張通關文牒。沙僧便上前去，向孫悟空索討包袱。

那悟空聞言，冷笑道：「我打唐僧，搶行李，不因我不上西方，我今熟讀了牒文，自己上西方拜佛求經，送上東土。我成功後，叫那南贍部洲人立我為祖，讓我萬代傳名！」

沙僧笑道：「師兄若不隨師父同去，佛祖怎肯傳經給你？」

那悟空說：「我這裏另選個有道的真僧在此，已決定明天出發。不信，我請來你看。」

果然，幾個猴子跑進去牽出一匹白馬，請出一個唐僧。唐僧後面跟着一個八戒，挑着行李；一個沙僧，拿着錫杖。沙僧見了大怒，雙手舉降妖杖，把一個「假沙僧」劈頭打死──原來是一個猴精。那悟空惱了，掄金箍棒率眾猴圍攻沙僧。沙僧東衝西撞，打出路口，縱雲霧逃生，尋思去向觀音菩薩告狀，於是直奔南海。

那悟空也不追趕沙僧，令小猴另選一個會變化的猴精，仍變一個沙僧，準備上西方取經。

卻說沙僧駕雲行了一晝夜方到南海，不料見孫悟空站在觀音菩薩面前！他揮降妖杖去打悟空，被觀音喝住，問是怎麼一回事。沙僧把前後情況說了一遍。

觀音說：「悟淨，悟空到此，今已四日。我並不曾放他離開，他哪裏有另請唐僧，自去取經之意？」

原來，孫悟空被唐僧趕走後，未回花果山；而是來到南海找觀音訴苦。觀音聽了孫悟空的哭訴，端坐蓮台，運心三界，慧眼遙觀，開口道："悟空，你那師父頃刻之際，就有傷身之難，不久便來尋你。你就暫留在我這裏，不要離開，待我與唐僧説，叫他仍讓你隨同去取經，了成正果。"這樣，孫悟空就在觀音處待了下來。

當下，沙僧不解，問道："但是現在那花果山確有一個孫悟空在，這怎麼説？"

觀音説："既然如此，你休發急，讓悟空與你同去花果山看看。是真難滅，是假易除。到時自見分曉。"

於是，孫悟空立刻隨沙僧趕往花果山。悟空在洞外細看，果見另有一個孫悟空，高坐石台之上，與羣猴飲酒作樂，不僅模樣無異，穿着、兵器也與自己一樣。孫悟空見了大怒，掣鐵棒上前罵道："你是何等妖邪，敢變我的相貌，擅居吾仙洞！"

那悟空見了，也不回答，執鐵棒來迎。兩個悟空混戰一團，難辨真假。沙僧在旁，不敢出手相幫，恐怕傷了真悟空。孫悟空説："沙僧，你既助不得力，就去回復師父，説我與此妖打上南海落伽山觀音菩薩前去辨個真假。"那個悟空也這樣説了一遍。沙僧見兩個相貌、聲音無一毫差別，只得依言，駕雲回復唐僧去了。

那兩個悟空，且行且鬥，直嚷到南海，來到落伽山觀音處。他兩個互相揪住了説："菩薩，這廝果然像弟子模樣。我與這廝打到寶山，借菩薩慧眼，與弟子認個真假，辨明邪正。"

觀音觀察良久，無法辨認。觀音説："放開手，兩邊站下，等我再看。"

兩人鬆手，兩邊站定。觀音喚木叉、善財上前，悄悄吩咐："你們一個扯住一個，等我暗念緊箍兒咒，看那個害疼的便是真，不疼的便是假。"

木叉、善財各扯住一個。觀音暗念真言，兩個悟空一齊喊疼，都抱着頭，在地下打滾，只叫：「莫念，莫念！」觀音不念，他兩個又一齊揪住，照舊嚷鬥。觀音叫聲「孫悟空」，兩個一齊答應。

觀音無計可施，只得說：「真悟空當年官拜『弼馬溫』，大鬧天宮時，神將都認得，你倆上天界去分辨吧。」

兩人於是離了南海，打打鬧鬧來到南天門外。那廣目天王連忙率馬、趙、溫、關四大天將及把門大小眾神，各使兵器擋住。孫悟空告訴眾神：「我保護唐僧往西天取經，不想這妖精竟變作我的模樣，連觀音也難識認，所以打到這裏，煩諸天眼力，認個真假。」他剛說完，另一個悟空也如此這般說了一遍。眾天神看了多時，也分不出真假。

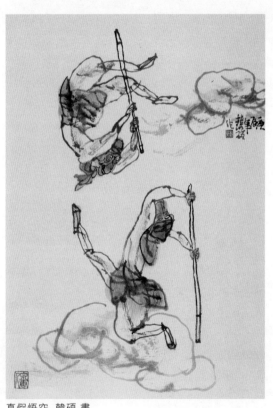

真假悟空　韓碩　畫

兩個悟空吆喝道：「你們既不能認，就讓開路，等我們去見玉帝！」眾神只得放開天門，兩個直抵靈霄寶殿。玉帝降立寶殿，問道：「你兩個為何事擅鬧天宮，嚷至朕前尋死！」

　　孫悟空把情況陳述了一遍，說：「指望陛下辨個真假。」另一個悟空也如此陳述了一遍。玉帝即傳旨宣托塔李天王，降旨道：「可用照妖鏡來照誰真誰假，教他假滅真存。」

　　李天王即取照妖鏡照住，請玉帝同眾神觀看。只見鏡中是兩個孫悟空的影子，金箍、衣服，毫髮不差。玉帝無法辨別，遂令把兩人趕出殿外。

　　兩個孫悟空，一個呵呵冷笑；一個嘻嘻哈哈，揪頭抹頸。兩人重新打出天門，口裏一齊叫著：「我和你見師父去！」

　　卻說沙僧沒取到包袱，空手返回師父處，把出現兩個孫悟空的情況告訴唐僧。唐僧聞言，大驚失色。正說間，只聽得半空中吵吵嚷嚷，兩個悟空打過來了。豬八戒見了，急縱身跳起，望空高叫道：「師兄莫嚷，我老豬來了！」那兩個悟空一齊應道：「兄弟，來打妖精！」八戒一看，卻認不出真假，不知幫哪個才好。

　　沙僧在下面見了，對唐僧說：「師父坐在這裏，等我和二哥去，一人扯一個來到你面前，你就念緊箍兒咒，看那個害疼的就是真的，不疼的就是假的。」

　　唐僧點頭：「如此甚好。」

　　沙僧便跳到半空中，說：「二位住了手，一齊到師父面前辨個真假去。」

　　兩個悟空放了手，沙僧攙住一個，八戒也攙住一個，落下雲頭，來到唐僧面前。唐僧一念緊箍兒咒，兩人一齊叫苦道：「我們這樣苦鬥，你怎麼還咒我？莫念，莫念！」

唐僧遂住口不念，也辨不出真假。兩個悟空從八戒、沙僧手裏掙脫出來，依然又打。孫悟空說：「兄弟們，保着師父，等我與他打到閻王那裏去辨別！」另一個也這樣說。兩人拉拉扯扯，須臾，又不見了。

唐僧又向沙僧打聽取行李情況，沙僧說找不到洞口。豬八戒說水簾洞是被水遮住的，他認識，便自告奮勇前去花果山將行李取了回來。

卻說兩個孫悟空打到陰山，直打至森羅殿下。那森羅殿十王與地藏王正在議事。陰君見來了兩個孫悟空，上近前擋住道：「大聖有何事，鬧我幽冥？」這個孫悟空把情況一五一十說了一遍，臨末道：「望陰君與我查看生死簿，看‘假悟空’是何出身，快早追他魂魄。」那個孫悟空亦如此說一遍。陰君聞言，即喚管簿判官一一從頭查勘，並無「假悟空」之名。判官當殿回報，陰君各執笏，對兩個孫悟空說：「幽冥處既無名號可查，你們還是到陽間去辨別。」正說着，地藏王菩薩說：「且住！且住！等我叫諦聽給你們聽了真假。」

那諦聽是伏在地藏王經案下的一頭怪獸，它伏在地下，瞬息就可將世上各種物事一一察明。當下，那諦聽奉地藏王鈞旨，就在森羅殿庭院之中，俯伏在地察聽。須臾，它抬起頭來，對地藏王說：「這個怪的根源我已知道，但不可當面說破，又不能助力擒他。」

地藏王問：「當面說出又怎麼樣？」諦聽說：「當面說出，恐妖精惡發，騷擾寶殿，鬧得陰府不安。」地藏王又問：「為何不能助力擒拿？」諦聽道：「這妖精的神通，和孫大聖一樣。幽冥諸神中，無人有法力擒拿。"地藏王擔憂地問道："那有什麼辦法降服它呢？"諦聽說出四個字："佛法無邊。"

地藏王省悟，便對兩個悟空說："你兩個形容如一，神通無二，若要辨明，須到雷音寺釋迦如來那裏去走一遭。"

兩個悟空聽了，一齊嚷道："說得是！說得是！我和你到西天佛祖之前辨別去。"

誅滅假悟空　余文祥　畫

兩人離了陰間，扯扯拉拉，直嚷到大西天靈鷲仙山雷音寶刹七寶蓮台之下，向佛祖訴說了情由，請求一辨真偽。

如來佛一看便知，正欲道破，觀音來了。如來便問觀音："你看那兩個悟空，誰真誰假？"

觀音說：“弟子不能辨。”

如來笑道：“周天之內有五仙：天、地、神、人、鬼；有五蟲：蠃、鱗、毛、羽、昆；另有四猴混世，不入十類之種。”

觀音道：“敢問是哪四猴？”

如來說：“第一是靈明石猴，通變化，識天時，知地利，移星換斗。第二是赤尻馬猴，曉陰陽，會人事，善出入，避死延生。第三是通臂猿猴，拿日月，縮千山，辨休咎，乾坤摩弄。第四是六耳獼猴，善聆音，能察理，知前後，萬物皆明。我觀‘假悟空’是六耳獼猴。”

那獼猴聞得如來說出他的本相，膽戰心驚，急縱身，跳起來就走。如來喝道：“拿下！”眾神正要下手，那獼猴變作個蜜蜂，往上便飛。如來將金缽盂拋到空中，罩住蜜蜂，直落下來。一金剛把缽盂揭起，見其本相果然是一個六耳獼猴。一旁孫悟空早就忍耐不住，舉棒劈頭一下，已將那獼猴打死在地。

如來讓觀音送孫悟空回唐僧那裏去。觀音、悟空趕到唐僧借宿處，觀音說：“唐僧，前日打你的，是‘假悟空’六耳獼猴，已被如來識破後讓悟空給打死了。你今必須收留悟空，讓他保護你去靈山取經。”

唐僧叩頭答應。這時，八戒從花果山取得包袱回來了，師徒四人向觀音道別，繼續向西行進。

火焰山大戰牛魔王

第二十七章

　　唐僧取經途中，有一座火焰山，山上有八百里火焰，四周寸草不生：一年四季，天天皆熱。

　　距火焰山西南方向有一座翠雲山，山中有一個芭蕉洞，洞裏住着一個鐵扇公主，名叫羅剎女，是牛魔王的妻子，紅孩兒的母親。這鐵扇公主有一柄如意芭蕉扇，能扇滅火焰山上的烈焰。當地百姓，每隔一年就帶上豬羊雞鵝，花紅表裏，去翠雲山央求鐵扇公主用芭蕉扇扇滅烈火，吹風下雨，以便種植莊稼。那芭蕉扇扇三下，可收得一年五穀，過後，山上又重新烈火熊熊。

　　這年秋天，唐僧師徒四人來到距火焰山六十里地的一個村莊，感到熱得難以忍受，向當地百姓一打聽，得知了火焰山和鐵扇公主之事。為百姓祈求豐年，也為能順利越過火焰山，孫悟空決定去向鐵扇公主借芭蕉扇。

孫悟空駕筋斗雲來到翠雲山芭蕉洞，叩門求見。鐵扇公主聽說"孫悟空"三字，頓生怒火，急命丫環取披掛，拿兵器，結紮整齊衝出門來，高叫："孫悟空呢？"孫悟空拱手上前："嫂嫂，老孫施禮。"鐵扇公主喝道："誰是你的嫂嫂？"孫悟空說："尊夫牛魔王，當初曾與老孫結義，所以我應稱你嫂嫂。"鐵扇公主說："你陷害我兒子紅孩兒！"孫悟空說："令郎紅孩兒現在是觀音菩薩的善財童子，已得正果，不生不滅，與天地同壽，與日月同庚。嫂嫂如想念他，要見面也並不難，只要把扇子借我扇滅了火，我可去觀音處請令郎來嫂嫂處住幾天。"

鐵扇公主哪裏肯信，喝道："潑猴，少耍饒舌。伸過頭來，等我砍上幾劍！若受得疼痛，就借扇子給你；若忍耐不得，叫你早見閻君！"

孫悟空便叉手而立，讓鐵扇公主砍。鐵扇公主雙手掄劍，照悟空頭上乒乒乓乓砍了十數下，悟空若無其事。鐵扇公主害怕，回頭要走，孫悟空見她言而無信，大惱，掣棒便打。鐵扇公主揮劍招架。雙方鬥了幾個回合，鐵扇公主料鬥不過悟空，於是取出芭蕉扇，扇一下，一陣陰風，把悟空扇得無影無蹤。

孫悟空被扇在空中，飄飄蕩蕩，就如旋風翻敗葉，流水淌殘花。飄滾了一夜，直至天明，方才落在一座山上。他定定神，仔細觀看，認得此處是小須彌山，不禁大吃一驚："火焰山離小須彌山足有五萬里，這扇子好厲害啊！"

孫悟空記起小須彌山住着靈吉菩薩，便去拜訪。靈吉菩薩熱情接待孫悟空，不但指明了回去的方向，還送給他一顆定風丹。有了定風丹，鐵扇公主對孫悟空就奈何不得了。

孫悟空駕筋斗雲，返回翠雲山。鐵扇公主聽説孫悟空又來了，心中驚懼道："這潑猴真有本事！我的寶貝，扇着人，要去八萬四千里，方能停止；他怎麼才吹去就回來了？這回得扇他兩三扇，叫他找不着歸路！"當下披掛出洞，取扇子，望悟空扇了一扇。孫悟空巍然不動。又扇了兩扇，仍舊不動。鐵扇公主慌了，急收寶貝，走回洞府，吩咐丫環關上洞門。

孫悟空搖身一變，變作一個小蟲，從門縫裏鑽進去。只見鐵扇

牛魔王　戴敦邦　畫

公主叫道："拿茶來！"一個丫環從茶壺裏倒了一碗香茶，悟空趁機飛入茶水表面的泡沫之下。那鐵扇公主渴極，接過茶，一飲而盡。孫悟空到了鐵扇公主肚裏，一面厲聲高叫"嫂嫂，借扇來"，一面蹬腳頂頭。那鐵扇公主按住腹部，只在地下打滾，直疼得面黃唇白，大叫："孫叔叔饒命，扇子我借給你！"

悟空説："拿扇子

來我看。"

鐵扇公主即叫丫環拿一柄芭蕉扇。孫悟空探到喉嚨口看見了，就變作小蟲，從鐵扇公主嘴裏飛出來，還了本相，拿了扇子，出洞便走。

孫悟空出了芭蕉洞，撥轉雲頭，回到了火焰山下那個村莊，把取扇情況向唐僧等說了一遍。師徒四個便拜辭了借宿的那戶人家，前往火焰山。大約行了四十里左右，漸漸酷熱蒸人。孫悟空說："你們先停下來，等我扇熄了火，待地上的土冷一些，再過山去。"

孫悟空舉着扇子，來到火山邊，盡力一扇，那山上火光烘烘騰起；再一遍，更旺百倍。孫悟空連忙跑至唐僧面前，叫道："快回去，快回去！火來了，火來了！"

師徒四人向東走了二十餘里，方才歇下。孫悟空丟下扇子，說："假的，被這廝哄了！"這時，走來一個老人，乃是火焰山土地。他給孫悟空出主意："若要借真芭蕉扇，可去找牛魔王。"土地又說："牛魔王原和鐵扇公主同住在翠雲山芭蕉洞。後來，他娶了個小老婆玉面公主，就住到火焰山正南方積雷山摩雲洞玉面公主那裏去了。那鐵扇公主對牛魔王仍然一往情深，所以，只要牛魔王點頭，準能借到扇子。"

於是，孫悟空立刻駕筋斗雲去積雷山摩雲洞。牛魔王對孫悟空窩着一股火，既恨悟空降伏了紅孩兒，又惱悟空從他弟弟如意真仙那裏搶了"落胎泉"，所以一口拒絕了借扇要求。兩人說了幾句，牛魔王掣渾鐵棍劈頭就打。孫悟空持金箍棒，隨手相迎。兩人鬥了百十回合，不分勝負。正在難分難解之際，只聽得山峯上有人叫道："牛爺爺，我大王多多拜上，請你快去赴宴！"

牛魔王用渾鐵棍支住金箍棒，説：“猢猻，你且住了，等我去一個朋友家赴會後再來較量。”

　　説罷，牛魔王退回洞府，跨上他的坐騎辟水金睛獸，向西北方而去。孫悟空在高峯上看到，搖身變作一陣清風趕上，一直跟到一座高山，見牛魔王駕獸跳入一個清水深潭。孫悟空變作一隻螃蟹，沉入潭底，只見潭底有一座牌樓，樓下拴着那個辟水金睛獸。

　　原來，這潭中住着一個老龍精，和牛魔王是好友，今天請牛魔王喝酒。孫悟空去裏面轉了一圈，忽然心生一計，於是到牌樓下，變作牛魔王模樣，騎了金睛獸，驅獸出潭縱雲，來到翠雲山芭蕉洞口，叩門而進。那鐵扇公主滿以為真是闊別兩年的丈夫回來了，喜不自勝，忙叫丫環擺酒席接風。

　　飲酒時，鐵扇公主把孫悟空如何來借扇，又如何被她哄騙之事説了一遍。孫悟空便説：“夫人，真扇子你收在哪裏？”鐵扇公主從嘴裏吐出一柄杏葉大小的扇子，遞

智取芭蕉扇　朱延齡　畫

給悟空，悟空接在手中，問道：「這般小小之物，如何扇得八百里火焰？」鐵扇公主酒飲多了，心無忌憚，就說出方法來：「將左手大指頭捻着柄上第七縷紅絲，念一聲『啊嘘呵吸嘻吹呼』，即長一丈二尺長短。」

悟空聞言，記在心上。把扇子也噙在口裏，臉兒一抹，現了本相，說：「你看看我是誰？」鐵扇公主一見是孫悟空，慌得推倒桌席，跌翻在地，羞愧無比。悟空則跨大步出了芭蕉洞，將身一縱，踏祥雲，跳上高山，將扇子吐出來，照鐵扇公主說的方法一試，果然長了有一丈二尺長短。但他只知道長的方法，不曾打聽變小的口訣，於是只好將那扇子扛在肩上。

卻說牛魔王散了筵席，出門來不見了辟水金睛獸，馬上想到孫悟空。他慌忙趕往翠雲山芭蕉洞，一問鐵扇公主，得知果真是孫悟空變作他的模樣騙去了芭蕉扇，不禁大怒，拿了兩把寶劍出門便趕。牛魔王追了一程，見孫悟空扛了扇子在前面走，想上去奪回，但又怕扇未奪回，反而被扇去十萬八千里，於是心生一計，變作豬八戒模樣上前去。孫悟空一時大意，竟沒認出這是個假八戒，所以當「八戒」說把扇子交給他扛時，真的遞了過去。

牛魔王得了扇子，立刻將其縮小，然後現出本相，罵道：「潑猢猻，認得我嗎？」

悟空一見，又氣又恨，掣鐵棒劈頭就打。牛魔王用扇子扇他，卻因悟空有定風丹，所以扇不動。牛魔王把扇子丟入口中，雙手掄劍就砍。兩個正鬥得熱鬧時，豬八戒和火焰山土地趕來了。豬八戒即舉釘鈀上前助陣。牛魔王敵不過兩個對手，變做一隻天鵝，望翠雲山方向飛去。

孫悟空見了，即變作一個海東青，"颸"的一下，鑽在雲眼裏，倒飛下來，落在天鵝身上，抱住頸項啄眼。牛魔王急忙變作一隻黃鷹，回過頭來啄海東青。悟空又變作一隻烏鳳，追趕黃鷹。牛魔王見勢不妙，變作一隻白鶴，長唳一聲，向南飛去。悟空立定，抖抖翎毛，又變作一隻丹鳳，高鳴一聲。牛魔王嚇得急速飛下山崖，搖身一變，變作一隻香獐，在崖前吃草。悟空認得，也收翅落下，變作一隻餓虎，要來吃香獐。牛魔王慌了手腳，又變作一隻金錢花斑的大豹，要傷餓虎。悟空見了，迎風把頭一晃，又變作一隻鐵額銅頭的金眼狻猊，復轉身要食大豹。牛魔王着了急，又變作一個人熊，放開腳，就來擒那狻猊。悟空打個滾，就變作一隻大象，撒開鼻子，要去捲那人熊。

牛魔王遂現出原身——一隻大白牛，頭如峻嶺，眼若閃光；兩隻角似兩座鐵塔；連頭至尾，有千餘丈長短；自蹄至背，有八百丈高下。悟空見了，也現了原身，抽出金箍棒來，把腰一躬，長得身高萬丈，頭如泰山，眼如日月，口似血池，牙似門扇，舉棒打那白牛。牛魔王硬着頭，挺角來觸。他兩個大展神通，在半山中賭鬥，驚動了金頭揭諦、六甲六丁、十八位護教伽藍等神將，都來圍攻牛魔王。牛魔王見勢不妙，就地一滾，恢復本相，逃進了芭蕉洞。悟空也恢復本相，和眾神追至翠雲山，把山圍住。

這時，豬八戒也趕來了，一聽牛魔王逃進了芭蕉洞，便上去把洞門打破。牛魔王喘息未定，聞報大怒，口中吐出扇子交給鐵扇公主，重新披掛，又選兩口寶劍，出洞來戰。孫悟空、豬八戒、眾神等四面圍攻，牛魔王戰了五十餘合，抵敵不住，往上逃竄。

但是，牛魔王這回注定要失敗了。因為如來佛算定唐僧要在火

焰山遇阻，已請玉帝派天將適時助陣。這會兒托塔李天王、哪吒太
子領着天兵天將正候在空中，喝道：「那牛魔，你往哪裏走？」

　　牛魔王搖身一變，還變做一隻大白牛，以鐵角去觸李天王。哪

三頭六臂　戴敦邦　畫

吒喝一聲"變"，變得三頭六臂，飛身跳上牛背，揮斬妖劍砍下了牛頭。誰知牛魔王腔子裏竟立刻又鑽出一個頭來，口吐黑氣，眼放金光。哪吒復砍一劍，頭落處，又鑽出一個頭來。哪吒一連砍了十數劍，牛魔王的腔子裏隨即長出十數個頭。哪吒取出火輪兒掛在牛角上，吹真火，焰焰烘烘，把牛魔王燒得張狂哮吼，搖頭擺尾。此時，那牛魔王急切想要變化脫身，卻又被托塔天王將照妖鏡照住了本相，騰挪不動，萬般無奈，只得連聲求饒，表示願意交出扇子。

哪吒便把縛妖索子解下，穿在牛鼻孔裏，騎在他背上，用手牽着，和悟空等眾一齊擁往芭蕉洞口。牛魔王叫道："夫人，拿扇子出來，救我性命！"那鐵扇公主聽了，慌忙捧了扇子出來，跪着遞給悟空。

孫悟空接了扇子，和四大金剛並眾天將等押了牛魔王夫婦去見唐僧。眾人一齊前往火焰山。到了山邊，孫悟空一扇揮去，那熊熊烈焰頓時熄滅；又扇一扇，只聞得習習瀟瀟，清風微動；第三扇揮去，滿天雲漠漠，細雨落霏霏。唐僧大喜，謝了金剛並天將等，眾神牽了牛魔王去向如來繳令。

孫悟空忽然想起當地百姓說過，火焰山的火扇滅後隔一段時間又會自己燃起來，尋思何不趁此機會除去這個禍根，為民造福。他就向鐵扇公主問除根之法。鐵扇公主說："只消連扇四十九扇，那火便永遠不燃了。"

悟空於是連扇了四十九扇，火焰山的烈火就此永遠熄滅了。悟空把扇子還給了鐵扇公主。從此，鐵扇公主隱姓修行，後來也得了正果。

唐僧師徒順利越過火焰山，繼續向西進發。

黃眉怪瓜田中計

第二十八章

　　唐僧師徒四眾離了火焰山，走了幾個月。這天他們翻過一座高山，來到一處平地，忽見祥光藹藹，彩霧紛紛，前面有一所樓台殿閣，隱隱傳來悠揚的鐘磬之聲。唐僧認定必是個好去處，策馬加鞭，行至山門前，見有"雷音寺"三字，慌得滾下馬來，就要叩頭。孫悟空說："師父看看仔細，山門上有四個字，你怎麼只認了三個。"

　　唐僧抬頭再看，真的是"小雷音寺"四個字。便說："就是小雷音寺，必定也有個佛祖在內，我們可進去拜拜。"

　　孫悟空說："此處凶多吉少，不可進去。"

　　唐僧說："就是無佛，也必有個佛像，應當進去禮拜。"

正説着，只聽得山門裏有人叫道：「唐僧，你自東土來拜見我佛，怎麼還這樣怠慢？」

唐僧聽了，慌忙和八戒、沙僧一齊跪倒，叩拜而進。悟空牽馬，擔着行李，在後跟進。進到二層門內，就是如來大殿。殿門外寶台之下，排列着五百羅漢、三千揭諦、四金剛、八菩薩、比丘尼、優婆塞等。慌得唐僧三個一步一拜，拜上靈台。孫悟空公然不拜，仔細觀看，發現眼前的佛祖和那些羅漢、菩薩等全是假的，就丟了馬匹、行李，掣棒在手，喝道：「你這伙孽畜，膽大包天！竟敢假倚佛名，敗壞如來清德！不要走！」雙手掄棒，上前便打。只聽得半空中「叮當」一聲，撇下一副金鐃，把悟空連頭帶足合在金鐃之內。旁邊那些羅漢、金剛等一擁而上，將唐僧、八戒、沙僧捉住。

原來那蓮花座上裝扮佛祖的正是個妖怪，名叫黃眉老怪；那些裝羅漢、金剛等的，則是他手下的小妖。那老怪等候在此，專為捉拿唐僧。現目的已達，他就現出妖身，吩咐把唐僧等三人抬入後邊關押；把合住悟空的金鐃擱在寶台上，待三晝夜化為膿血後，再將唐僧等三個蒸食受用。

卻説悟空被合在金鐃裏，鐃內一片漆黑，他燥得滿身流汗，左拱右撞，不能出來。他拿鐵棒亂打，也未動得分毫。他捻着一個訣，身子長有千百丈高，那金鐃也隨他長大，沒一絲縫隙；又把身子縮小，小如菜籽，那鐃也隨之變小，也沒任何孔竅。他又把鐵棒撐住金鐃，從腦後拔下兩根毫毛，變做鑽架、鑽頭，挨着棒下鑽了千百下，仍鑽不損金鐃。悟空急了，捻個訣，念動咒語，把那五方揭諦、六丁六甲、十八位護教伽藍拘到金鐃外。眾神説：「大聖，你拘喚我們有何吩咐？"

悟空說："我在這裏面快被悶死了，你們快作法弄我出去！"

眾神齊心合力掀鐃，別想揭起分毫。那揭諦便讓六丁神保護着唐僧，六甲神看守着金鐃，眾伽藍前後照應；他速縱祥光上天界，向玉帝告急："孫悟空被合在一副金鐃之內，進退無門，十分危急！"

玉帝傳旨："速差二十八宿星辰，前去排難降妖。"

那二十八宿隨揭諦前往小雷音寺，於二更時分抵達，黃眉老怪等正在睡覺。二十八宿悄悄圍攏金鐃外，裏面悟空知其來意後，說："動用兵器把鐃打破，老孫就出來了！"

眾星宿道："這是金屬，打着就響，驚動了妖魔，恐難救應。"

二十八宿中有一員名叫亢金龍的神將，頭頂長有一隻硬角，他想出了一個主意："大聖，觀此寶定是個如意之物，斷然也能變化。你在那裏面，於那合縫之處，用手摸着，等我

小雷音寺　周京新　畫

把角拱進來，你可變化了，順鬆處脫身。"

悟空依言，真個在裏面亂摸。亢金龍把身子變小了，那角尖兒就像針尖一樣，順着鏡合縫口上伸進去，用盡全身之力，才穿透至裏面。亢金龍叫聲"長"，他的身子就變大，那根角也變得碗口般粗細。不料那鏡口竟就像是皮肉長成的，順着亢金龍的角緊緊噙住，四下裏無一絲縫隙。悟空摸來摸去，沒法可想，只好用金箍棒變作一把鋼鑽，在角尖上鑽了一個小孔，他又把身子變得菜籽一般，拱在那鑽眼裏躦着，叫道："扯出角去！"亢金龍又不知費了多少力，及至把角拔出，已是筋疲力盡，倒在地下。

孫悟空從他角尖鑽眼裏出來，現了原身，掣出鐵棒，照金鐃"當"的一聲打去，將它砸了個粉碎。黃眉老怪及小妖被驚醒，慌忙起身趕到寶台下。此時天將亮，他們看見孫悟空及星宿圍在碎金鐃旁邊，不禁大驚。老怪下令："小的們，緊關了前門，不要放出人去！"

孫悟空和眾星宿即駕雲跳在空中。老怪取了一根短軟狼牙棒，緊追上來。悟空大怒，揮棒就打，老怪以狼牙棒相迎。兩個鬥了五十回合，不分勝負。二十八星宿各持兵器，一擁而上，把那老妖圍在中間。老怪公然不懼，一隻手使狼牙棒，架抵兵器；一隻手從腰間解下一個舊白布搭包兒，往上一拋，"嘩"的一聲，把孫悟空、眾星宿、揭諦全部裝進包裏，挎在肩上，得勝而歸。回到廟裏，老怪讓小妖取來繩索，解開搭包，拿一個，捆一個。此時悟空等一個個都已骨軟筋麻，無法掙扎，俱被綁了。那妖吩咐將唐僧師徒分別懸梁高吊，將諸神關進地窖內。

老怪獲勝，得意洋洋，命排筵暢飲，直至深夜。

半夜時分，大小羣妖均已睡熟，孫悟空使個遁身法，將身子縮小，脫下繩來，越窗翻牆，逃出小雷音寺，來到東山頂上，尋思如何營救師父與眾神。他想來想去，想起武當山太和宮混元教主武蕩魔天尊，便決定去向他求援。

孫悟空駕筋斗雲前往南贍部洲武當山。蕩魔天尊聽説齊天大聖到，親自下殿迎接，引往太和宮。孫悟空説明了來意，天尊説："大聖來求援，我不可拂了你的面子，只是上界無有旨意，不敢擅動干戈；假若法遣眾神，又恐玉帝見罪。這樣吧，我估量那西路上縱有妖邪，也不為大害，派龜、蛇二將並五大神龍與你，幫你擒住妖精，為你師解難。"

黃眉怪舉搭包　袁輝　逢俊　畫

悟空拜謝了天尊，即同龜、蛇、龍神各帶精銳之兵，急赴小雷音寺，按下雲頭，至寺前索戰。那黃眉老怪披掛出來，揮動狼牙棒就打。五龍神翻雲使雨，龜、蛇二將播土揚沙，各執槍刀劍戟，四面圍攻。孫悟空也舉棒壓頂。鬥了半個時辰，老怪力怯，便從腰間解下搭包。悟空見了心驚，叫道：「列位仔細！」那龍神、蛇、龜不知甚麼仔細，一個個都住了手。老怪舉起搭包，悟空翻筋斗就走，龍神、龜、蛇都被裝進了搭包。老怪得勝回寺，吩咐小妖把龍神等捆了，也關進地窖。

孫悟空縱筋斗雲，升至空中，見黃眉老怪回兵閉門，方才按下祥光，立在西山坡上，想想已經無計可施，不禁淒然悲啼。

正在這時，忽見西南上一朵彩雲墜頭，滿山頭花雨繽紛，有人叫道：「悟空，認得我麼？」

孫悟空走上前去一看，原來是東方佛祖彌勒，連忙下拜：「東來佛祖，哪裏去？」

彌勒說：「我此來，專為收伏這小雷音寺妖怪。」

悟空大喜，說：「敢問那妖是何方怪物？不知他那些兵器是什麼寶貝？煩佛祖指示指示。」

彌勒告訴悟空：「那妖怪本是我面前司磬的一個黃眉童兒，三月初三，我赴元始會去，留他在宮看守，他卻趁機把幾件寶貝拐來此地成精。那狼牙棒是敲磬的槌兒，金鐃是鐃鈸，搭包是我的後天袋子。」

悟空問道：「這妖精神通廣大，你又無兵器，怎麼收伏他？」

彌勒早有主意：「我在這山坡下設一草庵，種一田瓜果。你去索戰，引他過來。我別的瓜都是生的，你來後變一個大熟瓜。他來這裏定要瓜吃，我把你變的瓜給他吃。你到他肚中後，就可任意擺佈他了。那時等我取了他的搭包兒，裝他回去。」

孫悟空說：「此計好是好，但他如不肯來怎麼辦？」

彌勒將右手食指，蘸着口中神水，在悟空左手掌裏寫了一個"禁"字，説："你捏着左拳，見了妖怪當面鬆開，那妖怪就會跟來了。"

孫悟空便去寺門外索戰。黃眉怪一出來，悟空便鬆開拳頭，然後舉棒打了幾個回合，回身便走。黃眉怪着了禁，果然追趕。悟空一直跑到西山坡下瓜田，打個滾，鑽入裏面，即變做一個大熟瓜。黃眉怪追來，不見了悟空，也不在意，卻跑到草庵邊喝問："瓜是誰人種的？"

彌勒變作一個種瓜叟，出草庵回答："大王，瓜是小人種的。"

妖怪説："摘個熟的來給我解渴！"

彌勒便把孫悟空變的瓜摘給他。他捧在手裏，張口便啃，悟空趁機一骨碌鑽進了他的肚裏，在裏面拳打腳踢。那妖怪疼得滿地打滾，眼淚汪汪，呼天喚地。彌勒隨即現了本相，妖怪見了，跪地求饒。彌勒一把揪住他，解了後天袋，奪了敲磬槌，這才叫孫悟空從他口裏出來。然後，把他裝進袋子，掛在腰間。

彌勒收伏了妖怪，和悟空一起去小雷音寺。進得門去，悟空把那些小妖盡皆打死。彌勒把碎金鐃收攢一處，吹口仙氣，念聲咒語，那鐃即時返本還原，彌勒復得金鐃，即駕雲而去。

孫悟空救出唐僧、八戒、沙僧及眾神，一把火燒了寺院。眾神各回原址，唐僧師徒則又重新登上了取經之路。

朱紫國悟空行醫

第二十九章

　　唐僧西去取經的路上，有一個位於西牛賀洲的國家，名喚朱紫國。朱紫國的國王患了一種疑難病症，御醫治了許多日子也治不好。國王無奈之下，命令張貼皇榜，普招天下賢士，凡是能給他治好毛病的，情願以一半江山相贈。

　　皇榜張貼出去後，看的人很多，卻無一人敢揭。這天，唐僧師徒四人來到了朱紫國，他們進了都城，便去專門接待各國使者的“會同館”投宿。因這是一個國家，按慣例過境者該倒換關文，唐僧就向接待他們的官員打聽國王此刻是否在殿上。那官員說：“我萬歲爺久不上朝，今天是黃道吉日，所以正和文武百官議事。你若要倒換關

文，趁此時立即去，還趕得上；否則，不知還要等多少日子才能候到萬歲爺上朝哩！"

唐僧聽了便吩咐道："悟空，你們在此安排齋飯，等我急急去驗了關文回來，吃了走路。"

唐僧走後，會同館的管事給孫悟空他們送來了一些米、麵、蔬菜和豆製品，讓他們自己做飯。孫悟空便叫沙僧安排茶飯，整治素菜。他自己與八戒一起上街去買油、鹽、醬、醋等調料。

孫悟空、豬八戒走上街頭。這朱紫國的百姓一個個都是氣宇軒昂，衣冠齊整，他們看到豬八戒相貌醜陋，就像發現了稀珍動物，都擁攏來觀看。豬八戒見了，擔心自己動動嘴巴或耳朵，會把人嚇死。八戒將自己的擔憂告訴悟空，孫悟空道："既然如此，你就在這牆壁前站着，等我去買了過來，咱倆再一同回去。"

豬八戒便背着臉站在牆腳下，一動也不動。

孫悟空獨自往前走，行至鼓樓那裏，見貼着一張皇榜，便上去看，見是國王患病求醫，就起了個念頭，尋思：待老孫做個醫生耍耍。悟空彎腰拈一撮土，往上灑去，念聲咒語，往巽地上吹了口仙氣，頓時狂風大作。他使個隱身法，上前揭了榜，返回豬八戒站處。只見八戒嘴拄着牆根，如睡着了一般。悟空把榜文折了，輕輕地揣在他懷裏，拽轉步，買了調料，直接回會同館去了。

卻說守皇榜的一些太監、校尉被大風刮得個個蒙頭合眼。等風刮過，眾人睜眼一看，見沒了皇榜，個個大驚，戰戰兢兢左右追尋。一直尋到豬八戒站立的地方，發現他懷裏露出個紙邊兒，便上前問道："是你揭了皇榜？你真有本領給我萬歲爺醫治疾病？"

豬八戒低頭一看，這才發現懷中確有一張皇榜，頓時明白是孫悟空在作弄自己，咬着牙罵道："這猢猻害殺我！"

太監説："你既將皇榜揭在懷裏，必是醫治高手，快同我們進宮去！"

八戒喝道："你們不知道，這榜不是我揭的，是我師兄孫悟空揭的。他暗暗地揣在我懷中，自己走了。"

眾人問他孫悟空去哪裏了，八戒説在會同館。太監、校尉便擁了豬八戒前往會同館。到了館門口，豬八戒説："列位，我跟你們説一下：我師兄性子猛烈，你們見了他，須要行禮，叫他一聲'孫老爺'，他就客氣了，不然，惹惱了他，這事就弄不成了。"

太監、校尉答應，走進去衝孫悟空禮拜，説："孫老爺，今日我王有緣，請你去給他醫治一下，醫好了可得一半江山呢！"

孫悟空聽了，從豬八戒手裏接過榜文，道："這招醫皇榜，確

揭皇榜 戴敦邦 畫

是我揭的。既然你們國王有病，你們去叫國王親自來請我。我自有治病之方。」

太監、校尉聽了，便留一半人在會同館陪着孫悟空，另一半人入朝去報告國王。那國王正在和唐僧清談，聽太監一報告，就向唐僧打聽他手下哪個徒弟會醫術。唐僧算算三個徒弟沒一個會醫病的，便如實奉告。但國王認為唐僧是謙遜，深信孫悟空既然揭榜，就肯定有本領醫病。他很想親自去請孫悟空，但身體久病太虛，就指派幾名文武官員，代表自己去會同館禮請孫悟空。

文武眾臣領旨前往會同館，向孫悟空排班參拜。豬八戒、沙僧見禮節隆重，唬得躲到了其他屋裏，唯獨孫悟空端坐正中，泰然受禮。眾臣禮拜後，稱孫悟空為「神僧孫長老」，說：「我王身虛力怯，難以出行，特令臣等行代君之禮，拜請神僧入朝看病。」

孫悟空說：「既然如此，我就去一趟吧！」

孫悟空隨眾臣到了皇宮，早有大臣報知國王。國王在殿上問道：「哪位是神僧孫長老？」

孫悟空進前一步，厲聲道：「老孫便是！」

那國王聽得聲音兇狠，又見相貌刁鑽，嚇得戰戰兢兢地跌在龍座上，連叫：「唬殺寡人了！」女官內宦見狀，急忙把他扶入內宮。

孫悟空對眾大臣說：「這樣子怎麼看病？看病必須切脈，方可認病用藥。」

大臣便進宮去奏報國王。國王睡在龍牀上，說：「叫他去罷！寡人見不得生人面了。」

旨意傳出來後，孫悟空說：「若見不得生人面，我就用＇懸絲診脈'之法來認病。"

　　所謂"懸絲診脈"，就是醫生給病人診脈時，不直接接觸病

龍馬撒尿　戴敦邦　畫

人，而通過一根絲線來搭脈，判斷病情。這種診斷方法，是古代最高級的名醫才能掌握的技巧。

聽得說"懸絲診脈"，國王尋思悟空可能真是個神醫了，便傳旨讓孫悟空進內宮診視。

孫悟空從尾巴上拔了三根毫毛，捻一把，叫聲"變"，即變作三條絲線，每條各長二丈四尺。他和近侍宦官一起走進內宮，直至寢宮門外立定，將三條絲線交給近侍拿進房裏，吩咐把一個線頭繫在國王左手腕下的寸、關、尺三個位置，另一個線頭從窗格眼裏穿出來給他診斷。近侍依言而行，孫悟空接了線頭，以自己右手大指先托着食指，看了寸脈；又將中指按大指，看了關脈；再將大指托定無名指，看了尺脈；調停自家呼吸，分定四氣、五鬱、七表、八裏、九候、浮中沉、沉中浮，辨明了虛實之端；又讓人把絲線從國王的左手腕繫到右手腕，用自己的左手指一一從頭診視。診畢，將身子抖了一抖，把絲線收上身來，厲聲高呼道："陛下貴恙，乃是驚恐憂思，號為'雙鳥失羣'之症。"

那國王在內聞言，滿心歡喜，打起精神，高聲應道："指示明白！指示明白！果是此疾！請到外面給寡人用藥。"

孫悟空緩步出宮，唐僧滿腹狐疑，即問如何，悟空說："診過脈了，如今對症製藥哩！"唐僧這才放下心來。御醫上來問，該用什麼藥，請孫悟空開方子。孫悟空說："不必執方，見藥就要。"

御醫即出朝門之外，差太醫院當值之人，跑遍全城各藥鋪，所有藥品，每味各辦三斤，送往會同館交豬八戒、沙僧收下。孫悟空說："還須製藥的械具。"

醫官又吩咐速派人將藥碾、藥磨、藥羅、藥乳並乳鉢、乳槌之類都送至會同館。

孫悟空去殿上請唐僧一同回館。唐僧正要起身，國王忽有旨意，讓留住唐僧，和他同宿文華殿；待明朝服藥康復之後，重重酬謝，並倒換關文送行。唐僧聽了大驚，說：“這不是拿我當人質嗎？若醫得好，以禮相送；若醫不好，殺了我！”

悟空說：“師父放心，老孫定然醫得好國王的毛病。”

孫悟空回到會同館，館中已經堆了二千四百二十四斤藥，就像開了一個藥鋪子。館中官員安排了一桌上等齋席，請孫悟空三個飽食了一頓。當天半夜，孫悟空開始製藥。他讓八戒、沙僧取大黃、巴豆各一兩，研為細末；又叫取了些鍋灰，也碾細了。

悟空又把盞子遞給八戒，讓他去弄半盞馬尿，以便調和粉末製作藥丸。豬八戒到白馬邊，那馬正斜伏地下在睡覺。八戒用腳踢起，將盞子襯在馬肚下，等了一會，不見那馬撒尿，便去對悟空說。悟空笑道：“我和你一起去。”

兩人走到馬邊。那馬忽然跳起來，口吐人言道：“師兄，我本是西海飛龍，因為犯了天條，觀音菩薩救了我，將我變作馬，馱師父往西天取經，將功折罪。我若過水撒尿，水中游魚食了成龍；過山撒尿，山中草頭得味，變作靈芝；我怎肯在這種塵俗之處隨便撒尿呢？”

孫悟空說：“兄弟，這是為了給朱紫國國王治病，醫得好時，大家光輝；不然，恐怕不能太太平平離開此地呢！”

那白馬聽了，才撒了小半盞。兩人取尿盞回到廳上，將尿與前項藥餌攪和一處，搓了三個大丸子，收在一個小盒子裏。

次日天明，國王差文武大臣到會同館來取藥。孫悟空把藥丸交給他們，説這藥叫"烏金丸"，須用無根水亦即不沾地的雨水服用。眾大臣回朝，呈上"烏金丸"，説須以無根水服下。國王即傳旨，請法師求雨。

卻説孫悟空在會同館裏，對八戒、沙僧説："剛才説必須無根水才可用藥，此時天正晴朗，怎麼得雨水。我看這國王，倒也是個大賢大德之君，我們助他些雨水下藥怎麼樣？"

八戒問道："怎麼樣助？"孫悟空叫八戒、沙僧一左一右分站兩邊，充作輔星、弼宿。他步了罡訣，念聲咒語，早見那正東上，一朵烏雲，漸近於頭頂上──東海龍王敖廣來了。

敖廣叫道："大聖，敖廣來見。"悟空説："無事不敢相煩，請你來助些無根水給國王下藥。"

敖廣説："小龍隻身前來，未帶得雨器，怎麼降雨呢？"悟空説："不必下什麼大雨，只要些許引藥之水就可以了。"

敖廣説："既然如此，待我打兩個噴嚏，吐些涎津液，讓他服藥罷！"

悟空大喜道："如此最好！"

敖廣在空中漸漸低下烏雲，來到皇宮之上，隱住身子。那國王見了烏雲，連忙傳旨讓文武百官及三宮六院的妃嬪一個個舉碗持盤，等接甘雨。敖廣在空中一口津唾，遂化作細潤甘霖，淅瀝而下。一會兒，敖廣行雨完畢，即辭了孫悟空回海。眾臣把杯盂碗盞收攏來，共合一處，約有三盞。國王以此無根水服下三個"烏金丸"，説也奇怪，不一會頓覺心胸寬泰，精神抖擻。

國王的病真的給孫悟空治好了！

麒麟山解救皇后

第三十章

朱紫國國王病愈後，在東閣設宴款待唐僧師徒。席間，國王告訴孫悟空：三年前端陽節那天，國王和正宮皇后娘娘在御花園的海榴亭裏飲雄黃酒。忽然一陣風至，半空中現出一個妖精，自稱賽太歲，居住在麒麟山獬豸洞，洞中少個夫人，知道此間正宮娘娘貌美，要她去做夫人，讓國王立即獻出，如若說聲"不"字，就要把國王、眾臣及百姓都吃掉。國王無可奈何，只好把娘娘推出亭外，讓那妖精抓去了。後來，妖精又來過四次，每次都要去兩個宮女。

正說着，忽聽得正南方向呼呼風響，播土揚塵。國王説是妖精來了，即和唐僧、大臣等躲進避妖樓。孫悟空當即跳到空中，迎面喝問："你是哪裏來的邪魔？欲往何方猖獗？"

對方高叫："吾乃麒麟山獬豸洞賽太歲大王部下先鋒，奉大王令，到此取兩名宮女。"

悟空喝道："正沒處找你，卻來此送命！"

那怪展長槍就刺悟空，被悟空一棒把槍打做兩截。那怪慌得撥轉風頭就逃。孫悟空也不追趕，去見國王，說："來的是賽太歲部下先鋒，我已把他打敗。估計賽太歲定要來與我相爭，我恐驚動百姓，欲去他那洞府挑戰，擒了他後，取回皇后。不知那洞府在何方？"

國王設宴　戴敦邦　畫

國王說："寡人曾差探子到那裏去過，坐落南方，離此地約有三千餘里。"

孫悟空便騰雲趕去，不一會就到了麒麟山，正欲找尋洞口，忽聽得鑼聲，一望，前面來了個小妖，擔着黃旗，背着文書，敲着鑼兒，急走如飛而來，嘴裏自言自語。悟空搖身一變，變做個小蟲，飛去停在他的書包上。聽了一會，弄清這個小妖是賽太歲差往朱紫國下戰書的，賽太歲因孫悟空打敗了他的先鋒，決定向朱紫國宣戰。

孫悟空想進一步了解情況，就飛往前去，變做個道童，迎着小妖走來。那小妖見了並不生疑，和悟空攀談起來。原來，這個小妖

面見皇后　袁輝　逢俊　畫

名叫有來有去，是賽太歲的心腹小校。皇后於前年被賽太歲抓來時，有一個神仙送一件五彩仙衣給她穿。她自從穿上了仙衣，就渾身上下都生了毒刺，賽太歲摸也不敢摸她一下，只要碰上，手心就痛。賽太歲無法，只好去朱紫國強索宮女陪他睡覺。宮女沾上了妖氣，不多時就會死去。三年中他已經要了八名宮女。昨天派先鋒去索宮女，被孫悟空打敗了。賽太歲大怒，特差有來有去前往朱紫國下戰書，準備與孫悟空交戰。

孫悟空摸清情況後，一棍把小妖打死，又用棍將小妖挑起，回到朱紫國，至宮殿前，按落雲頭，將妖精攛在階下。悟空對國王說，他準備變作這小妖模樣去救皇后，但生怕皇后不相信他是去救她的，所以最好取一個信物去。國王深以為然，就把皇后過去經常佩戴的一個黃金寶串拿出來交給悟空。

孫悟空變作有來有去的模樣，前往賽太歲洞府。賽太歲沒認出這是孫悟空扮的，問了問下戰書的情況，便讓孫悟空去洞府後面向皇后說說朱紫國情況，這正是孫悟空所希望的，便立即去後面見皇后。他把臉一抹，現了本相，向皇后述說了自己的來意，並出示了寶串。

皇后一見寶串，眼淚就流了下來，對孫悟空道：「長老，你真能救我回朝，我將永遠記住你的大恩大德。」

孫悟空向皇后打聽那賽太歲有何看家本領。皇后說：「他有三個寶貝金鈴，第一個晃一晃，有三百丈火光燒人；第二個晃一晃，有三百丈煙光熏人；第三個晃一晃，有三百丈黃沙迷人。其中數黃沙最毒，若鑽入鼻孔，就可傷人性命。」

孫悟空說：「厲害！厲害！不知他把鈴兒放在何處？」皇后

説："帶在腰間，從不離身。"

孫悟空向皇后密授了一個計策，讓她照計而行。皇后便去向賽太歲撒嬌道："我和你做夫妻已有三年。誰知大王有防我之心，不以夫妻相待。想我在朱紫國當皇后時，國王但凡有寶貝，一定交給我收藏着。而你呢，有寶貝看都不讓我看！"

那賽太歲果然中計，從腰間取出三個鈴兒，用棉花塞了口，用一塊豹皮包了，遞給皇后，關照道："切不可搖晃！"

皇后説："我知道。"説着把鈴兒放在梳妝台上。然後做出妖嬈之態，哄賽太歲喝酒。

孫悟空變的有來有去在一旁看得真切，便假裝取東西，挨近梳妝台，把三個金鈴輕輕拿過，慢慢移步，溜出宮門，來到門前亭子前。看看四下無人，便展開豹皮，一看，中間的鈴兒有茶盅大；兩頭兩個，有拳頭大。他不知厲害，就把棉花扯了。只聽得"當"的一聲響，骨都都地迸出煙火黃沙，急收不住，弄得滿亭中烘烘火起。把門的小妖慌忙去報告大王，賽太歲飛步出來看時，原來是有來有去拿了金鈴兒在擺弄，怒喝："拿下！拿下！"

羣妖一齊撲向悟空。悟空慌了手腳，丟了金鈴，現出本相，掣出金箍如意棒，撒開解數，往前亂打。那賽太歲收了寶貝，命令關門。悟空難以脫身，收了棒，搖身一變，變作個蒼蠅，釘在石壁上。羣妖見突然沒了人，都覺奇怪。那賽太歲便緊關了前後門戶，讓各道把門的小妖提鈴喝號，嚴密把守。

孫悟空抖開翅膀，飛入後面。只見皇后伏在桌上正垂淚悲泣，原來她以為孫悟空已經死了。悟空飛過去輕輕喚"娘娘"，皇后聞言嚇了一跳，以為是孫悟空的鬼魂在作怪。

孫悟空説：“我豈會作怪唬你？你若不信，展開手，等我跳下來讓你看。”

　　皇后真的把左手張開，孫悟空輕輕飛下，落在她手掌上。皇后叫：“神僧。”悟空嚶嚶地應道：“我是神僧變的。”

　　皇后問：“還有什麼辦法能盜那寶貝？”孫悟空説：“你去請那妖怪進來喝酒，我變作你貼身的侍婢，候機會下手。”

“雌雄”金鈴　袁輝 逢俊 畫

皇后依言而行，走到前面，對賽太歲說："大王啊，煙火既熄，賊已沒有蹤跡，深更半夜了，去我房裏喝幾杯酒吧！"

賽太歲欣然同意。這時，孫悟空變的侍婢已經安排好酒席，賽太歲進房坐下，便吃喝起來。一會兒，皇后問道："大王，寶貝不曾損傷麼？"賽太歲笑道："不曾，我帶在腰間呢！"

孫悟空聞得此言，即拔下一把毫毛，嚼得粉碎，輕輕挨近妖怪，將碎毫毛放在他身上，吹了三口仙氣，那些毫毛即變做虱子、蝨蚤、臭蟲，鑽進妖王衣內，挨着皮膚亂咬。賽太歲燥癢難禁，伸手入懷揣摸撓癢，用指頭捏出幾個虱子來。皇后見了，說："大王身上長小蟲了，快脫下衣服來，我替你捉捉。"

賽太歲真的脫下衣服遞給皇后，孫悟空見他腰間的金鈴兒上也爬滿了臭蟲，便說："大王，解下鈴來，我也給你捉捉。"

賽太歲哪知其中有詐，真的取下鈴子遞給孫悟空。悟空接在手裏，趁賽太歲低頭弄衣服時，便把鈴子藏了，拔下一根毫毛，變作三個假鈴兒，遞給賽太歲。賽太歲喝了酒，難辨真假，仍收在腰間。兩人又吃喝了一會，各歸寢處安歇。

孫悟空於是現了本相，使個隱身法往外走去。來到洞門邊，取出金箍棒，望門一指，使出那解鎖之法，將門開了。急拽步出門站下，厲聲高叫道："賽太歲！還我金聖娘娘來！"連叫幾遍，驚動羣妖，急往裏報。那賽太歲聞得是孫悟空在討戰，不禁大怒，披掛齊整，手持一柄宣花鉞斧，出洞來應戰。

賽太歲見了孫悟空，一言不合，便使宣花鉞斧劈去，孫悟空即舉棒相迎。兩個鬥了五十餘合，不分勝負。賽太歲見孫悟空手段高強，便取出那串假鈴說："孫悟空，休走！看我搖搖鈴兒！"

孫悟空笑道：“你有鈴，我就沒鈴？你會搖，我就不會搖？”說着，從腰間解下三個真寶貝來，笑呵呵地道：“這不是我的鈴兒？”

賽太歲見了，暗吃一驚，問道：“你那鈴兒是哪裏來的？”孫悟空反問：“你那鈴兒是哪裏來的？”賽太歲說：“我這鈴兒是太上老君八卦爐中煉出來的。”孫悟空便說：“我的鈴兒也是八卦爐中煉出來的，只不過我的是雌的，你的是雄的罷了。”賽太歲喝道：“鈴兒不是飛禽走獸，如何有雌雄？只要搖出寶來，就是好的！”孫悟空說：“口說無憑，搖起來便見分曉。你先搖搖看。”

賽太歲把第一個鈴兒晃了三晃，不見火出；第二個晃了三晃，不見煙出；第三個晃了三晃，也不見沙出。賽太歲張慌失措，驚呼：“怎麼搞的？難道這鈴兒真有雌雄，雄的見了雌的懼怕了不成？”

孫悟空說：“你不搖了？那我搖給你看看。”他把三個鈴兒一齊搖起，紅火、青煙、黃沙一齊滾出，骨都都燎樹燒山！悟空口裏又念個咒語，望巽地上叫：“風來！”狂風頓起，風催火勢，火挾風威，紅焰焰，黑沉沉，滿天煙火，遍地黃沙。把那賽太歲嚇得魂飛魄散，走投無路！

這時，半空中有人厲聲高叫：“孫悟空，我來也！”

孫悟空急回頭往上望，原來是觀音菩薩，左手托着淨瓶，右手拿着楊柳，正灑下甘露救火。孫悟空慌忙把鈴兒藏在腰間，合掌倒身下拜。觀音將楊柳連拂幾點甘露，霎時間，煙火俱無，黃沙絕跡。觀音說：“我特來收尋這個孽畜！”

孫悟空問：“這怪是何來歷，敢勞菩薩金身下降收之？”

觀音說：「他是我跨的金毛。因牧童貪睡，失於防守，這畜生咬斷鐵索逃來這裏為孽。」

觀音說着，衝賽太歲喝道：「孽畜，還不還原，欲待何時！」賽太歲打了個滾，現了原身，將毛衣抖抖。觀音騎上，望項下一看，不見那三個金鈴，便要孫悟空把鈴交出來。孫悟空原想將鈴留着日後遇到妖怪時用，但生怕觀音惱了念起緊箍咒，於是只好乖乖交出。觀音把鈴兒套在頸下，騰空而去。

孫悟空掄鐵棒打進獬豸洞，剿除羣妖，把皇后救回朱紫國。國王見了，急下龍牀，伸手欲拉皇后的手，卻又突然縮回去，只叫：「手疼！手疼！」孫悟空說：「娘娘身上生了毒刺，手上有蜇陽之毒。」

正說着，半空中有人叫道：「大聖，我來了！」只見一個身穿棕衣、足踏芒鞋的神仙——紫陽真人從天而降。

紫陽真人告訴孫悟空：三年前他見皇后被妖怪掠去，恐其被玷污，於是贈送仙衣一件，皇后穿上後，即生一身毒刺，使妖怪不敢近身。今知皇后獲救，特來收回衣服。

紫陽真人說着，走到皇后前面，用手一指，那件衣服即自行脫下。皇后遍體如舊，皮膚不再蜇人。紫陽真人將衣服披在自己身上，然後告辭而去。

國王夫妻團圓，對唐僧師徒感激不已。

盤絲洞八戒逞能

第三十一章

　　唐僧師徒離了朱紫國，一路往西行了大約半年時間，來到一個地方，名叫盤絲嶺。

　　唐僧望見前面有一座庵林，便滾鞍下馬，想自己去化些齋吃。

　　三個徒弟說化齋是他們的事，不必師父親自出馬。但唐僧執意要去，悟空三人拗不過他，只好讓他獨自前往。

　　唐僧走進樹林，只見庵舍前石橋高聳，橋下流水潺潺，蓬窗下有四個年輕、漂亮的女子在刺鳳描鸞做針線。唐僧走過石橋，又見庵舍裏面有一座木香亭子，亭子下又有三個女子在那裏踢氣球，一個個也生得俏麗多姿。

　　唐僧叫道："女菩薩，貧僧這裏佈施些齋吃。"

　　那踢氣球、做針線的女子聽見了，都笑吟吟迎上來，說：

228

"長老，失迎了！難得齋僧今到荒莊，請裏面坐！"

女子帶唐僧穿過庵舍、木香亭，推開一扇石頭門，進入一座石洞，請唐僧裏面坐。唐僧入內，見裏面都是石桌、石凳，冷氣陰陰，暗自思忖：此處凶多吉少，斷然不善！

這七個女子的確是修煉千年的蜘蛛精怪，盤踞在此，專吃過往行人。此刻見唐僧自己送上門去，她們暗自喜歡，纏着唐僧問："長老是何寶山？化甚麼緣？是修橋補路，建寺築塔，還是造佛印經？"

唐僧說："我是東土大唐差去西天大雷音的取經人，經過這裏，因覺得腹飢，所以來化一頓齋飯。"

眾女子說："好！好！即辦齋來。"

當下，三個女子留下來陪唐僧坐着閒談，四個女子去廚房準備齋食。一會兒，她們端上兩盤菜來，一盤是用人肉煎熬的麵筋，一盤是用人腦煎的豆腐，都是用人油煎炒的。唐僧聞見一股腥膻味，便知不是素食，起身要走，早被眾女子攔住，"撲"的一下將他摜倒在地，按住用繩子綁了，懸梁高吊。

七個妖精把唐僧吊起來後，一個個解開上衣，露出肚腹，從腰眼裏冒出絲繩，有鴨蛋粗細，把整個庵莊都牢牢罩住。

卻說唐僧走後，豬八戒、沙僧在放馬看擔；孫悟空則跳樹攀枝，摘葉尋果。忽回頭，只見一片光亮，慌得跳下樹來，吆喝道："不好，不好！師父出事了！"

八戒、沙僧舉目望去，只見庵莊已被一片比雪還亮、比銀還光的東西罩住了。兩人不禁着急，嚷着要去救師父。孫悟空讓他們別嚷別動，由他去救。孫悟空擎出金箍棒，拽步直奔前面，看見那絲繩有千百層厚，細纏密織，似成經緯之勢；用手按了一按，有些粘軟沾人。孫悟空不知這是什麼東西，決定先問問土地再説。

　　孫悟空即捻一個訣，念一個咒，早把當境土地拘到面前。那土地告訴孫悟空：這盤絲嶺下有個盤絲洞，洞裏住着七個女妖。她們頗有神通，連三里外一個專供天上七仙姑洗浴的名叫濯垢泉的溫泉浴池也霸佔了，七仙姑竟不敢和她們計較。

　　孫悟空問：“她們佔那浴池幹什麼？”

　　土地説：“她們佔了浴池，一日三遭出來洗澡。如今巳時已過，差不多又要去洗了。”

　　孫悟空説：“我明白了，你回去吧！”

　　土地走後，孫悟空搖身一變，變成一隻蒼蠅，釘在路邊草梢上等待。一會兒，只聽得一陣似蠶食葉、海生潮般的聲音，悟空估計那是七妖精在收絲繩。果然，大約有半盞

盤絲洞　陳安民　畫

230

茶時間，絲繩皆盡，依然現出庵莊，還像當初模樣。又聽得"呀"的一聲，柴門響處，裏邊笑語喧嘩，走出七個女子。孫悟空在暗中細看，見她們一個個攜手相攙，挨肩執袂，有説有笑。孫悟空"嚶"的一聲，飛到走在前面的那個妖精的頭髮上。妖精們一邊走，一邊計議洗完澡回來後如何蒸吃唐僧。

不多時，到了浴池。只見一座門牆，十分壯麗，周圍都是香艷艷的野花。一個妖精走上前去，唿哨一聲，把兩扇門推開，那中間果然有一塘熱水。整個浴池約有五丈餘闊，十丈多長，四尺深淺。水清徹底，底下的水似滾珠泛玉般地冒上來。池四面有六七個孔竅通水流，流往遠處的田裏。池邊有三間亭子，亭子中近後壁放着一張八隻腳的板凳，一旁豎着描金彩漆的衣架。孫悟空飛過去，停在衣架頭上。

七個妖精見水又清又熱，便都脱了衣服，搭在衣架上，跳下水去，一個個躍浪翻波，浮水玩耍。孫悟空尋思：現在我若打她們，只消把金箍棒往池中一攪，就叫做"滾湯潑老鼠，一窩兒都是死"。這樣爽快倒是爽快，只是低了我老孫的名頭。算了，不要打她們，只送她們一個絕後計，叫她們動不得，出不得水！

孫悟空搖身一變，變作一隻老鷹，"呼"的一下，飛向前，伸出利爪，把衣架上搭着的七套衣服，全部叼去。他回到嶺頭，現出本相來見豬八戒和沙僧。孫悟空把經過情況説了一遍，臨末道："她們沒了衣服，怕羞不能出來，我們快去解救了師父走路罷！"

八戒説："這樣處置不妥當。她們到了天黑肯定會回洞府，家裏必定還另有衣服，穿上後來追我們，豈不又是一樁麻煩？依我看，還是先打殺了妖精，再去解救師父，這叫斬草除根，以絕後患。”

悟空説：“我是不打的。要打，你去。”

豬八戒急於逞能，便舉着釘鈀跑去。到了那裏，推開門看時，只見那七個妖精蹲在水裏，口中亂罵那叼去衣服的老鷹。八戒上前去，執着釘鈀，喝道：“我是東土大唐取經的唐長老之徒弟，乃天

大戰昆蟲精　陳安民 畫

蓬元帥悟能八戒！你們把我師父吊在洞裏，算計要蒸吃他！我的師父，是可以讓你們蒸吃的？！快伸過頭來，各築一鈀，教你斷根！」

眾妖精聞言，個個魂飛魄散，就在水中跪拜道：「望老爺饒了我們！我們有眼無珠，誤捉了你師父，現你師父依然吊在那裏，不曾敢動刑傷害。望饒了我們，情願貼些路費，送你師父去西天。」

八戒搖手道：「休想，讓我每個築一鈀，再各走各的路！」說着，舉着鈀，不分好歹，趕上前亂築。

眾妖精慌了手腳，為逃性命，也不顧害羞了，一一跳出水來，跑到亭子裏站立，作起法來：臍孔中骨都都冒出絲繩，瞞天搭了個大絲篷，把豬八戒罩當中。八戒抬頭，不見天日，即抽身往外便走。但怎麼也舉不起腳步。原來妖精設了絆腳索，滿地都是絲繩，左邊去，一個臉磕地；右邊去，一個倒栽蔥；急轉身，又跌個嘴啃地；忙爬起，又跌了個豎蜻蜓。也不知跌了多少跟頭，跌得八戒身麻腳軟，頭暈眼花，爬也爬不動，只得躺在地上呻吟。

眾妖精把豬八戒困住後，也不打他，也不傷他，一個個跳出門來，返回洞府。她們在石橋上站下，念動真言，霎時間，把絲篷收了。她們進洞穿了衣服，在後門外立定，叫：「孩兒們何在？」一瞬間，只見不計其數的蜜蜂、螞蜂、蠟蜂、斑蟊、牛蜢、抹蠟、蜻蜓飛來聽令。原來，蜘蛛精漫天結網，擄住這七種昆蟲，要吃它們。這些蟲哀告饒命，願拜蜘蛛精為母，供其使喚，所以被喚做「孩兒」。七妖精命令這些蟲怪去前門外抵敵，自己縮在洞裏。

卻說豬八戒正躺在地上呻吟，猛睜眼，見絲篷絲索俱無，他這才一步一探地爬起來，忍着疼，找回原路。見了悟空、沙僧，把情況一說，沙僧大驚道："罷了，罷了，你闖下禍了！妖怪一定往洞裏去傷害師父，我們快去救他！"

三人急急來到莊前。只見那石橋上有七個小妖兒擋住道："慢來，慢來！"

悟空一看，這些小妖兒只有二尺五六寸長短，八九斤重量。他喝問道："你們是誰？"

小妖兒說："我們是七仙姑的兒子。你們欺侮我們的母親，還敢無禮，打上我門！不要走！"

他們一個個手舞足蹈打了上來。八戒見了大怒，一發狠舉鈀便築。那些怪見他兇猛，一個個現了本相，飛在空中，叫聲"變"，眨眼間一個變十個，十個變百個，百個變千個，圍着孫悟空等三個亂叮亂咬。

豬八戒慌了："哥啊，只說經好取，西方路上，蟲兒也欺負人哩！"悟空說："兄弟，不要怕，快上前打！"八戒道："撲頭撲臉，渾身上下，都叮有十數層厚，怎麼打？"悟空說："沒事，沒事！我自有手段！"

孫悟空拔了一把毫毛，嚼得粉碎，即變做些黃鷹、麻鷹、鵃鷹、白鷹、雕鷹、魚鷹、鶻鷹，滿天亂飛，一嘴一個，爪打翅敲，一會兒就把小蟲都消滅了，蟲屍在地上積了一尺厚。

三人這才闖過橋去，進入洞府。發現妖精已無蹤跡，唐僧還吊在那裏。他們放下唐僧，尋了些朽松、破竹、乾柳、枯藤，點上一把火，把盤絲洞燒了。

多目怪顯露原形

第三十二章

　　唐僧師徒燒了盤絲洞，回到大道，繼續西行。沒走上半天，忽見前面山環樓閣，溪繞亭台。走近看時，原來是一座道觀，門上嵌着一塊石板，上面鐫刻着"黃花觀"三個字。

　　師徒們想僧道同是修行人，便決定進去和道士會一會，得便處還好吃些齋飯。四人進了大門，步入二門，只見那東廊下坐着一個道士，正在那裏研藥。唐僧招呼一聲，那道士丟了杵兒，整整衣服，下階迎接："老師父，失迎了。請裏面坐！"

　　唐僧四眾上殿入座，道士命小童獻茶。那兩個小童即入裏邊，尋茶盤，洗茶盅。一陣忙碌，早驚動了從盤絲洞逃出來的那七個妖精。

　　原來，這七個妖精與這個道士曾同堂

學藝，稱道士為師兄。她們見蟲怪難敵悟空，便逃來黃花觀。進門時，因見道士忙於製藥，故未說得上此事。這會兒，她們正在後面裁剪衣服，忽見小童忙碌，便問接待什麼人。小童說來了四個和尚。妖精聽了，斷定這就是唐僧一行，立刻吩咐小童："你快去對你師父丟個眼色，叫他進來。"

道士進來了，只見七個師妹齊齊跪倒。他吃了一驚，忙用手一一攙起，問她們有什麼事。七妖精哭哭啼啼將盤絲洞之事說了一遍，求告道："我們特來投奔兄長，望兄長念昔日同窗之情，與我們今日做個報冤之人！"

那道士聞言，心生惱恨，遂變了聲色道："這和尚原來這樣無禮！眾師妹放心，等我去擺佈他，你們且隨我來。"

道士帶着眾女妖來到他自己房內，拿出一個小皮箱。用鑰匙開了鎖，從箱子裏取出一包藥來，對眾女妖說："我這藥，是從山中百鳥糞內提煉出來的，其毒無比。常人只消一厘，入腹即死；若給神仙吃，也只消三厘，三日之間，骨髓爛掉而死。我給那四個和尚每人吃上三厘，準保他們一個個都魂靈出竅。"

道士取了十二個紅棗，掐破些兒，各搵上一厘毒藥，分在四個茶盅內；又將兩個黑棗放在另一個茶盅裏。吩咐小童："待會兒沖了沸水送上來。"

那道士走出去，對唐僧說："老師父莫怪。剛才去後面吩咐小徒，叫他們挑些青菜、蘿蔔，給列位安排一頓素齋，所以失陪。"

這時，小童用一個托盤托了五盅茶出來，放在道士面前。道士連忙雙手拿一個紅棗兒茶盅奉給唐僧。又一一遞給悟空、八戒、沙僧。

悟空眼尖，接了茶盅，早已見盤子裏有一個黑棗兒茶盅，心裏頓起警覺，要和道士換一杯。

道士笑道：“不瞞長老說，山野中貧道士，茶果一時不備。剛才在後面親自尋果子，只有這十二個紅棗，就沖四盅茶奉敬。小道又不可空陪，所以將兩個黑棗沖一杯奉陪。這是貧道的恭敬之意。”

孫悟空笑道：“說哪裏話？像我們這行腳僧，才是真貧哩！你是住家兒的，怎麼說貧呢！我和你換換，我和你換換。”

唐僧出面阻止道：“悟空，這實在是仙長的敬客之意，你吃了罷，換什麼？”

悟空無奈，便端着茶盅，看着他們。那豬八戒，一則飢，二則渴，見那盅子裏有三個紅棗，拿起來都咽在肚裏。接着，唐僧、沙僧也都吃了。一霎時，只見八戒臉上變色，沙僧滿眼流淚，唐僧口中吐沫。三人都坐不

黃花觀中毒 陳安民 畫

237

住，暈倒在地。

孫悟空情知是中了毒，抬手將茶盅望道士臉上擲去。道士將袍袖隔起，"當"的一聲，把個盅子跌得粉碎。

苦戰多目怪 陳安民 畫

孫悟空罵道："畜生，你和我們有什麼仇恨，竟將毒藥茶毒我們！"

　　道士冷笑道："你可曾在盤絲洞化齋麼？你可曾在濯垢泉拿走人家的衣服麼？"

　　孫悟空恍然大悟，指着道士罵道："濯垢泉乃七個女妖。你既說出這話，必定與她們苟合，必定也是妖精！不要走！吃我一棒！"

　　孫悟空從耳朵裏摸出金箍棒，晃一晃，碗來粗細，望道士劈臉打來。那道士急轉身躲過，取一口寶劍來迎戰。他兩個邊罵邊打，早驚動了裏邊的女妖。她們七人一齊擁出來，叫道："師兄且莫勞心，待小妹子拿他！"

　　孫悟空見了，越生嗔怒，雙手掄鐵棒，搶上前去亂打。那七個女妖敞開懷，腆着肚子，臍孔中作起法來，骨都都絲繩亂冒，搭起一個天篷，把孫悟空蓋在底下。

　　孫悟空見勢不妙，即翻身念聲咒語，打個筋斗，"撲"地一下撞破天篷走了。他立在空中往下看，見那絲繩穿穿道道，狀如穿梭的經緯，頃刻間便把黃花觀的樓台殿閣都遮得無影無蹤。悟空暗歎："厲害！厲害！怪不得先前八戒吃了虧！待老孫先查查她們的來歷。"

　　孫悟空按落雲頭，捻着訣，念聲"唵"字真言，把土地拘來。一問，土地說："她們乃是七個蜘蛛精；吐的絲繩，是蛛絲。"

　　孫悟空得知那妖精是蜘蛛精，心裏已經有了處治的主意。他來到黃花觀外，將尾巴毛揪下七十根，吹口仙氣，叫聲"變"，即變做七十個小悟空；又將金箍棒吹口仙氣，叫"變"，即變做七十一

239

根雙角叉兒棒，給小悟空一人一根，他自己使一根，站在外邊，將叉兒攪那絲繩，打個號子，一齊着力，把那絲繩都攪斷，各攪了有十餘斤。裏面拖出七個蜘蛛，足有巴斗大的身軀。一個個攢着手腳，縮着頭，只叫：「饒命！饒命！」七十個小悟空分別按住蜘蛛精，揮棒要打。悟空說：「不要打，只叫她們還我師父、師弟來。」

蜘蛛精便大叫：「師兄，還他唐僧，救我們性命！」

那道士從裏邊跑出來，說：「師妹，我要吃唐僧肉哩，救不得你們了。」

悟空聞言，大怒道：「你既不還我師父，且看你師妹的下場！」他把叉兒棒晃一晃，復成一根鐵棒，雙手舉起，把七個蜘蛛精，全部打爛。又把尾巴搖了兩搖，收了毫毛，單身掄棒，上前去打道士。

那道士見他打死了師妹，即發狠舉劍來迎。兩人戰了五六十回合，道士漸覺手軟，便解開帶子，脫去衣服，把手一齊抬起。只見那兩脅下有一千隻眼睛，眼中迸放金光，一瞬間就把孫悟空困住了。悟空慌了手腳，只在那金光影裏亂轉，向前不能舉步，退後不能動腳，就像在桶裏打轉一樣。他急了，往上一躍，想撞破金光衝出重圍。不料卻被彈了回來，跌了個倒栽蔥，連頂梁皮都撞軟了！

孫悟空一計不成，又生一計，念個咒語，搖身一變，變做個穿山甲，往地下一鑽，鑽出有二十餘里，方才出頭。原來那金光只罩得十餘里。孫悟空出來後現了本相，只覺得力軟筋麻，渾身疼痛不止。

正在這時，來了一位神仙黎山老姆，給悟空指點迷津道：「那道士本是個百眼魔君，又喚做多目怪。他的神通就是放金光，不過有一位菩薩能破掉他的金光。這位菩薩名叫毗藍婆，住在千里之外的紫雲山千花洞。」

孫悟空謝過黎山老姆，筋斗雲一縱，即抵達紫雲山。按下雲頭，尋到千花洞，走進洞去，只見一個頭戴五花納錦帽，身穿織金袍的女道姑坐在榻上。悟空近前作了一揖：「毗藍婆菩薩，問訊了。」

那菩薩即下榻，合掌回禮道：「大聖，失迎了！你從哪裏來？」

悟空說：「老孫保師父唐僧上西天取經，路遇黃花觀道士，我師父、師弟被那妖道用毒藥茶毒倒。我和那妖賭鬥，他就放金光罩住我，是我使神通走脫了。聞菩薩能滅他的金光，特來拜請。」

毗藍婆說：「我三百餘年不曾出門，不問世事。本當不去，盛蒙大聖下臨，不可滅了求經之善，我和你去一趟罷！」

孫悟空大喜，問毗藍婆帶什麼兵器。毗藍婆說對付多目怪，只消一根繡花針即可。孫悟空失聲道：「早知是繡花針，不須勞你，別說一根了，就要一把老孫也拿得出！」

毗藍婆說：「你那繡花針，無非是鋼鐵金針，用不得。我這針，非鋼，非鐵，非金，而是我兒子在日眼裏煉成的寶貝。」

悟空問：「令郎是誰？」

毗藍婆說：「是昴日星官。」

當下，兩人騰雲而去，不一會早望見金光艷艷。悟空說：「這金光下面就是黃花觀。」

毗藍婆從衣領裏取出一枚繡花針，似眉毛粗細，有五六分長短，拈在手裏，往下抛去。不一會，只見一聲響亮，便破了金光。

悟空大喜：「菩薩，妙哉，妙哉！尋針，尋針！」

毗藍婆念動真言，那針已自己飛回她的手掌。兩人按下雲頭，走入觀裏，只見那道士合了眼，不能舉步。悟空説：「這潑怪裝瞎子哩！」舉棒要打，被毗藍婆扯住，讓他快去看唐僧。

孫悟空趕到大殿去看時，只見唐僧、八戒、沙僧都躺在地下，昏迷不醒，不禁垂淚：「怎麼辦呢？怎麼辦呢？」

毗藍婆説：「大聖休悲。我這裏有解毒丹，送你三丸吧！」

毗藍婆從袖中取出三粒紅丹給悟空，讓他將丹放入唐僧等三人口中。悟空扳開三人的嘴巴，每人摁了一粒。片刻，三人便一齊嘔吐，吐出毒沫後，這才蘇醒過來。孫悟空向三人説了情況，他們忙向毗藍婆致謝。

豬八戒恨透了多目怪，要打死他。毗藍婆勸道：「姑且饒他一命罷，我洞裏無人守護，今正好收他去看守門戶。」

孫悟空説：「盛蒙大德，豈不從命！但只是讓他現出本相來，讓我們看看。」

毗藍婆笑道：「這個容易。」即上前去用手一指，多目怪「撲」地一下倒在地上，顯出原形，原來是一條七尺長的大蜈蚣精。毗藍婆用小指頭挑起，駕祥雲返回千花洞。

唐僧命沙僧在觀裏找了些米糧，安排了一頓齋，讓大家填飽了肚子，然後出門，放馬西行。

破寶瓶金猴脫險

第三十三章

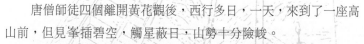

唐僧師徒四個離開黃花觀後，西行多日，一天，來到了一座高山前，但見峯插碧空，觸星蔽日，山勢十分險峻。

唐僧坐在馬上，只見前面山坡上立着一個老者，白髮銀鬚，項掛一串珠子，手持龍頭拐杖，向他們呼喊道：「西進的長老，這山上有一伙妖魔，專吃世上人，你們不可前進！」唐僧聞言，驚得跌下馬來。孫悟空近前攙起來，安慰說：「師父莫怕，有我哩！」

唐僧說：「八戒，你聽見那老者所說的話嗎？去問他一個真實詳盡的結果來。」

豬八戒把釘鈀插在腰裏，整一整衣衫，奔上山坡，向那老者行了禮，自報了姓名，然後問道：「此處是什麼山、什麼洞？洞裏有什麼妖精？」

那老者告訴八戒：“此山叫做八百里獅駝嶺，中間有個獅駝洞，洞裏有三個魔頭，個個神通廣大。他們手下共計有四萬八千小妖，專以吃人為樂事。”

豬八戒聞聽此言，嚇得戰戰兢兢。返回去向唐僧如此這般一說，說得唐僧毛骨悚然。孫悟空笑道：“沒關係，妖怪再多，我也有辦法對付！”八戒說：“哥哥莫說大話，這漫山遍野都是妖精，你有什麼好辦法？”

這師兄弟倆正在拌嘴，忽然不見了那報信的老者。孫悟空覺得奇怪，跳上高峯，環顧四周，見西邊半空中有彩霞隱現，即縱雲趕上看時，原來是太白金星。孫悟空一把扯住他，問他既來報信，為何要裝個山林老者。

太白金星慌忙施禮道：“大聖，報信來遲。那魔頭真的是神通廣大，你等須要小心在意！”

孫悟空別了太白金星，按落雲頭，把太白金星來報信之事一說。唐僧慌了，說神仙親自來報信，那妖魔肯定厲害。

孫悟空說：“師父莫慌，等老孫先上嶺去打聽打聽，看前後共有多少妖魔，先打殺幾個，嚇住他們，再來請師父過去。”

孫悟空說完，“唿哨”一聲，縱筋斗雲，跳上高峯。觀察了一會，沒發現什麼動靜，正懷疑那太白金星是不是在和他開玩笑，忽然聽得山背後傳來梆鈴聲。一看，原來是個小妖兒，掮着一杆“令”字旗，腰間懸着鈴子，手裏敲着梆子，口中念念有詞。孫悟空尋思：看模樣這小妖是巡山的，等我去聽聽他說些什麼。

孫悟空捻着訣，念個咒，搖身一變，變做個蒼蠅，輕輕飛在那小妖的帽子上。那小妖走上大路，敲着梆，搖着鈴，口中道：“巡山的，各人須謹慎提防孫悟空：他會變蒼蠅！”

孫悟空聽了，暗自驚疑：這家伙難道有神通？怎麼就知道我的名字，又知道我會變蒼蠅！其實，那小妖並不知道什麼，只是那幾個魔頭聞聽這個傳言，就吩咐他這麼胡念。孫悟空正要取出棒來打他，轉念又想：“不知道那三個老魔有多大手段，等我先問問清楚，再動手也不遲。”

孫悟空飛離小妖的帽子，釘在樹頭上，讓那小妖先行幾步，然後從樹上飛下，也變做個小妖兒，一樣敲梆搖鈴，嘴裏也念念有詞，趕上前叫道：“走路的，等我一等！”

小妖一看，不認得悟空，問他是否有牌子。孫悟空沒料到還有這一着，眼珠子一轉，早有主意：“我是

師兄弟拌嘴　趙宏本　畫

燒火升為巡山的，剛領的新牌。你呢？是不是先把你的拿給我看？」

那小妖即揭起衣服，拿出個金漆牌兒，頂端孔裏穿着絨線繩子，上有三個字：小鑽風。孫悟空看了，即伸手將尾巴梢兒的小毫毛拔下一根，變做個金漆牌子，上有「總巡風」三字。小妖沒見過這種牌子，吃不準真假。孫悟空哄他說：「大王見我火燒得好，把我升個『總巡風』，讓我管你這一班巡山的兄弟。」

小妖信以為真，便恭稱孫悟空為「長官」。孫悟空說：「大王要吃唐僧，但怕孫悟空變作小鑽風，來這裏打探消息，故派我來查勘你們這一班中可有假的。」

小妖急忙表白：「我是真的！」孫悟空說：「真的須講清大王有什麼神通！」

那小妖便說出了三個老魔的秘密：大大王會變化，其身子要大能撐天堂，要小就如菜子；二大王身高三丈，鼻如蛟龍，與人爭鬥，只消一鼻子捲去，就是鐵背銅身，也必魂亡魄喪；三大王名叫雲程萬里鵬，隨身有一件寶貝，叫「陰陽二氣瓶」，人裝進去，即化為漿水。那大大王和二大王久住獅駝洞。三大王原住四百里外的獅駝國，五百年前他把該國國王、文武百官和滿城百姓吃了個精光，奪了江山，如今滿城都是他手下的嘍囉。那三大王得知唐僧取經之事，便想吃唐僧肉，以求長生不老；但又怕一個人難敵孫悟空，所以來獅駝嶺找大大王、二大王，三個合意同心，要捉唐僧。

孫悟空弄清情況後，一鐵棒把小妖打死。然後，變作他的模樣，把那「小鑽風」的牌子解下，掛在自己腰裏，將「令」字旗揹在肩上，腰間掛了鈴，手裏敲着梆子，找路往獅駝洞而去。

獅駝洞口有萬數小妖在列隊練武，見孫悟空變的小鑽風過去，都向他打聽消息。悟空嚇唬他們説他已看見齊天大聖了，身高十幾丈！手裏拿着一條鐵棒，似碗來粗細的一根大杠子。此時那大聖正在磨杠子，要打死數萬妖兵和三個魔頭。那些小妖都是些狼蟲虎豹之類的精怪，聞言想想各自保命要緊，便一哄而散，走了一大半。

孫悟空進得洞去，見上面高坐着三個妖精，個個生相獰惡，那老魔是青毛獅子怪，二魔是黃牙老象，三魔是大鵬雕。三個魔怪見派出去巡山的"小鑽風"回來了，就問情況如何。

孫悟空説："我見到孫悟空了，他説要拿大大王剝皮，二大王剮骨，三大王抽筋！"

那大大王一聽，忙命關上洞門。孫悟空尋思門一關自己就出不去了，於是又説："孫悟空會變化，如變個蒼蠅從門縫裏飛進來，把我們都捉拿出去，哪怎麼辦？"

那老魔馬上説："都仔細了，我這洞裏一向沒有蒼蠅，但凡發現蒼蠅，就是孫悟空！"

孫悟空暗笑道："就變上一隻蒼蠅唬他一下，好開門。"他閃在旁邊，伸手拔了一根毫毛，吹一口仙氣，即變做一個金蒼蠅，飛去朝老魔臉上撞了一下。老魔大驚，慌忙道："不好，蒼蠅進門了！"

大小羣妖連忙一個個用丫鈀掃帚，上前亂撲蒼蠅。孫悟空看着覺得好笑，忍不住"嘻嘻"笑出聲來。誰知，這一笑就笑出原嘴臉來，被三魔發現，三魔跳上前，一把扯住悟空，對老魔説："哥哥，險些兒被他瞞了，這個回話的小妖，不是小鑽風，而是孫悟空！必定是他打死小鑽風，卻變化了來哄我們哩！"

孫悟空慌了，即用手摸摸嘴臉，對老魔說：「我怎麼是孫悟空？我是小鑽風！」

　　三魔說：「哥哥，你不曾看見，他剛才一閃身，笑了一下，就露出個雷公嘴來。」他喝道：「小的們，拿繩來！」

　　小妖拿來繩索，三魔把孫悟空扳翻倒，四馬攢蹄捆住；揭起衣裳一看，真相大白。原來孫悟空變化小鑽風時，只變頭臉，沒變身子。當下，三魔便下令：「把瓶子抬來，將這猴子裝進去！」

　　三十六個小妖即入裏面的庫房，抬出個陰陽二氣寶瓶來。那瓶只有二尺四寸高，但因內有七寶八卦、二十四氣，所以必須三十六人才抬得動。三魔把瓶蓋揭開，命小妖解開孫悟空身上的繩子，孫悟空即被「颼」的一聲吸入裏面。三魔蓋上蓋子，貼上封皮，就和老魔、二魔一起去喝酒慶賀了。

　　孫悟空到了瓶中，被那寶貝將身子束得小了，索性變化，蹲在當中。半晌，倒還陰涼，他便失聲笑道：「這妖精外有虛名，內無實事。怎麼告訴人說這瓶裝了人，一時三刻就化為漿水？若似這般涼快，就是住上七八年也無事！」

　　哪知，這個寶瓶是這樣的：裝人之後，裏面的人如果不開口，就可平安無事，一直陰涼；只要一開口，就有火來燒了。孫悟空話未說完，只見滿瓶都是火焰！幸虧他有本事，坐在中間，捻着避火訣，全然不懼。這樣過了大約半個時辰，四周圍鑽出四十條蛇來咬。孫悟空掄開手，抓將過來，盡力氣一摺，摺做八十段。又過了一會，有三條火龍竄出來，在孫悟空身子上下盤繞。悟空有些驚慌，自言自語道：「別的倒還好，這三條火龍難弄。再過一會兒不出去，弄得火氣攻心，怎麼辦？」

這時，孫悟空覺得腳踝骨部位有些疼痛，急忙伸手摸摸，發現已被火燒軟了，情急間，孫悟空忽然想起觀音菩薩曾送給他三根救命毫毛，也許此刻能發揮作用。他伸手到腦後摸到那三根毫毛，忍疼拔下，吹口仙氣，叫"變"，一根即變作金剛鑽，一根變作竹片，一根變作錦繩。悟空用這三樣東西製作了一張篾片弓鑽，照瓶底下一陣猛鑽，鑽出一個眼孔，透進一絲光亮。悟空立刻收了那三根救命毫毛，將身子一縮，變成一個小蟲，從孔中鑽了出去。他見那三個妖魔正在飲酒，便飛去停在老魔頭上。

片刻，老魔放下酒杯，說："三弟，那孫悟空化了麼？"

三魔笑道："還等得到此刻嗎？早就化了！"

老魔即傳令讓把寶瓶抬上來。三十六個小妖一抬瓶，才發現那瓶已被鑽破，走了陰陽之氣，所以輕了許多。小妖一說，老魔知道不好，揭開蓋子一看，大叫："瓶空了！"

孫悟空在他頭上笑了一聲，飛開去，現了本相，跳出洞外，脫險而走。

救命毫毛 陳安民 畫

獅駝洞魔頭求饒

第三十四章

孫悟空從陰陽二氣寶瓶裏逃出，踏着雲頭，回到唐僧處。唐僧聽他説了情況，認為應當給孫悟空添個幫手，於是就派豬八戒跟孫悟空一起去降妖魔。

悟空、八戒兩個趕到洞口一叫陣，那老魔就手執鋼刀出來了。老魔提出，讓他儘力氣往孫悟空頭上砍三刀，就讓唐僧過這獅駝山。孫悟空一口答應。老魔抖擻精神，雙手舉刀，往悟空頭頂砍下去。悟空不躲不讓，反而把頭往上一迎，只聞"咯嚓"一聲響，頭皮兒紅也不紅。老魔舉刀又砍，悟空把頭迎一迎，"乒乒"的劈做兩半個；悟空就地打個滾，變做兩個身子。老魔一見慌了，問道："這是什麼？"

孫悟空笑道：「這是分身法，你砍上一萬刀，還你二萬個人！」

老魔道：「你這猴兒，你只會分身，不會收身。你若有本事收做一個，打我一棍去吧！」

孫悟空就把兩個身子摟上來，打個滾，合為一個身子，掣棒劈頭就打。老魔慌忙舉刀招架。兩個鬥了二十餘合，不分勝敗。豬八戒見了，忍不住舉鈀就築。老魔慌了，敗陣而逃。八戒舉着釘鈀，緊追不捨。老魔見他趕近，在坡前立定，迎着風頭，晃一晃現了原身——一頭碩大的青毛獅子，張開大口，就要來吞八戒。八戒害怕，急忙鑽進草裏。這時悟空趕到，那怪也張口來吞，悟空收了鐵棒，迎上去被他一口吞下。

老魔吞了孫悟空，返回洞內。三魔聽說他把孫悟空吞下去了，大驚道：「大哥啊，這孫悟空不中吃！」孫悟空在肚裏笑道：「忒中吃！又禁飢，再不得餓！」老魔有些驚慌，忙叫小妖去燒了些鹽白湯，想灌下肚去把孫悟空嘔出來。小妖備了半盆鹽白湯，老魔一飲而盡，張着口，拚命嘔，直嘔得頭暈眼花，孫悟空待在肚裏就是不出來。老魔又吩咐道：「把我那藥酒拿來，等我吃幾盅下去，把猴兒藥殺！」

小妖馬上拿來藥酒，老魔端在手中。孫悟空在肚裏就聞得酒香，尋思道：「不要讓他吃！」遂把頭一扭，變做個喇叭口子，張在他喉嚨之下。老魔的嗄咽下，被悟空「嗝」的接吃了。第二盅咽下，被悟空「嗝」的又接吃了。一連咽了七八盅，都是他接吃了。孫悟空酒量有限，吃了七八盅便在老魔肚裏撒起酒瘋來，翻筋斗，支架子，飛拳揌腿，疼得老魔倒地打滾，幾乎昏死。孫悟空剛停止動作，老魔便哀告起來，求悟空饒了他，他願送唐僧過山。

孫悟空聽了，便說：「既如此，你張口，我出來。」

老魔真的張開口。那三魔悄悄給老魔出個主意，讓他等悟空出來時，把悟空咬死。孫悟空在裏面聽得，便不先出去，卻把金箍棒伸出，試他一試。老魔合口一咬，把牙齒都迸碎了。老魔便怪三魔。三魔見老魔怪他，靈機一動，使了個激將法，說：「孫悟空，你這是小人勾當，有本領出來真刀真槍較量一番。」孫悟空聽了，便說：「也罷，我出來和你打一場。但你這洞裏場子太窄，不好使家伙，須到洞外寬處去。」三魔聽了，便讓小妖去洞外擺開陣勢，又和二魔挽了老魔來到洞外，叫孫悟空出來。

孫悟空尋思：我出去便出去，只是須在他肚裏生下一個根。於是伸手從尾上拔了一根毫毛，變做一條頭髮粗細的長繩，這繩子見風就粗。悟空把一頭拴在老魔的肝上，打了個活扣兒，不扯不緊，扯緊就痛。然後，理着繩子爬到老魔鼻孔裏。老魔覺得鼻子發癢，打了個噴嚏，把孫悟空迸了出來。悟空見了風，把腰躬一躬，就長了有三丈長短，一隻手扯着繩兒，一隻手拿着鐵棒。老魔、二魔、三魔不知好歹，執兵器一擁而上，沒頭沒臉的亂砍。悟空放鬆了繩子，收了鐵棒，急駕雲高升，落在山頭上，雙手抓繩盡力一扯，老魔痛得大叫起來。

二魔、三魔見了，大驚，慌忙上前拿住繩子，跪在坡下哀求悟空饒了老魔。悟空說：「你要性命，拿刀把繩子割斷就是了。」

老魔說：「爺爺啊，割斷外面的，這裏邊拴着的，怎生是好？」

孫悟空說：「要解繩子很容易。但是，解了，你們送我師父過山麼？"

三個妖魔一齊叩頭："願送老師父過山，決不變卦！"

孫悟空便將身子一抖，收了毫毛。三個妖魔說："大聖請回，上復唐僧，我們就抬轎來送。"

孫悟空便返回唐僧處，只見唐僧在痛哭。原來八戒回去說悟空被妖怪吞下，唐僧只道他已經死了。當下，悟空把情況一說，他們都大喜。八戒、沙僧便收拾好行李，師徒四人在路上等候妖魔抬轎過來。過了一會，只見一個小妖手舉藍旗奔過來，叫道："孫悟空，過來與我二大王爺爺交戰！"

原來，三個妖魔回洞以後，想想放過唐僧實在太可惜了，便推舉二魔出來和孫悟空交戰。當下，悟空對八戒說："師弟，此番你去會會那二魔如何？"豬八戒答道："去便

營救八戒　戴敦邦　畫

去，只是，你把那根繩子扣在我腰間，做個救命索。你扯着繩頭，我如贏了他，你便放鬆，我把他拿住；如勝不了他，你就把我扯回來，別叫他捉了去。"

孫悟空聽了，便想捉弄八戒一番，當下點頭同意。讓沙僧用一根繩子扣在八戒腰裏，攛弄他出戰。豬八戒舉釘鈀跑上山崖，高聲討戰。那二魔即出營，見了八戒，二話不説，挺槍劈面刺來。八戒揮鈀上前迎住。他兩個在山坡前搭上手，鬥了七八個回合，八戒招架不住，急回頭叫："師兄，不好了！扯扯救命索，扯扯救命索！"孫悟空聽見了，反而把繩子拋了出去。豬八戒敗了陣，往後就跑，卻被繩子絆了個嘴啃地。二魔趕上來，開鼻子，就如蛟龍一般，把八戒一鼻子捲住，得勝回洞。

唐僧在坡下見了，就責怪孫悟空不念兄弟情義。孫悟空笑道："也讓他受些苦惱，方見取經之難。"唐僧擔心八戒被妖怪害了，便命悟空速去營救。

制服象精　黃全昌　畫

卻説妖怪把八戒捉進洞去，剝了衣服，綁了送到後邊水盆裏吊浸着，準備浸退毛後開膛破肚，用鹽醃了曬乾，等天陰時下酒。八戒剛被吊入水盆，孫悟空就變了個小蟲飛進洞裏，來到水盆邊，見旁邊無人，即現原身，幫八戒解了繩子。

　　八戒跳起來，找到衣裳穿上，説："哥哥，開後門走了罷！"
　　悟空説："後門裏走，顯得沒出息。還是從前門走。"

　　孫悟空説着，揮動鐵棒打將出去。豬八戒無法，只得跟着他。走了幾步，八戒看見二門下靠着他的釘鈀，便上前推開小妖，撈過鈀來往前亂筑。兩人打出三四層門，不知打殺了多少小妖。

　　二魔聞報，急縱身，綽槍在手，趕出門來，大罵孫悟空。悟空聽了，即應聲站下。二魔邊罵，邊挺槍亂刺。悟空會家不忙，掣鐵棒劈面相迎。兩個在洞門外大打出手，豬八戒在山嘴上豎着釘鈀，不來幫打，只管呆呆地看着。

　　二魔打了一陣，見孫悟空棒重，而且攻防招數嚴密，毫無破綻，就把槍架住了，開鼻子，要來捲拿。孫悟空知道他的勾當，雙手把金箍棒橫起來，往上一舉，被二魔一鼻子捲住腰胯舉了起來。因為雙手未被捲住，悟空便在妖精鼻頭上丟花棒兒玩耍。

　　豬八戒見了，發議論道："這個妖怪，捲我這笨拙的，連手都捲住了，捲得我不能動彈；捲那滑頭的，倒不捲手。師兄手拿着棒，只消往妖怪鼻頭裏一搠，他就叫饒了！"

　　孫悟空原先沒想到這一點，倒是豬八戒這麼一説提醒了他。他把鐵棒晃一晃，真的往二魔鼻孔裏一搠。二魔大驚，"沙"的一聲，鬆開鼻子。孫悟空轉手過來，一把搣住二魔鼻子，用力往前一拉。二魔忍不住痛，只得乖乖跟來。豬八戒見狀，方才敢靠近，拿釘鈀往妖精胯部亂築。

孫悟空說：“不行！不行！那鈀齒兒尖，恐築破皮，淌出血來，師父看見了又要說我們傷生了。還是用鈀柄來打吧！”

豬八戒就調過鈀柄，走一步，打那二魔一下。孫悟空牽着二魔的鼻子，把他牽到山坡下。那唐僧遠遠地看見了，就問沙僧：“悟空牽的是什麼？”

沙僧笑道：“師父，大師兄將妖精揪着鼻子拉來了。”

唐僧說：“你去對妖精說：他若好好地送我們過山，就饒他一條性命。”

沙僧一說，二魔連忙跪下，嘴裏嗚嗚地答應道：“唐老爺，若肯饒命，我立即便命手下抬轎相送！”

孫悟空警告道：“我師徒俱是善勝之人，依你言，且饒你命。快抬轎來，如再變卦，拿住決不再饒！”

孫悟空說着鬆開手，二魔磕頭而去。

孫悟空把降服二魔的經過向唐僧說了一遍。唐僧大喜，吩咐整理行李，等妖魔抬轎相送。

如來佛出山降魔

第三十五章

　　獅駝洞那個二魔被孫悟空放回去後，即和老魔、三魔商議禮送唐僧之事。那老魔見唐僧師徒慈憫善勝，已打算放棄吃唐僧的念頭；但三魔卻仍不死心，他想出一條計策：往西四百里地即是他所強佔的城池獅駝國，可趁抬轎相送的機會，到城邊出其不意地下手，把唐僧師徒一網打盡。老魔、二魔畢竟魔心難收，聽了都稱"妙計"。

　　當下，三個妖魔挑選了十六個小妖，八個開道，八個抬轎。三妖親自陪着，去大路上請唐僧上轎，三個徒弟在後面跟着，一起上路。一路上，妖魔已安排好食宿，唐僧不知其中有詐，倒覺得稱心遂意。

　　西進有四百里路程，來到獅駝國城外一里處。孫悟空朝城池一望，只見城中有許多惡氣，不禁大吃一驚。這時，三個妖魔一起發作了：三魔手執一柄方天戟，往悟空頭上打來。悟空忙舉鐵棒架住，兩個開始惡鬥。老魔舉鋼刀便砍八戒。八戒慌得丟了馬，掄着鈀，向前亂築。二魔舉長槍往沙僧刺來。沙僧使降妖杖支開架子敵住。三個妖魔與三個和尚，一個敵一個，在山頭上捨死忘生苦戰。那開道抬轎的小妖，乘機把唐僧、白馬、行李一齊擄進城裏。

那三對兒苦鬥多時，漸漸天黑。八戒和老魔鬥着鬥着，漸覺招架不住，拖着鈀，敗陣而走，被老魔舉刀砍去，幾乎傷命；幸躲過頭腦，僅被鋼刀削斷幾根鬃毛。老魔趕上，張開口咬着八戒領頭，拿入城中，丟與小妖，捆在金鑾殿。老魔又趕去為二魔助力，沙和尚見事不諧，將寶杖虛晃一下，回頭就走。二魔趕上，開鼻子，將沙僧連手捲住，拿到城裏，也叫小妖捆在殿下。老魔、二魔隨即去助三魔捉拿孫悟空。悟空見勢不妙，把棍子隔開三個妖魔的兵器，縱筋斗駕雲就走。那三魔即抖抖身，現了本相，原來是一隻大鵬，只見他扇

蒸籠外　潘裕鈺　畫

翅趕上，一把將悟空攔住，抓在手中。孫悟空左右掙扎不得，也被拿往城中，和沙僧、八戒捆在一處。

三個妖魔下令，叫把唐僧師徒四人放進籠格，蒸熟了受用。小妖便去安鍋燒火。一會兒，水燒開了，老魔傳令叫抬。眾妖一齊上手，將八戒安在底下一格，沙僧抬在二格。悟空估着來抬他，就拔下一根毫毛，吹口仙氣，叫聲"變"，即變做一個假身，捆了麻繩；真身脫出來，以隱身法隱住，跳在半空裏，低頭看着。那羣妖哪知真假，見人就抬，把假悟空抬在三格；又把唐僧捆住了，抬上第四格。

悟空尋思：八戒、沙僧還可挨得一會，師父卻不行，稍蒸一蒸就死了，我得設法救護他。想着，悟空在空中捻着訣，念聲咒語。只見那雲端裏飄來一朵烏雲，北海龍王敖順被拘喚來了。悟空說明情況，讓他去保護唐僧。敖順隨即變作一陣冷風，吹入鍋下，盤旋圍護，阻住火氣。

大約三更時分，那三個妖魔困倦了，吩咐手下十個小妖："輪流燒火，到五更方可停火。那時和尚必然蒸爛了，你們再叫醒我們起來，空腹受用。"吩咐畢，他們去臥房安歇了。孫悟空在蒸籠外看得清清楚楚，妖魔一走，他就想下手營救師父師弟。但是，要去救他們則必須現本相，如被燒火的十個小妖看見了，一齊亂喊，必然會驚動妖魔，那時恐怕又難脫身了，得想個辦法。孫悟空眉頭一皺，忽然想起當年在天上做齊天大聖時，和北天門護國天王打賭，曾贏過一些瞌睡蟲，這會兒正好發揮作用。他從腰帶裏摸出十個瞌睡蟲，拋出去，分別散在燒火的十個小妖臉上。瞌睡蟲鑽入小妖鼻孔，不一會他們就都睡熟了。

孫悟空即現原身，走近前，招呼師父師弟切莫出聲。然後，揭了籠蓋，放了師父，把假悟空收上身，又放了沙僧、八戒。接着，他念咒語讓龍王回去，又再去金鑾殿下，找到了白馬、行李。師徒四人走到前門，只見門上有鎖，鎖上貼了封皮，門外梆聲亂響，小妖防守極嚴。沒奈何，他們只好去了後門，不料後門情況和前門一樣。左思右想，只得揀個無人防守處爬牆往外逃遁。

這時，有幾個巡邏的小妖經過蒸籠處，只見籠格亂丟在地下，湯鍋盡冷，火腳俱無，燒火小妖鼾睡如泥。慌得他們一齊吶喊：“快拿唐僧！快拿唐僧！”

三個妖魔立刻被驚醒了，傳令大小羣妖一齊查拿。頓時，小妖們點起燈籠火把四處尋找，不一會便照見唐僧四個正在爬牆。老魔趕近，喝聲：“哪裏走！”嚇得唐僧腳軟筋麻，跌下牆來，被老魔拿住。二魔捉了豬八戒，三魔捉了沙僧，眾妖搶了行李、白馬，只是走了孫悟空。

妖魔命小妖把豬八戒綁在殿前檐柱上，把沙僧綁在殿後檐柱上，把唐僧關在皇宮裏的一個鐵柜子裏。又對外放出風聲說唐僧已被連夜生吃掉了，讓孫悟空死了心；待三五日不來攪擾，再拿出來蒸熟了，慢慢受用。

卻說孫悟空逃脫後，先駕雲趕到獅駝洞，把那洞內洞外的小妖全部剿絕，然後再回到獅駝國城池。那時天剛亮，他變做個小妖，混入城裏，探聽消息。只聽見滿城都在傳：“唐僧被大王連夜夾生兒吃了。”悟空着實心焦，便混入皇宮想查個確信。正走着，忽見豬八戒被綁在殿前柱上，便上去輕聲詢問：“你可知師父在哪裏？”八戒說：“師父沒了。昨夜被妖精夾生兒吃了。”

悟空聽了，淚如泉湧。又往裏面找尋。到了殿後，見沙僧被綁在那裏，上去一打聽，沙僧也這麼説。孫悟空聽他與八戒説得相同，心如刀絞，且不救八戒、沙僧，急縱身望空跳起，去城東山上，放聲大哭。哭了一會，暗暗思忖：事到如今，我只有去見如來佛，把情況告知。他若肯把經交給我，讓我送往東土，我就送，也算了卻了師父的心願；若不肯，我就求他把緊箍兒退下，讓我回花果山水簾洞老家去。

孫悟空主意打定，駕起筋斗雲直奔靈山。到了那裏，四大金剛攔住山門不讓進，説非要如來准許方可入內。悟空氣得哮吼如雷，驚動了如來。如來讓阿羅引他入內。孫悟空至寶蓮台下，倒身下拜，痛哭流涕地把事情原原本本説了一遍。

如來説："那三個妖魔，我都知道底細。那大魔，是五台山文

如來收大鵬　黃全昌　畫

殊菩薩的坐騎；二魔，是峨眉山普賢菩薩的坐騎；三魔，是大鵬精怪。”

如來說罷，即派阿儺、迦葉二尊者駕雲去宣文殊、普賢二菩薩。又說：“那大鵬，須是我去，方可降服。”

孫悟空聽了，連連叩頭致謝。

如來即下蓮台，帶了諸佛眾，走出山門。只見阿儺、迦葉引着文殊、普賢二菩薩來見。如來問道：“菩薩之獸，下山多少時了？”

二菩薩回答：“七日了。”

如來說：“山中方七日，世上已多年。那三妖在那裏不知傷了多少生靈，快隨我收他們去。”

如來一行飛空而去，不多時，早望見城池。悟空說：“那放黑氣的就是獅駝國。”如來吩咐道：“你先下去，到那城中與妖精交戰，許敗不許勝。敗上來，我自有法子對付他！”

孫悟空便按雲頭，落在城牆上，腳踏着垛兒罵道：“潑孽畜！快出來與老孫交戰！”

三個妖魔聞報，各執兵器，趕上城來；見了孫悟空，也不說話，舉兵器一齊亂刺。孫悟空掄鐵棒相迎。鬥了七八個回合，悟空裝輸，轉身而走。

老魔大叫：“哪裏走？”

孫悟空筋斗一縱，跳上半空。三個妖魔立刻駕雲追趕。孫悟空把身子一閃，藏在如來的金光影裏。如來招呼一聲，那五百羅漢、三千揭諦神便佈散開來，把三個妖魔圍了個水泄不通。

老魔見有文殊菩薩在，慌了手腳，叫道：“兄弟，不好了！那猴子真是個地裏鬼，竟請來了主人公！”

三魔説：“大哥不必驚慌。我們一齊上前，用刀槍搠倒如來，奪他那雷音寶刹！”

那老魔、二魔聽了，真的舉刀槍上前亂砍亂搠。文殊、普賢二菩薩念動真言，喝道：“孽畜還不皈正！”唬得他們不敢撐持，丟了兵器，打個滾，分別現出了青獅、白象本相。二菩薩把蓮花台抛在青獅、白象背上，飛身跨坐，二妖這才俯首貼耳。

那三魔還不肯罷休，騰開翅膀，丟了方天戟，扶搖直上，伸出爪子要抓孫悟空。如來佛把手往上一指，三魔翅膀就傷了筋，飛不開去，只能在如來頭頂盤繞，隨即現了本相，是一個大鵬金翅雕。那鵬雕傷了筋，無法再施展妖術，只得皈依，被如來收作護法。

孫悟空見三個妖魔都已降服，便從金光裏出來，向如來叩頭道：“佛爺，你收了妖精，只是沒了我師父啦！”大鵬叫道：“我幾時吃了他？只不過把他關在鐵柜子裏！”

孫悟空聽了，大喜，忙叩頭謝別如來，直入城裏。城中那些小妖見魔頭已被收伏，早逃了個精光。悟空解救了八戒、沙僧，尋着行李、馬匹，對兩人説：“師父還在，你們跟我來。”

三人去內院，在一個亭子裏發現一個鐵柜，內有人的呼吸聲息。沙僧用降妖杖打開鐵鎖，揭開柜蓋，唐僧果然在柜裏。三人救出唐僧，在宮殿裏尋了些米糧，安排些茶飯，飽吃一頓，然後收拾出城，順大路投西而去。

扮唐僧剖腹取心

第三十六章

　　唐僧師徒離獅駝國後，西行數月，於寒冬時抵達一座城池——比丘國。

　　四人進得城去，見家家門口掛着一個鵝籠，外面罩着五色彩緞遮幔。唐僧看不懂，他想知道鵝籠裏裝的是什麼，就叫孫悟空去探看。孫悟空搖身一變，變作一隻蜜蜂，展開翅膀，飛到籠邊，鑽進遮幔去看。一連看了八九家，方現原身回到唐僧那裏道：「那籠子裏都是些五六歲的男孩子。」

　　唐僧聽了，百思不得其解。一會兒，到了館驛，四人進去投宿。那驛丞接待了他們。唐僧見他熱情好客，便向他打聽百姓把小孩放在鵝籠裏的原因。那驛丞初時不肯說，但擋不住唐僧的再三追問，只好透露了內幕。

原來，三年前，有一個老道，帶着一個十六歲的美女，來到比丘國。老道把美女帶到國王那裏，説這個美女是他的女兒，特來獻給陛下。國王特別喜歡這個美女，稱她為"美后"，封那老道為"國丈"。三年來，國王一直和美后在一起，結果弄得精神不佳，飲食少進，身體十分虛弱。那國丈知道後，説他有海外秘方，可以使國王延年益壽。不久前，國丈

比丘國鵝籠　韓碩 畫

去十洲、三島採全了秘方所用的藥。他對國王説，這藥需以一千一百一十一個男童的心肝煎湯服用，方能達到效果。國王於是就派人選了這些小孩，養在籠裏，準備開膛破肚取出心肝來煎湯服藥。

唐僧聽了，止不住滴下眼淚，為那些小孩傷心。孫悟空便勸慰唐僧，説他到夜深人靜時，先施法術讓那些小孩離開此城，讓國王無法取心。明天唐僧去倒換關文時，他一起入朝，看那國丈是不是妖怪；若是妖怪，就拿住了讓國王看，使國王回心轉意。

唐僧聽了，這才回愁作喜。二更時分，唐僧便催悟空趕快行

事。孫悟空走到門外，打個唿哨，升至半空，捻了訣，念動真言，叫聲"淨法界"。召來了城隍、土地、社令、真官、五方揭諦、四值功曹、六丁六甲、護教伽藍等。

孫悟空説："今路過比丘國，那國王無道，聽信妖邪，要取小兒心肝做藥引子，指望長生。我師父十分不忍，要救生滅怪，所以老孫特請諸位，各使神通，把這城中各街坊人家鵝籠裏的小兒，連籠移往城外山凹中，或樹林深處，收藏一二日，給他們些東西吃，不可挨餓；再暗中護持，不得使他們驚恐啼哭。等我除了邪，勸正君主後，送來還我。"

眾神聽令，立刻按下雲頭行事。一時間，陰風滾滾，慘霧漫漫，不一會，就把鵝籠都移去各處安藏了。

次日，唐僧入朝去倒換公文。悟空變做個小蟲，飛在唐僧的帽子上。唐僧出了館驛，直抵皇宮。等了一會，國王傳旨讓上殿。唐僧一看，只見那國王精神倦怠，有氣無力。唐僧將文牒奉上，那國王眼目昏花，看了又看，方才取寶印蓋了，遞還唐僧。這時，那個國丈來了，國王連忙讓坐。國丈和唐僧説了幾句話，唐僧便向國王謝恩告辭。才下殿，悟空飛下帽頂，在唐僧耳邊説："師父，這國丈是個妖邪，你先去驛中，待老孫在這裏聽他消息。"

唐僧離開後，孫悟空飛到金鑾殿翡翠屏中停下，只見有個武官向國王奏報：昨晚刮了一陣冷風，把準備取心肝做藥引子的那一千一百一十一個小兒連籠籠都刮走了。國王聽了大驚失色。那國丈卻向國王恭喜，説剛才那個和尚比一千一百一十一個小兒要強百倍，如用他的心肝煎湯服藥，國王可活一萬歲。

國王聽了大喜，對國丈説："何不早説？若果然如此有效，剛才該把他留住！"國丈説："這有何難，他又不曾走，去請他來就是了；倘若不肯來，就強抓過來！"

國王立刻傳旨，差官軍前去圍住唐僧下榻的館驛。

孫悟空聽得這個消息，展翅飛回館驛，現了本相，對唐僧説明情況。唐僧嚇了一跳，問悟空："賢徒啊，此事如何是好？"

孫悟空説："師父不必驚慌，待老孫變作你的模樣，去見那國王；你卻妝扮成老孫樣子，待在這裏。"唐僧説："好！好！"

孫悟空便吩咐豬八戒去和了些泥，捺作一片，往自己臉上一按，做了一個猴相的坯子，貼在唐僧臉上，念動真言，吹口仙氣，叫"變"，唐僧即變成了孫悟空的嘴臉。孫悟空脱下衣服，讓唐僧穿上。他把唐僧的衣服穿在身上，念個咒語，搖身變作唐僧的模樣。

這時，只聽得外面人聲喧嘩，槍

剖腹掏心 韓碩 畫

刀鏗鏘，三千羽林軍已把館驛包圍了。一個軍官走進驛庭問道：
"東土唐朝長老在哪裏？"孫悟空變的假唐僧出門施禮："大人，貧僧在這裏，有何話說？"軍官上前，一把扯住他："你跟我進朝去！"當下，羽林軍把假唐僧押進皇宮。

假唐僧見了國王，也不跪拜，問道："比丘王，請貧僧來幹什麼？"國王說："我患了重病，須取你的心來做藥引。"假唐僧說："不瞞陛下說，貧僧心倒有幾個，不知要什麼樣的？"

國丈在旁邊說："和尚，要你的黑心。"假唐僧說："拿刀來，讓我剖開胸腹，若有黑心，就奉上。"

國王命人取來一把牛耳短刀，遞給假唐僧。假唐僧接刀在手，撩起衣裳，一刀把自己的胸膛剖開，從胸膛裏掏出一堆心來，唬得文官失色，武將身麻。國丈若無其事，笑道："這是個多心的和尚！"

假唐僧把那堆心一個個撿開讓大家看，有紅心、白心、黃心、綠心、藍心、紫心、灰心、橙心，就是沒有黑心。那國王嚇得戰戰兢兢，說："收了去！收了去！"

孫悟空忍耐不住，收了法，現出本相，對國王說："陛下全無眼力！我這個和尚是一片好心，惟你這國丈長着個黑心，正好做藥引。你不信，等我替你將他的那顆黑心取出來看看。"

那國丈見悟空突然變了模樣，正在吃驚，聽見此語，慌忙騰雲而逃。孫悟空跳到空中，大喝道："哪裏走？吃我一棒！"舉棒打去。國丈以手中的蟠龍拐杖相迎。兩人鬥了二十餘回合，國丈敵不住孫悟空，化作一道寒光，落入皇宮內院，把進貢的妖后攜出宮門，不知去向。

孫悟空按落雲頭，到了宮殿下，國王和文武百官如夢初醒，都來拜謝，稱他"神僧"。孫悟空讓國王速派人把唐僧三人請來。那唐僧還是孫悟空的模樣，孫悟空上去把泥臉抓下，吹口仙氣，叫聲："正"，唐僧即恢復原身。國王下殿親迎，連連道謝，又哀求孫悟空滅了妖怪，剪除後患。孫悟空一口答應，問："可知道妖怪住在哪裏？"國王說："曾聽他講起，住在城南七十里處的柳林坡清華莊上。"孫悟空便叫八戒跟他一起去除妖。

　　悟空、八戒駕雲趕到城南七十里處，按落雲頭，只見那裏一股清溪，兩邊都是楊柳樹，並無村莊人家。孫悟空尋不着清華莊，便捻訣念咒，把當方土地拘喚來詢問。土地告訴他：這裏沒有清華莊，只有清華洞。洞址在南岸一棵九叉頭楊樹根下，左轉三轉，右轉三轉，用兩手齊撲樹上，連叫三聲"開門"，就會現出清華洞府。

　　孫悟空和豬八戒到南岸去，果然有一棵九叉頭楊樹。孫悟空照土地說的一試，霎時間，一聲響亮，眼前出現了兩扇洞開的門。孫悟空闖進去，只見迎面有一塊石屏，上有四個大字：清華仙府。他跳過石屏一看，見那老妖正和妖后坐着說話。他舉棒就打。老妖掄起蟠龍拐杖，急架相迎。兩人邊鬥邊往洞外移。那八戒在洞口，見老妖出來，舉鈀就築。那老妖戰悟空一人已是難敵，現見八戒鈀來，愈覺心慌，敗了陣，將身一晃，化道寒光，往東而走。悟空、八戒緊追不捨。正追趕間，只見前面來了一個老仙，抬手一指，把寒光罩住。孫悟空舉目視之，認出原來是南極壽星。

　　壽星見兩人趕上，便施禮招呼。

　　八戒說："肉頭老兒，罩住寒光，必定捉住妖怪了。"壽星陪笑道：「在這裏，在這裏。望二公饒他命吧！他是我的坐騎，我不小心讓他走失了，來這裏成了妖怪。」

悟空說：「既是壽星之物，就讓他現出本相來看看。」壽星聞言喝道：「孽畜！快現本相，饒你死罪！」

那妖怪打個轉身，原來是隻白鹿。孫悟空請壽星牽鹿來到清華洞洞口稍候片刻，他自己與八戒隨即闖入清華洞。洞內那妖后正戰戰兢兢，八戒入內，大步上前，舉鈀就筑，妖后手中無兵器，不能抵擋，將身一閃，化道寒光，想往外逃走。不料孫悟空抵住了寒光，乒乓一棒，那妖后立不住腳，倒在地上，現了本相——原來是一隻白面狐狸。豬八戒搶上一步，舉鈀照頭一筑，那妖狐一命嗚呼！

孫悟空又念真言，拘出土地，命他尋些枯柴，點起烈火，把妖怪洞府燒了。土地即率陰兵施行。悟空讓八戒拖着死狐；又請壽星牽着鹿，與他們一起返回比丘國。那國王得知他曾經寵愛的美后竟是一隻狐狸，又驚又愧。

國王請壽星和唐僧師徒用了齋宴。壽星道了謝意，騎上白鹿，踏雲而去。不一會，唐僧師徒也向國王辭行，國王拿出兩盤金銀謝他們，唐僧堅辭不受。國王命全城百姓齊送唐僧師徒，剛送出城，忽聽得半空中一陣風響，先前被移走的一千一百一十一個鵝籠輕輕飄落在路兩邊，內有小兒啼聲。原來是眾神見孫悟空事已辦妥，便把那些小孩全都送回來了。

孫悟空讓失主們前來認領小孩。各家認領後，都喜氣洋洋地來拜謝唐僧四人。眾百姓又把唐僧師徒抬回城中，輪流請他們吃飯、住宿，挽留了一個月，這才放他們離開。

無底洞鼠精逼親

第三十七章

　　唐僧師徒四人離了比丘國，從冬天一直走到春末。這天，他們來到一座高山，正行間，唐僧忽然聽得有人在叫"救命"。唐僧循聲而去，只見大樹上綁着一個女子。那女子其實是一個鼠精，想把唐僧擄往她的洞府去。但唐僧認不出，聽她胡說幾句後，便想救她。唐僧叫八戒把妖精從樹上解下。八戒正解時，孫悟空走進樹林，認出是妖精，便勸阻唐僧。但唐僧不聽，硬要救那女子，孫悟空沒有辦法，只好讓八戒給妖精鬆了綁。

　　唐僧救下那女子後，讓她和他們四人一起走，準備下山後，將她寄送到庵觀寺院或莊戶人家。一行人往前走了大約二三十里，天色將晚時，見到前面有一座寺院，山門上方有一塊匾，上寫五個大字：鎮海禪林寺。他們便去投宿。

寺院的僧人接待了他們。吃罷晚飯，僧人將唐僧師徒安排在寺中小和尚房內安歇，將那女子安排在天王殿裏佛像身後草鋪上休息。

當晚，孫悟空擔心妖精來犯，一直守在唐僧身旁。不料卻一宿無事。次日天明，孫悟空去天王殿一看，那女子已經不見了；問寺院僧人，說一早就走了。

孫悟空回到僧房，吩咐八戒、沙僧收拾行李、馬匹，準備上路。這時唐僧還躺在牀上，孫悟空就走近前去叫喚。唐僧醒來，只覺得頭昏腦脹，渾身皮骨皆疼。悟空伸手一摸，原來是發高燒了，於是就讓唐僧躺着養病，暫不起程。

這樣過了三日。第四天下午，唐僧覺得口渴，孫悟空便取了缽盂，去寺後面取水。忽見那些和尚一個個眼睛通紅，悲啼哽咽。孫悟空覺得奇怪，便問緣故。眾和尚告訴悟空：這寺院裏來了妖精，晚上有兩個小和尚去撞鐘打鼓，鐘鼓響罷，不見人回。次日尋找，只見僧衣鞋帽和骨頭在後邊園裏。三天來，已有六個和尚被吃掉了。

孫悟空聽了，暗吃一驚，說：「不消說了，必定是妖精在此傷人。待我給你們剿除！」

唐僧這時高燒已退，聽孫悟空說妖精吃了和尚，很是憤怒，叮囑孫悟空前去誅滅。

晚上，孫悟空吩咐八戒、沙僧看守師父，他便從僧房裏溜了出來。悟空來到佛殿，吹出真火，點了油燈。然後東邊打鼓，西邊撞鐘。鐘鼓響罷，搖身一變，變做個十二三歲的小和尚，披着黃絹褊衫，白布直裰，手敲着木魚，口裏念經。等到一更時分，不見動靜。二更時分，只聽見呼呼的一陣風響，一個女子從外面走進佛殿。

孫悟空抬頭觀看，認出即是唐僧救過的那個女子。他也不響，口裏只管念經。那女子走到近前，問道："小長老，念的什麼經？"悟空說："許下的。"女子又問："別人都在睡覺，你怎麼還念經？"悟空說："許下的，怎麼不念？"女子說："別念了，跟我到後面玩耍去。"

孫悟空暗笑道：也罷，我跟她去，看她怎麼樣？於是，他站起來，隨那女子出了佛殿，來到後邊園裏。那妖怪使個絆子腿把悟空絆倒在地，就要下手。悟空把手一叉，腰一

"小長老"念經　王錫麒　畫

躬，一躍而起，現出原身，掄起金箍棒，劈頭就打。那妖精見小和尚原來是唐僧的大徒弟，大吃一驚，慌忙拔出雙股劍相迎。

兩個鬥了十來個回合，妖精自料敵不住悟空，虛晃兩劍，抽身逃走。悟空喝道："潑貨，哪裏走？快快來降！"那妖精只是不理，直往後退。等悟空趕到緊急之時，立刻把左腳上花鞋脫下來，吹口仙氣，念個咒語，叫一聲"變"，就變作本身模樣，使兩口劍迎戰悟空。她的真身一晃，化陣清風而去，經過僧房上空，見八戒、沙僧在瞌睡，不禁大喜，直撞下去，把唐僧拿了就走！

孫悟空和假妖精鬥了片刻，閃一個空，一棍把那妖精打落下來，一看，是一隻花鞋！悟空曉得中了妖精的計，連忙轉身來看師父，哪裏還有影子，只有八戒、沙僧在瞌睡。悟空大怒，撈起棒來一陣打。八戒、沙僧知道闖了大禍，只得跪下求饒。

師兄弟三個無法安睡，天一亮，便出門向東奔去，回到了那座曾救過妖精的山上。孫悟空握着金箍棒，在林子裏辟哩啪喇的一陣亂打。那山神、土地嚇得連忙出來跪見，告訴悟空："正南方千里之遙處，有一座陷空山，山中有個洞，叫做無底洞，是那妖精的老窩，你師父被她弄到那裏去了。"

悟空、八戒、沙僧便騰雲而去，不一會就到了陷空山。三人按落雲頭，孫悟空讓八戒去打探消息。八戒走了一程，見有兩個女妖在井邊打水。他搖身一變，變做個黑胖和尚，上前去和她們搭訕，得知果然是那妖精把唐僧抓到無底洞，正在誘逼唐僧與她成親。

八戒急忙報知悟空。悟空便和八戒、沙僧遠遠尾隨那兩個女妖，讓她們引往洞府。他們跟着女妖走了十多里，見陡崖前有一座牌樓，近前觀看，上有六個大字：陷空山無底洞。牌樓附近有一塊大石，正中間有缸口大的一個洞兒，四周爬得光溜溜的。孫悟空伏在洞邊上，仔細往下看，發現這洞極深。他吩咐八戒、沙僧守住洞口，自己進洞去看。

孫悟空將身子一縱，跳入洞中，足下生出彩雲瑞氣護持，緩緩下降。不多時，就發現裏面明明朗朗，和外面一樣有陽光、風聲，還有花草果木。他正覺得奇怪時，又見有一座門樓，進入門樓，四周都是松竹，中間卻有許多房子。悟空尋思：此地必是妖精的住處了！他搖身捻訣，變做個蒼蠅，飛進去一看，那妖精高坐在草亭裏，正喜孜孜地吩咐小妖排素筵席，準備逼唐僧吃了與她成親。

孫悟空展翅飛到裏邊，見東廊下上明下暗的紅紙格子裏面，坐着唐僧。悟空一頭撞破格子眼，飛在唐僧光頭上釘着，叫聲：「師父！」

唐僧聽出聲音，忙叫道：「徒弟，妖精意欲逼親，你快救我出去啊！」

孫悟空出了個主意：待會兒妖精要和唐僧一起喝成親酒，唐僧先喝乾一杯，然後斟一杯給妖精喝；斟時故意在酒的表面形成泡沫，悟空變個小蟲飛在酒沫之下，讓妖精喝到肚子裏，那時就好辦了。

師徒兩個剛議定，那妖精來了，把唐僧請往草亭去喝酒。兩人在桌邊坐定之後，妖精斟了一杯酒，敬獻唐僧。唐僧一飲而盡，急將酒滿斟一杯，果然斟起一些酒沫。孫悟空變作個小蟲，輕輕地飛入酒沫之下。那妖精接杯在手，先不喝，把杯子放下，對唐僧拜了兩拜，這才舉杯，此時那酒沫已散，小蟲就露了出來。妖精也認不得那是孫悟空變的，只以為是一般的小蟲，便用小指挑起，往下一彈。

　　孫悟空見此計謀難以實施，即變做個餓鷹，飛起來，掄開爪子，掀翻桌席，把那些素果素菜，盤碟杯勺，都撲亂打碎，然後飛了出去。到了洞外，現了本相，把情況對八戒、沙僧說了。然後，又鑽進洞裏去救師父。

　　孫悟空到了裏面，還變做個蒼蠅，飛到東廊之下，見唐僧坐在裏面，正淌眼淚。悟空飛到他頭上釘住，一出聲，唐僧就說："悟空，快救我！"

　　悟空說："我剛才飛進來時，見那邊有個花園。你哄妖精去花園裏玩，引她走到桃樹邊，就莫走了。等我飛上桃枝，變作個紅桃子。你說要吃桃子，先揀我變的那個摘下來。她肯定也要摘一個，你把紅的讓給她吃。她一張口，我就可到她肚裏，那時就好辦事了。"

　　唐僧聽了有

鼠精啃桃　王錫麒　畫

點不解，問悟空為什麼非要到妖精肚裏才能救他。孫悟空解釋道：「她這個洞，出入不便，曲道難行，若就動手，她一窩子妖怪連我都扯住，怎好救人？所以只有鑽到她肚裏後，方可救你。」

唐僧點頭：「我明白了！」他走到窗前，叫來妖精，說自己悶得慌，想出去散散心。

妖精十分高興地答應了。她開了門，攙出唐僧，又招呼了一些小妖上花園而去。到了花園，那裏果然有一片桃林。唐僧和妖精走過去，孫悟空變的蒼蠅在唐僧頭上一招，唐僧略略點頭，表示知道了。悟空就飛在桃樹枝兒上，搖身一變，變作個紅桃兒。唐僧向前，伸手把紅桃摘了下來。妖精見了，也摘下一個——卻是一個半生不熟的。

唐僧躬身將紅桃遞給妖精，說：「娘子，你愛色，請吃這個紅桃，拿青的來我吃。」

妖精聽了，以為唐僧喜歡她，立刻依言調換了。唐僧把青桃拿過來就啃。妖精見了，捧起紅桃也想啃，不料嘴一張，那桃子骨碌一下就滾進了肚裏。妖精大驚，對唐僧說：「長老啊，這個果子厲害，怎麼還沒咬，就滾下去了！」唐僧說：「大概是不小心滑下去的。」悟空在妖精肚裏，恢復本相，叫道：「師父，不要和她答嘴，老孫已經得手了！」唐僧說：「好啊，你行事吧！」

那妖精聽見了問道：「你和哪個在說話？」唐僧說：「和我徒弟孫悟空在說話。」妖精又問：「孫悟空在哪裏？」唐僧說：「在你肚子裏呀！剛才那個紅桃子就是。」

妖精聽了，驚慌失措，大叫「不好」。這時，孫悟空開始在妖精肚裏亂打亂踢。妖精疼得倒在地上，不能言語。

孫悟空停下手腳，問道："怎麼樣？"妖精忙招呼小妖："你們快把這和尚送出去，救我性命！"

　　那些小妖真的來扛抬。悟空在肚裏叫道："不行！得由你自己把我師父送出去，我才饒你性命！"

　　妖精無法，只好掙扎着把唐僧背起來，拽開步，往外走去。到了洞外，八戒、沙僧迎着，從妖精背上扶下師父，問師兄在哪裏。唐僧指着妖精："在她肚子裏。"

　　悟空叫道："張開口來，待老孫出來！"

　　妖精連忙張口，孫悟空從裏面一躍而出。

上天庭狀告李天王

第三十八章

　　孫悟空剛從妖精嘴裏跳出來，那妖精拔出雙劍就砍，悟空舉棒架住。兩個在山頭上你來我往好一番廝殺，豬八戒、沙和尚看着忍不住了，也不顧師父，一齊駕風趕上去助陣。舉釘鈀，使寶杖，往妖精亂打。

　　那妖精戰悟空一個已處下風，見又來了兩個，嚇得回頭抽身就走。悟空喝道："兄弟們趕上！"那妖精一邊逃，一邊把右腳上的花鞋脫下來，吹口仙氣，念個咒語，叫聲"變"，即變作自身模樣，使兩口寶劍迎敵。她的真身一晃，化一陣清風逃遁而去。她到了洞口牌樓下，見唐僧獨自坐在那裏，便上前一把抱住，搶了行李，咬斷繮繩，連人帶馬拿入洞中。

豬八戒衝在前頭，和妖精鬥殺，閃個空，一鈀將對手打落在地，一看，竟是一隻花鞋。孫悟空大叫"中計"，三人急急回來，牌樓前唐僧、行李、白馬全無蹤影。八戒、沙僧叫着"師父"，前後左右亂尋。孫悟空轉眼忽見路旁邊斜散着半截韁繩，走過去拿起來一看，認出是白馬的。

　　豬八戒說："師父一定又被妖精捉進洞裏去了。常言道：'事無三不成'。哥哥你已進洞兩次了，再進去一次，準能救出師父。"

　　悟空道："也罷。事已至此，總得與那妖精周旋到底，我還進去，你兩個好好把守着洞口。"

　　孫悟空進洞來到妖精住宅外，見那門關了，喝一聲，一棒打開。闖進去一看，裏面靜悄悄的，全無人跡，連家具也不見了。原來這無底洞方圓有三百餘里，妖精在洞裡還另有

陷空山鬥妖　孟慶江　畫

巢穴。那妖精第二次拿住唐僧後，知道孫悟空必會來找，便立刻搬家，此時已不知去向。

孫悟空一看不見了唐僧，急得跌腳捶胸，放聲高叫："師父，你在哪裏？"正在吆喝時，忽聞得一陣香煙撲鼻，便尋思道："這香煙是從後面飄出，那妖精會不會躲到後面去了？"悟空拽開步，提着鐵棒，走進去一看，也不見有什麼動靜。聞着香煙，尋至一間靜室，只見近後壁鋪設着一張龍吞口雕漆供桌，桌上有一個大香爐，爐內香煙馥郁。上則供着一個大金字牌，牌上寫着"尊父李天王之位"、"尊兄哪吒三太子之位"。孫悟空見了，滿心喜歡，也不去搜妖怪，找唐僧，把鐵棒捻作個繡花針，放在耳朵裏，把牌子、香爐拿了，駕雲出洞。

到了洞門外，孫悟空把牌子、香爐放在地上，招呼八戒、沙僧來看。沙僧問："這是什麼意思？"

悟空說："這是那妖精家裏供的。我闖入她住所，沒找到一個人，卻發現了這牌位。從這上面的字樣推斷，想來這妖精是李天王之女，哪吒之妹，因思凡下界，化為妖邪，將我師父捉去了。你們兩個在此把守，等老孫拿了這牌位、香爐，去玉帝前告個御狀，讓那天王還我師父。"

八戒、沙僧聽了，喜道："哥啊，告得有理，必得上風。你快去快回，遲了恐怕妖精傷害師父性命。"

孫悟空拿着牌位、香爐，身子一縱，駕祥雲，至南天門，又來到靈霄殿下，玉帝讓他進殿。悟空把牌位、香爐放下，向上行了禮，奉上狀紙。玉帝從頭看了，就在原狀上作了御批，派太白金星領了御批帶孫悟空一起到雲樓宮宣托塔李天王見駕。

孫悟空隨太白金星縱雲頭到了雲樓宮。那李天王出來見了，問太白金星：「你帶來了玉帝的什麼旨意？」

　　金星說：「是孫大聖告你的狀子，上有玉帝御批。」

　　李天王又驚又惱，問：「他告我什麼？」

　　金星說：「告你借妖攝陷人口事。你焚了香，自家開讀。」

　　李天王設了香案，望空拜了。拜畢，展開聖旨看了。看完，大怒道：「這個猴頭，錯告我了！」金星說：「天王息怒。現有牌位、香爐在御前作證，說那妖精是你女兒。」

　　李天王說：「我除金吒、木叉、哪吒三個兒子外，只有一個女兒，現年七歲，還不懂事，怎麼會做妖精？這猴頭着實無禮，別說我是天上元勛，封受先斬後奏之職，就是下界小民，也不可誣告！」

　　李天王越說越氣，下令：「拿縛妖索來，把這猴頭捆了！」李天王手下的巨靈神、魚肚將、藥叉雄帥等天神，一擁而上，真的把孫悟空捆了。

　　金星勸告道：「李天王莫闖禍啊！我在御前領旨同他一起來宣你，你倒捆他。那索兒厲害，捆壞了他，你可要倒霉的！」天王不以為然，說：「金星啊，似他這等誣告，怎麼能容他？你坐一會，讓我取砍妖刀砍了這個猴頭，然後和你去見玉帝！」

　　金星見李天王取刀，心驚膽戰，對悟空說：「你幹事差了。御狀可是輕易告的？你也不查訪清楚，就這樣亂弄，現在怎麼辦？」孫悟空全然不懼，笑吟吟道：「老官兒放心，老孫的買賣，一準先輸後贏。」

　　李天王取來砍妖刀，望孫悟空劈頭就砍。這時，哪吒趕上前來，以斬妖劍把刀架住，說："父王息怒！"李天王問："孩兒，你有何話說？"

哪吒說："父王，你是有個女兒在下界哩！"李天王說："我只生你妹妹一個女兒，哪裏又冒出一個女兒來？"

哪吒便說出一段往事來。原來，三百年前，下界有個老鼠精，在靈山偷吃了如來佛的香花寶燭。如來差李天王父子把她抓住了，本該打死，但如來可憐她，故讓李天王父子饒了她性命。那妖精為感恩，拜李天王為父，拜哪吒為兄，在下方供設牌位，侍奉香火。現在孫悟空來告的，肯定就是這個妖精，名叫金鼻白毛老鼠精。

李天王聽了，猛然省悟，放下砍妖刀，親手來給孫悟空鬆綁。

錯綁悟空　潘裕鈺　畫

但孫悟空不讓解，說："哪個敢解我？就連繩子抬去見玉帝！"

李天王無法，只得請太白金星勸說孫悟空。金星對李天王說："你幹事忒緊了些，又要捆他，又要殺他。這猴子是個有名的賴皮，弄到這樣了你叫我怎麼處理？按太子説的，那妖精雖不是你親女，卻也是恩女。你也有個罪名。"

李天王再三哀求太白金星給個方便。金星便走到悟空跟前，用手摸着悟空説："大聖，看我薄面，解了繩好去見駕。"悟空説："老官兒，不用解。我會滾法，一路滾就滾到靈霄殿了。"

金星又反復勸説，孫悟空才鬆了口，但要李天王親自解。李天王這才上前，解了縛，請孫悟空上坐，並和哪吒一起向他施禮致歉。

孫悟空對太白金星説："老官兒，怎麼樣？我説先輸後贏吧。快催他去見駕，莫誤了我的師父！"金星轉身急催李天王："快走！快走！"

李天王不敢去見玉帝，生怕説不清楚這件事。於是，他只得又求太白金星勸説孫悟空。三個商議下來，決定這樣做：李天王、哪吒率天兵前去捉拿妖精，救出唐僧，此刻先去南天門外等候；孫悟空隨太白金星向玉帝繳旨，然後到南天門與李天王、哪吒會合，一起下界。

孫悟空見過玉帝後，即來到南天門外。李天王父子與眾天兵神將接了大聖，風滾滾，霧騰騰，一齊墜下雲頭，早到了陷空山上。

豬八戒、沙僧兩個正眼巴巴地等着，見來了天兵天將，自是大喜，隨即上前和李天王父子見了禮。

李天王東張西望，問道："這個山就是陷空山了？但不知她的洞門朝哪邊開的？"

孫悟空説："跟老孫來便是了！"眾人跟他來到那大石邊，孫悟空指那缸口大的門兒道："這就是了。"

李天王作了安排：孫悟空和哪吒領着兵將下去；他和八戒、沙僧在洞口把守。裏應外合，萬無一失。

孫悟空、哪吒領了兵將下洞，從那妖精舊宅開始，一個個洞門挨戶搜尋，吆吆喝喝，一重又一重，一處又一處，差不多把那三百里地面上的草都踏光了，才在東南角上發現一個小洞。往下一望，洞裏一重小門，一間矮屋，盆栽了幾種花，檐旁長着數竿竹，黑氣氤氳，暗香馥馥。

哪吒、悟空等一擁而入，洞內羣妖無處可躲，一個個嚇得戰戰兢兢。那金鼻白毛老鼠精見來了哪吒，嚇得跌倒在地，連聲哀求饒命。

哪吒說："這是奉天旨來拿你，不是鬧着玩兒的。左右，取下縛妖索，把她縛了！"

進洞的天兵立刻把妖精縛了起來。

孫悟空尋着唐僧、白馬、行李，與哪吒等一齊出洞。唐僧拜謝了李天王父子。八戒、沙僧恨透了老鼠精，要殺了她，被李天王勸住，說這是奉旨捉拿的，必須去繳旨。

眾人說了幾句話，李天王父子領着兵將，押着那鼠精回天界銷差。孫悟空等則扶唐僧跨上白馬，走下陷空山，重新踏上了西去的征程。

運神通巧過滅法國

第三十九章

　　唐僧在三個徒弟的保護下，從陷空山向西走了一二個月，不覺夏天已經來臨。師徒四眾迎着那薰風梅雨正走着，忽見對面走來一個老婆婆，手攙着一個小孩，對唐僧高聲報信說："前面五六里處是滅法國，那國王兩年前因有僧人背地裏說了他壞話，毀壞了他的名譽，曾許願要殺一萬個和尚。現已殺了九千九百九十六個，還缺四個正好湊夠數。故我勸你們不要再往前走了，免得有殺身之禍。"

　　唐僧嚇得跳下馬來，施禮問道："可有不經過城池的路，貧僧繞過去。"老婆婆笑道："繞不過去，繞不過去。除非是會飛的，就飛過去了。"

孫悟空睜開火眼金睛一看，來人乃是觀音菩薩和善財童子的化身，連忙下拜。觀音現出真身，足生祥雲，輕輕駕起。唐僧、八戒、沙僧慌忙跪下，頂禮膜拜。

觀音離開後，唐僧憂心忡忡。孫悟空勸慰說："不妨，不妨！"又對八戒、沙僧說："兄弟，你兩個好生保護師父，待老孫先去城中看看。"

孫悟空說着，將身一縱，唿哨跳在空中，來到滅法國上空，佇立在雲端裏，往下觀看。他尋思道："我就這副模樣下去，若撞見人，必定說是和尚，須變化一下。"於是，捻着訣，念動真言，搖身一變，變作個燈蛾，翩然飛向六街三市。

孫悟空飛到一條街道的拐角處，見有一家客店，就飛了進去。只見裏面有八九個人，都早早吃了晚飯，脫了衣服，卸了頭巾，各自上牀睡了。悟空心裏頓生一計：何不偷了他們的衣服、頭巾，化裝成平常百姓進城！於是，孫悟空展展翅膀，飛向油燈，一頭把那燈火撞熄。接着，他又搖身一變，變作個老鼠，吱吱叫了兩聲，跳下來，拿了衣服、頭巾就走。

孫悟空駕雲回到唐僧那裏，唐僧正在月光下坐等，見他回來，馬上問："徒弟，能過得滅法國嗎？"

悟空上前放下衣物："師父，必須裝扮成尋常俗人方可過去。所用衣冠老孫已經拿來了。"

唐僧不解："為什麼要這樣呢？"

悟空解釋道："若是和尚打扮，進城門時就會被軍士拿下。所以，宜裝扮成俗人。此時進城去，找家客店借宿住下，四更天就起來，悄悄出城，奔大路西行。"

沙僧説："師兄説得對！"

唐僧無可奈何，只得與三個徒弟一起換穿了俗人的衣巾。孫悟空又説："此去滅法國，我們要改變一下稱呼，互相之間要做兄弟稱呼：師父叫做唐大官兒，八戒叫做朱三官兒，沙僧叫做沙四官兒，我叫做孫二官兒。"

唐僧、八戒、沙僧都答應了。

孫悟空又説："到了客店，你們都別開口，只讓我一個開口答話。店主問我們做什麼買賣，就説是販馬的客人。把這白馬做個樣子，説我們共有十弟兄，我四個是先來租賃店房，準備賣馬的。"

唐僧無奈，也只好點頭。

師徒四人進了城，找到了一家客店。那店主是個五十多歲的寡婦，見客上門，忙熱情招呼，並吩咐伙計整治飯菜。孫悟空推説正吃素齋，讓準備了一桌素席。

飯後，唐僧悄悄問孫悟空在哪裏睡，悟空的意思是就在樓上睡。唐僧説："不好！那樓上房間多，常有人走動，我們睡着了，要是一翻身滾了帽子，露出光頭，被人看見，認得是和尚，叫起來，那怎麼辦？"

孫悟空想想也是，就把店主喚上來，問："我們在哪裏睡？"

店主説："樓上好睡。沒有蚊子，又正值南風，大開着窗，睡得可涼快了。"

孫悟空搖搖頭："睡不得。我們這朱三官兒有些寒濕氣，沙四官兒有些漏肩風。我和唐大官兒又只愛在黑處睡。"

店主聽了，想了一會，説："要説這樣的黑房間，本店是沒有的。不過，我這裏有一口大柜，有四尺寬，七尺長，三尺高，不透風，又不透亮，你們睡到那裏面去怎麼樣？」

孫悟空說：「好，好！」

店主就喚人把大柜抬到天井裏，唐僧幾個下了樓，來到柜邊。八戒先進柜，沙僧把行李遞入，攙着唐僧進去，自己也進到裏面。悟空也進了柜，吩咐店主把馬牽來，緊挨柜兒拴住；又讓蓋上蓋子，外面上鎖，叮囑店主於次日四更時分，準時來開。

唐僧四個到了柜裏，又悶又熱，便脫了衣服，摘了頭巾，用僧帽當扇子亂扇。到了二更時分，唐僧、沙僧睡着了，八戒也昏昏欲睡，只有孫悟空毫無倦意，他想和八戒開玩笑，便伸手過去將八戒腿上一捻。八戒把腳一縮，口裏哼哼道：「睡了吧！一路上怪辛苦的，還有什麼心思開玩笑？」

悟空搗鬼道：「我們的本銀是五千兩。上次賣馬賺了三千

裝扮進城 陳安民 畫

兩；現在這一羣馬賣了，估計還可賺他二千兩。這樣一本一利，白賺了五千兩。夠了，夠了！」

豬八戒只想睡覺，不去答嘴。

也是巧，這客店裏有個伙計是強盜的眼線。孫悟空說這話的時候，他正好從柜邊走過，聽得有那麼多銀子，馬上溜出去向強盜報信。那伙強盜聽了，糾集了二三十人，明火執仗地前來打劫。他們撞開店門，四處查尋「馬販子」。到樓上不見形跡，打着火把，四下照看，只見天井中有一張大柜，柜腳上拴着一匹白馬，柜蓋緊鎖，掀翻不動。他們估計這柜裏必是行李財帛，便找來繩索杠棒，把柜抬了就走。那匹白馬，也被牽着走了。

被抬的箱柜一路搖晃，八戒正睡着，被晃醒了，他以為又是孫悟空在搗鬼，便說：「哥哥，睡吧。搖什麼？」孫悟空說：「別說話，沒人搖。」

這時，唐僧、沙和尚也醒了，問：「是什麼人在抬着我們走啊？」悟空說：「莫問。讓他們抬！抬到西天，也省得走路。」

但那伙強盜卻並不往西，他們來到東城門，殺了守門的軍士，打開城門出去了。這樣一來，驚動了總兵衙門，總兵聞報，立刻點起人馬，出城追趕。強盜見官軍勢大，不敢抵敵，放下大柜，丟了白馬，各自落荒而逃。官軍也不追趕，把大柜、白馬弄回了衙門。那總兵當下就寫了奏折，以便次日向國王報告。

卻說唐僧在大柜裏，聽到外面的說話聲，知道處境不妙，不禁憂心忡忡，擔心明天見了國王，會成為刀下之鬼。孫悟空安慰師父說：「師父莫愁，明天見了國王，我自有對答，保準師父不受一絲傷害。」

三更時分，孫悟空拿出金箍棒來，吹口仙氣，變做一柄三尖頭的鑽子，挨柜腳鑽了一個眼子。接着他搖身一變，變做個螞蟻，從洞眼裏爬了出去。他一到外面，即現原身，踏起雲頭，來到皇宮門外。孫悟空使個"大分身普會神法"，把左臂上的毫毛都拔下來，吹口仙氣，叫聲"變"，都變做小悟空。又把右臂上的毫毛也都拔下來，吹口仙氣，叫聲"變"，都變做瞌睡蟲。接着，悟空又念一聲"唵"字真言，拘出當坊土地，讓他率領陰兵分赴皇宮內院、五府六部與各衙門大小官員宅內，給國王、王后及所有妃子、文官、武將每人一個瞌睡蟲，使人人穩睡，不許翻身。孫悟空又把金箍棒變作千百把剃頭刀，他拿一把，吩咐小悟空各人拿一把，分赴皇宮內院、五府六部與各衙門，給國王、宮妃、官員等剃頭。

　　一會兒，小悟空都來交差。孫悟空念動咒語，喝退土地；將身子一抖，收回毫毛；又把剃頭刀還復成一根金箍棒，縮小了放在耳朵裏。他仍變成螞蟻，鑽進柜裏，現了本相，合眼安睡。

　　天亮時分，皇宮內院裏的宮女起牀，發現沒了頭髮。那些大小太監，也都成了光頭。眾人大驚，一齊擁到國王寢宮外，個個流淚，但都不敢開口。一會兒，王后醒了，發現自己和國王都是光頭，不禁驚叫起來。

　　國王被驚醒了，嚇得魂不附體，說："怎麼會這樣子！"

　　這時，那些宮女、太監都來跪拜，說："主公，我們都做了和尚啦！"國王見了，禁不住眼中流淚，尋思這大概是自己殺害和尚犯了天怒的緣故，吩咐道："大家都不許說出落髮之事，免得引起文武羣臣的議論。"

　　國王吩咐畢，就上早朝了。不料文武百官都來奏報：各人一夜之間頭髮都沒了！國王愣了半天，方說：「從此以後，再也不敢殺和尚了！」

議定此事後，國王讓羣臣照常奏事。那總兵奏報說昨晚殺退一伙強盜，獲得賊贓一柜，白馬一匹。

國王說：「將柜抬來，把馬牽來。」

總兵官便派人去抬柜牽馬。那唐僧在柜裏嚇得戰戰兢兢，孫悟空心裏已經有數，安慰師父不必害怕。不一會，柜子被抬進了皇宮。國王下令打開柜蓋。蓋子剛揭開，豬八戒就一躍而出，嚇得那些大臣話都說不出來。接着，孫悟空攙出唐僧，沙和尚搬出行李。豬八戒見總兵牽着馬，走上前，咄的一聲道：「馬是我們的！拿過來！」嚇得總兵一跤跌翻在地。

國王見從柜子裏出來四個和尚，連忙下了龍座，恭恭敬敬問道：「長老

皆成光頭　陳安民　畫

從哪裏來？"唐僧回答："是東土大唐駕下差往西方天竺國拜活佛取真經的。"

國王又問："高僧遠來，為什麼在這柜裏安歇？"唐僧如實回答："聽說陛下有願要殺和尚，為避殺身之禍，不得不如此。"

國王說："朕以前殺和尚是錯的，現在寧可拜高僧為師，如果高僧肯收朕為門下，願將國中財寶獻上。"孫悟空說："我們是有道之僧，並不稀罕財寶。你只要把關文倒換了，送我們出城，我便保你皇位永固，健康長壽。"

國王聽了，忙讓安排筵席，親自陪同，即時倒換關文，又求唐僧改換國號。唐僧替他把"滅法國"改為"欽法國"。國王聽了，滿心歡喜，連聲道謝。宴畢，國王領羣臣送唐僧四眾出城西去。

虎口洞智奪兵器

第四十章

　　唐僧師徒離開隱霧山後，進入了天竺國地界，這天來到了一座城池——玉華城，城主是天竺皇帝的兒子，受封為玉華王。

　　在城中待客館落腳後，唐僧獨自拿了關文，去拜見那玉華王。玉華王是個專敬僧道，重愛黎民的賢王，他在唐僧關文上蓋印押花字後，命備素齋款待，當知道唐僧還有三個徒弟時，又讓人速去請來同進素齋。

　　不一會，孫悟空等三人來了。玉華王見他們生得醜陋，嚇得膽戰心驚，慌忙命典膳官帶唐僧師徒出府去吃齋，自己退殿進宮。玉華王有三個王子，一個個勇武好強，在問明了玉華王驚恐的情由後，三個王子禁不住伸拳捋袖，說：「會不會是山裏走來的妖精，扮作人樣？待我們拿了兵器去看看！」

於是，大王子拿一條齊眉棍，二王子掄一把九齒鈀，小王子取一根烏油黑棒子，雄糾糾，氣昂昂地走出王府，闖進唐僧師徒用齋的亭子，對着悟空、八戒、沙僧喝道：「你們是人是怪，快快説來，饒你們性命！」

八戒只管吃飯，未予理睬。沙僧和悟空欠身道：「我們都是人。面雖醜陋而心善良。你們是誰，怎麼這樣不客氣？」

典膳官説：「三位是我王之子小殿下。」

八戒問：「小殿下，拿着兵器幹什麼？」

二王子跳上前，舞鈀要打八戒。八戒笑道：「你那鈀只能給我的鈀做孫子！」説罷從腰間取出鈀來，晃一晃，金光萬道；把二王子唬得手軟筋麻，不敢舞弄。

孫悟空見了，一時高興，拿起金箍棒一個筋斗起到半空，左旋右轉地舞弄起來；八戒見了，忍不住駕起風頭，也到半空，丟開鈀，上三下四地賣弄起手段來；沙僧也不甘寂寞，手握寶杖，雙腳一跳，也起到空中，緊迎慢擋地展起神通來。一時間，半空中呼呼風響，艷艷光生。唬得三個王子一齊下拜，口中「神僧」、「神師」的亂叫。

三個小王子急回府中，把情況告奏玉華王，表示要拜孫悟空他們為師。

玉華王點頭贊同。等唐僧師徒用齋後，玉華王將唐僧師徒請往府堂。玉華王對唐僧説：「師父，我有一事奉求，不知三位高徒，是否能答應？」接着，玉華王就説了三個王子想拜孫悟空等三人為師學武之事。孫悟空聽了，忍不住呵呵笑道：「殿下，我們出家人，巴不得要傳幾個徒弟。令郎既有從善之心，我們當然答應。」

玉華王大喜，即命設宴。父子四人陪同唐僧師徒，一直吃喝到天晚，方才散席。

　　次日，三個王子向孫悟空、豬八戒、沙和尚行了拜師禮。禮畢，他們說："師父的兵器，可否借出來給弟子看看？"

　　豬八戒、沙僧聞言，欣然取出釘鈀、寶杖，倚在牆邊。二王子和三王子跳起來便拿，就如蜻蜓撼石柱，一個個掙得紅頭赤臉，莫想拿動分毫。

沙僧展神通　王家訓 畫

　　八戒笑道："難怪小殿下拿不動，我的鈀連柄有五千零四十八斤重哩！"沙僧笑道："我的杖也是五千零四十八斤。"孫悟空從耳朵裏取出金箍棒，迎風一晃，就有碗口粗細。他笑道："此棒重達一萬三千五百斤。"玉華王父子和眾官員見了，個個心驚。三個王子向前重重拜禮，虔心求授。

　　孫悟空問三個王子願學哪般武藝。大王子說學棍，二王子說學鈀，三王子則説學杖。

　孫悟空笑道：「你們既有誠心，可去焚香來拜了天地，我先傳你些神力，然後可授武藝。」

　三個王子聽了，即依言虔誠焚香禮拜。拜畢，請師傳法。孫悟空讓三個俯伏靜室之內，瞑目寧神。悟空暗暗念動真言，將仙氣吹入他三人心腹之中。一會兒，三個王子一齊爬起來，抹抹臉，精神抖擻，一個個骨壯筋強，大王子拿得動金箍棒，二王子掄得動九齒鈀，三王子舉得起降妖杖。

　玉華王見了，歡喜不勝。又讓安排素宴，答謝唐僧師徒。悟空等就在筵前一一傳授。三個王子，學棍的演棍，學鈀的演鈀，學杖的演杖。王子們練了一會，終究力氣不夠，氣喘吁吁。他們求告道：「師父的兵器實在太重，轉換艱難，是否可以請工匠照師父的兵器式樣，減削斤兩，各打造一件？」

　豬八戒説：「好！好！正該另造。」

　王子於是召來鐵匠，就在王府內前院支爐鑄造。第一天先把鐵煉熟，次日請悟空等三人把金箍棒、九齒鈀、降妖杖，都取出放在爐前，看樣造作。

　這兵器是孫悟空三人的隨身之寶，平時會放光閃彩，只因藏在身上，所以不見；今放在爐前空地上，那霞光瑞氣沖天罩地。晚上，這霞光瑞氣驚動了城外豹頭山虎口洞裏的一個妖精，他駕起雲頭探看。發現光彩是從州城放出來的，便按下雲來，近前觀看。他見到這三件兵器，大喜過望，便弄起威風，把三件兵器一併收了，轉回本洞。

　次日天明，幾個鐵匠醒來，發現三件兵器不見了，一個個呆若木雞，四下尋找，也沒找到，只得向玉華王報告。玉華王聞報，臉孔變色，沉吟半晌，說：「神師兵器，不是凡物，就有百十餘人也挪不動。這事很是蹊蹺啊！」即叫人將孫悟空他們請來。孫悟空一聽，問道：「殿下，你這州城四面，可有甚麼山林妖怪？」

玉華王說：「我這州城之北約七十里處，有一座豹頭山，山中有一個虎口洞，聽說那洞裏有一個甚麼怪物。」

悟空說：「莫不是那裏的妖怪晚上來偷去了？」說着，他吩咐八戒、沙僧保護師父，自己去那豹頭山打探。

孫悟空駕雲來到那山上，剛按下雲頭，就看見兩個狼頭妖怪，正在閒聊。悟空立時變做一隻蝴蝶，飛在妖怪上方，飄飄蕩蕩，聽他們說話。不一會就弄清了情況：原來，那妖精盜得那三件兵器後，決定開一個嘉會慶賀，宴請羣妖。這兩個小妖，是拿了二十兩銀子到附近一個叫「乾方集」的小鎮去買豬羊的。

孫悟空頓時有了主意，他飛向前邊，現了本相，在路口立定，遠遠地噴了口唾沫過去，念一聲咒語，即使個定身法，把兩個小妖定住。然後走上前去，揭衣搜檢，果然有二十兩銀子，又各掛一塊腰牌，一個寫着「刁鑽古怪」，一個寫着「古怪刁鑽」，估計是兩個小妖的名字。

孫悟空返回州城，把情況向眾人說了一遍，然後說了一個計策。

八戒、沙僧和三個王子聽了，連稱妙計，笑道：「事不宜遲，即按計行事！」

王子們忙命管事的去買了八口豬、七隻羊，讓悟空等趕了走。師弟兄三個出了城，豬八戒變做刁鑽古怪，悟空變做古怪刁鑽，各

把腰牌掛在身上；沙僧打扮得像個販豬羊的客人。他們趕着豬羊，上大路，直奔豹頭山。山凹裏，他們又遇到一個小妖。那小妖手裏

豹頭山上　戴敦邦　畫

拿了一個彩漆匣，內裝請帖，說是要去竹節山請什麼"祖翁"前來赴會，邊走還邊催他們趕快將豬羊趕回去，以早作準備。

　　三個人尋到虎口洞，只見洞口有一羣小妖在玩耍。他們聽得"呵呵"趕豬羊的聲音，都來迎接，捉豬的捉豬，捉羊的捉羊，那吆喝聲早驚動了洞中的妖王，他出來問道："你們兩個回來了？買了多少豬羊？"孫悟空說："買了八口豬、七隻羊，共十五個牲口。豬銀該十六兩，羊銀該九兩，剛才向大王領銀二十兩，還欠五兩。這個就是賣豬羊的客人，跟來要銀子的。"

　　妖王聽了，吩咐道："小的們，取五兩銀子，打發他去。"孫悟空說："這客人還想看看大王新得的寶貝。"

　　妖王大惱，喝道："你這個刁鑽兒，你買東西罷了，又與人說什麼寶貝不寶貝！"八戒上前道："主公得了寶貝，誠是天下之奇珍，就讓他看看怕什麼？"

　　妖王又喝道："咄！我這寶貝，乃是玉華州城中得來的，這客人看了，如傳揚開去，引得玉華王請神仙來索討，那怎麼辦？"孫悟空說："主公，這客人是乾方集後邊的人，離州城很遠，哪裏去傳說？再說他肚子也餓了，家中有現成酒飯，賞他些吃了，再打發他去吧！"

　　妖王點了點頭："嗯。"

　　這時，一個小妖取來五兩銀子遞

給孫悟空。悟空將銀子遞給沙僧：“客人，收了銀子，和我們進去吃些飯吧！”

沙僧隨悟空、八戒進入洞內，來到廳上，只見正中間桌上，高高地放着一柄九齒釘鈀，廳東頭靠着一條金箍棒，廳西頭靠着一條降妖杖。那妖王跟在後面，對沙僧說：“客人，這三件便是寶貝。你看便看，只是出去了莫對別人說。”沙僧喏喏連聲，點頭稱是。

豬八戒見了自己的兵器，哪裏還顧得什麼，跑上去，拿下來，掄在手中，現了本相，往妖王劈臉就筑。悟空、沙僧也各奔至廳兩頭拿器械，現了原身。三弟兄一齊亂打，慌得那妖王急抽身閃過，轉入後邊，取一柄四明鏟，趕到天井中，支住他三件兵器，厲聲喝道：“你們是什麼人？敢弄虛頭，騙我寶貝！”

孫悟空罵道：“你這個賊毛團，我們是東土唐僧的徒弟！這兵器本是我們的，被你這廝偷來了，倒說我們弄虛頭騙你寶貝！不要走，看棒！”

三弟兄一齊揮兵器進攻，那妖王舉鏟來敵。四個混戰一團，從天井中鬥至前門外。漸漸地，那妖王抵敵不住，向東南方向乘風飛去。孫悟空三人也不追趕，去洞裏把那些小妖全部打死，原來都是些豺狼虎豹，馬鹿山羊。沙僧點了一把火，把那巢穴燒得乾乾淨淨。

孫悟空三人返回州城，那玉華王聽說情況後，又喜又憂。喜的是失竊兵器已追回，憂的是擔心妖怪來尋釁報復。孫悟空說：“殿下放心。我們一定把妖怪掃除盡絕，方才起行，決不至貽害於後。”

玉華王稱謝了，吩咐擺上晚齋款待唐僧師徒。師徒們齋畢，便往寢處安歇，當晚無事。

九頭獅搖頭逞兇

第四十一章

　　豹頭山虎口洞那個竊兵器的妖精，是一頭獅精，名叫黃獅。他還有六個弟兄，全是妖精，名字分別叫猱獅、雪獅、狻猊、白澤、伏狸、搏象。兩年多前，不知從哪裏來了一頭神通廣大的九頭獅怪，自稱"九靈元聖"。黃獅等七怪就拜他為祖翁。

　　黃獅精得了三件兵器，原準備開個嘉會，請九頭獅和六怪一起來觀賞慶賀。不料，孫悟空三人竟尋上門來，奪回兵器。他只得落荒而逃，前往竹節山向九頭獅哭訴。

　　九頭獅聞言，默想片刻，笑道："賢孫，你不識人頭，錯惹他們了。那三個和尚，長嘴大耳的，是豬八戒；晦氣色臉者，是沙和尚，這兩個猶可。那毛臉雷公嘴的，叫做孫悟空，此人神通廣大：五百年前曾大鬧天

宮，十萬天兵也不曾拿得住。你怎麼去惹他？——也罷，等我和你去州城，把那廝連玉華王等都捉來替你出氣。"

黃獅精聽了，連忙叩頭致謝。

當下，九頭獅率領七個獅怪，風滾滾，霧騰騰，直撲州城。玉華王聞報，大驚失色："這怎麼辦？"

孫悟空笑道："不要緊，這是虎口洞那妖精糾集同伙來報仇了。等我同師弟出去迎戰。你傳令關上城門，派兵卒上城牆守護就是了。"

孫悟空、豬八戒、沙僧出了城頭，見那伙妖精都是些雜毛獅子。豬八戒走上前去，張口就罵。那黃獅精咬牙切齒，舉鏟便打。八戒揮鈀相迎。兩個才交手，還未見高低，那猱獅精掄一根鐵蒺藜，雪獅精使一條三楞簡，上前助戰。八戒發一聲喊道："來得好！"四個身影橫衝直撞，鬥在一處。

沙和尚急掣降妖杖，去幫八戒。狻猊精使悶棍，白澤獅使銅錘，搏象使鋼槍，伏狸使鉞斧，一擁而上。孫悟空見了，連忙揮棒相迎。七個獅子精和三個和尚戰成一團，鬥了半日，不覺天晚。豬八戒漸漸手痠腳軟，虛晃一鈀，敗下陣去。雪獅、猱獅二精喝道："哪裏走？看打！"八戒躲閃不及，脊梁上挨了一簡，跌倒在地，兩個妖精搶上一步，將豬八戒揪鬃拖尾，扛着去見九頭獅怪，說："祖爺，我們抓住了一個！"

孫悟空見勢不妙，拔一把毫毛，嚼碎了噴出去，叫聲"變"，即變作百十個小悟空，圍圍繞繞，將眾獅怪裹在中間。沙僧、悟空又上前亂打。到天黑，拿住狻猊、白澤二精怪。九頭獅怪見失了二獅，吩咐："把豬八戒捆了，不可傷他性命，來日可用他去換我二獅。"

　　當晚，羣妖就安歇在城外。

　　孫悟空率眾小悟空把兩個獅子精抬近城邊。玉華王見了，即差校尉拿繩索、杠棒出城門，綁了獅精，扛入城裏，關入鐵籠。

　　孫悟空、沙僧上了城樓，來見唐僧。唐僧有些擔憂，說："這些獅精很是厲害啊！八戒被抓，不知情形如何？"悟空說："沒事，我們捉了他兩個，他們就不敢傷害師弟。"

　　次日天明，那九頭獅怪向黃獅精授計："你們五個今日用心拿那悟空、沙僧，我暗自飛上城去，拿住唐僧及玉華王父子，先轉回竹節山家裏，在那兒等你們得勝的消息。"

"小悟空"發威　廖正華　畫

　　黃獅精領計，引猱獅、雪獅、搏象、伏狸各執兵器到城邊索戰。孫悟空、沙僧跳出城頭迎戰。五個獅子精也不開腔，一擁而上，圍住悟空、沙僧廝鬥。這邊正殺到好處，那九頭獅怪駕着黑雲，徑直騰至城樓上，搖一搖頭，唬得那些守城的都滾下城去。九頭獅怪奔入樓中，張開口，把唐僧和玉華王父子一併銜出；到了城外，把八戒也銜了。原來他九個頭就有九張口，一口銜着唐僧，一口銜着八戒，一口銜着玉華王，一口銜着大王子，一口銜着二王子，一口銜着三王子，六口銜着六人，還空了三張口，發聲喊叫道：「我先去了！」

孫悟空聽見城上人聲喧嚷，情知中了妖精之奸計，急喚沙僧「仔細」；他把臂膊上毫毛拔下，入口嚼爛噴出，變作千百個小悟空，一擁而上。當即拖倒猱獅，活捉了雪獅，拿住了摶象獅，扛翻了伏狸獅，並將黃獅打死。鬧哄哄地嚷到州城之下，那城上官兵看見，馬上開門，用繩索把獅精都捆了，抬進城去。

孫悟空、沙僧剛上城樓，只見那王妃哭哭啼啼前來：「神師啊，我殿下父子並你師父，都已被九頭獅怪抓去啦！怎麼辦呢？」孫悟空說：「賢后莫愁。那九頭獅有六隻獅怪被我拿在這裏，所以他們不敢立刻傷害我師父和殿下父子。待明日清晨，我兄弟二人去那山中營救他們。」王妃這才稍稍放心，含淚還宮。

次日清早，孫悟空和沙僧駕起祥雲來到竹節山。兩人按下雲頭，發現崖谷中有一座洞府。洞口有兩扇花斑石門，門上嵌着一塊石板，上面鐫刻了十個大字：萬靈竹節山，九曲盤桓洞。

門口小妖看到孫悟空、沙僧，立即入內向九頭獅怪報告。

九頭獅怪問道：「黃獅和猱獅、雪獅、摶象、伏狸可曾來？」

小妖說：「不見，不見！只來了兩個和尚。」

九頭獅怪具有千里察知之能，低頭不語，片刻已知道是怎麼回事，掉下淚來，叫道：「苦啊！我黃獅孫死了！猱獅孫等又盡被和尚捉進城去了！」稍停，又叫道：「小的們，好生在此看守，等我出去拿那兩個和尚進來，一起懲治！」

這妖怪既不披掛，也不拿兵器，大踏步走到前邊，只見孫悟空正吆喝索戰。他就大開洞門，也不答話，直奔悟空。悟空使鐵棒，當頭支住。沙僧掄寶杖就打。九頭獅怪把頭搖一搖，左右八個頭，一齊張開口，即把悟空、沙僧噙住。回到洞裏，吩咐小妖拿繩索來綁了。

九頭獅怪說：「你這潑猴，把我那七個兒孫捉了，我今拿住你和尚四個，王子四個，也足以抵得我兒孫之命。小的們，拿柳棍來，先打這猴頭一頓，給我黃獅孫報仇！」

三個健壯小妖，各執柳棍，專打孫悟空。悟空本是熬煉過的身體，隨他們怎麼捶打，並不介意。倒把唐僧、八戒、沙僧並玉華王父子看得一個個毛骨悚然。

沙僧見打得多了，說：「我替他挨百十下罷！」

九頭獅怪說：「你且莫忙，明天就打到你了。一個個挨過來，誰也逃不過。」

這樣一直打到天黑。九頭獅怪吩咐：「且住，點起燈來，先吃晚飯。然後，我去睡一會，你們小心看守。」

晚飯後，三個小妖移過燈來，拿柳棍又打孫悟空的腦蓋，恰似敲梆子一樣，緊幾下，慢幾下，一直打到夜深，才住手睡覺。

孫悟空就使個遁法，把身子縮小，脫出繩來，抖一抖毫毛，整束了衣服，從耳朵裏取出棒來，晃一晃，有吊桶粗細，二丈長短，對準三個小妖輕輕一壓，就壓作三個肉餅。悟空剔亮了燈，給沙僧解繩子。

豬八戒是最早被綁上的，見悟空不先來替自己鬆綁，急了，忍不住大聲叫道：「哥哥，我的手腳都捆腫了，怎麼不先來解脫我！」

這一下驚醒了九頭獅怪，他一躍而起，喝問道：“是誰人解脫？”

孫悟空聽見，一口吹熄燈火，也顧不得沙僧等眾人，使鐵棒，打破幾重門走了。九頭獅怪過來一看，也不去追趕，把沙僧綁綁緊，吩咐小妖修好門，嚴加看守，待天明再作計議。

孫悟空逃出洞府，回轉玉華州。玉華城城頭上一幫金頭揭諦、六甲六丁神將，正押着一尊土地，見孫悟空返回，都下跪道：“大聖，我們把竹節山土地押解至此，他知那妖精的根由，大聖問個明白，就好處治了。”

孫悟空聽了，大喜，讓那土地快說。

土地說：“若要處治九頭獅怪，須去東極妙岩宮請他主人公來。”

孫悟空猛然想起：東極

拳打九頭獅 戴敦邦 畫

307

妙岩宮太乙救苦天尊的坐騎是一個九頭獅子，他估計正是這頭獅子逃下界來為妖了！對，去找天尊！

孫悟空當即縱筋斗雲來到東天門妙岩宮前。那宮前仙童見到孫悟空，即入宮報告。

天尊即命侍衛眾仙迎接。孫悟空進宮，和天尊見禮後，把九頭獅怪的情況說了一遍。

天尊聞言，命神將去獅子房喚養獅的獅奴來問。眾神將去獅子房一看，獅奴正在熟睡，那九頭獅子果然不見了。原來，這獅奴前天偷了一瓶仙酒，喝醉了，那九頭獅便乘機私逃下界。天上一日，地下一年。獅奴睡了兩天多，那九頭獅子在下界已經混了兩年多了。當下，神將把獅奴推醒，揪去見天尊。天尊問明情況，命獅奴隨他下界去收伏九頭獅子。

天尊遂與孫悟空、獅奴，踏雲來到竹節山。到了洞外，天尊讓孫悟空去索戰，把九頭獅引出來。孫悟空聽言，掣棒大喝："潑妖精，還我人來！"

九頭獅怪聽見了，大怒，爬起來衝至洞外，搖搖頭，便張口來銜。孫悟空轉身躍上高崖，笑道："你還敢這等大膽無禮！你死活也不知哩！這不是你主公在此？"

九頭獅怪趕到崖前，早被天尊念聲咒語，喝道："我來了！"獅怪認得是主人，不敢掙扎，四隻腳伏在地上，只是磕頭。那獅奴跑上去，一把擭住項毛，用拳頭打了百十下，嘴裏只是罵。九頭獅合口無言，不敢搖動。獅奴把帶來的錦鞍安在獅背上，天尊騎上去，喝聲"走"，九頭獅縱身駕起彩雲，回轉妙岩宮而去。

孫悟空走入洞裏，把唐僧師徒、玉華王父子都鬆了綁，在洞裏放了一把火，然後一行人返回州城。

　　次日，孫悟空關照王府廚子，把那六頭獅子殺了，連同那已死的黃獅，都剝了皮，獅肉由玉華王處置。玉華王十分歡喜，下令：將一頭留在本府供上下人食用，一頭給州城官員分享，五頭剁做一二兩重的塊塊，差校尉散給軍民，大家吃些，一則嘗嘗滋味，二則壓壓驚恐。

　　那些鐵匠已把三件兵器造好了，大王子的金箍棒重千斤，二王子的九齒鈀和三王子的降妖杖各重八百斤。孫悟空、豬八戒、沙和尚就向三個王子一一傳授武藝。不數日，唐僧見三個王子已經學會了進退各路解數，這才命悟空、八戒、沙僧收拾行裝，向玉華王父子告辭起程。

鬥犀牛搬兵請四星

第四十二章

　　玉華州往西數百里地處，有一座城池，也是天竺國地界，叫金平府。唐僧師徒四個來到該城，投宿在慈雲寺。慈雲寺的僧人熱情地接待他們，並挽留他們過了元宵節再走。

　　元宵節那天晚上，唐僧師徒和慈雲寺僧人一起外出看燈。他們來到金燈橋畔，只見橋上陳列着三盞金燈。那燈有水缸般大，上面罩着玲瓏剔透的兩層樓閣，都是細金絲編成的；內托着琉璃薄片，其光晃月，其油噴香。慈雲寺僧人告訴唐僧，這三缸精製而成的酥合香油一共一千五百斤，只點得三夜；從前日點到今夜，有佛爺現身來過一趟，油就沒了，燈也熄了。

　　正說着，只聽到半空中呼呼風響，唬得那些看燈的百姓盡皆四散。慈雲寺僧人對唐僧説："佛爺來了，還是趕快離開這兒吧！"

唐僧笑道："弟子原是思佛念佛拜佛的人，今逢佳景，果有諸佛降臨，正該拜拜才是，怎能離開？"

眾僧又勸了幾次，唐僧仍然不肯離去。一會兒，風中果然現出三位佛身，漸漸近燈來了。唐僧見了，連忙跑

師徒賞燈　陳安民　畫

上橋頂，倒身下拜。孫悟空叫道："師父，這不是佛，乃是妖邪！"話音未落，只見燈光昏暗，呼的一聲，三個妖怪把唐僧抱起，駕風而去。慌得八戒兩邊尋找，沙僧左右招呼。悟空叫道："兄弟，不須在此叫喚。師父已被妖精抓去了！"

孫悟空吩咐八戒、沙僧同眾僧回慈雲寺，看守馬匹、行李，由他去追趕妖精，解救師父。

孫悟空急縱筋斗雲，升至半空，聞着那腥風之氣，往東北方向追趕。趕到拂曉，風停了，見有一座大山，十分險峻。孫悟空落在山崖上，正要找尋路徑，只見年、月、日、時四值功曹迎面走來，朝他施禮。功曹告訴孫悟空："此山叫青龍山，山上有個玄英洞。洞中有三個犀牛精：大的名叫辟寒大王，第二個叫辟暑大王，第三個叫辟塵大王，在此已有千年了，都有些神通。"

311

孫悟空聞言，便去找那玄英洞。走了數里，只見那澗邊有一石崖，崖下是座石屋。屋有兩扇石門，半開半掩。門旁立有石碣，上有六字：青龍山玄英洞。孫悟空大聲喝叫道：「妖怪，快送我師父出來！」

那三個妖怪聽小妖一報，立刻披掛執械，率領眾妖走出洞門，喝道：「是誰人敢在我這裏吆喝！」

孫悟空上前高叫道：「潑賊怪！認得老孫麼？」

妖精喝道：「你是那鬧天宮的孫悟空？真個是『聞名不曾見面，見面羞殺天神』！你原來是這麼一個猢猻，也敢說大話！」

孫悟空大怒，罵道：「油嘴妖怪，少說廢話，快還我師父來！」趕近前，掄鐵棒就打。

那三個妖怪，各舉兵器，急架相迎。孫悟空以一敵三，與對方鬥了百餘會合，直至傍晚，勝負未分。那辟塵大王把撾藤閃一閃，跳過陣前，將旗搖了一搖。那伙小妖簇擁上前，把孫悟空圍住，各掄兵器，上來亂打。孫悟空見勢頭不好，唿喇一聲縱起筋斗雲，敗陣而走。

孫悟空回到慈雲寺，把情況向八戒、沙僧說了。三個人吃了些東西，縱起祥雲，一起出城，頃刻間即至青龍山玄英洞口，按落雲頭。豬八戒上前欲筑門，孫悟空說：「且慢，我先進去看看師父生死如何。」

孫悟空收了棒，捻着訣，念聲咒語，變做一隻小飛蟲，從門縫裏鑽了進去。入內，只見那些小妖橫的橫，直的直，躺倒一片，一個個呼聲如雷，盡皆睡熟。飛至中廳裏面，全無消息。四下門戶都關着，不知那三個妖精睡在哪裏。悟空轉過廳房，只聞得啼泣之聲，一看，唐僧被鎖在後房檐柱上正哭哩。悟空飛上去，輕聲道：
"師父，我來了！"說着，現了本相。

唐僧轉悲為喜，問道："八戒、沙僧也在外邊？"

悟空説："在外邊。剛才老孫看時，妖精都睡着了。我且解了
鎖，弄開門，帶你出去罷！"

唐僧點頭稱謝。

孫悟空使個解鎖法，用手一抹，那鎖早自開了。他正領着師父
往前走，忽聽得妖王在中廳內房裏叫道："小的們，緊閉門戶，小
心火燭。這會怎麼不叫更巡邏，梆鈴都不響了？"原來那伙小妖白
天打仗辛苦，都睡着了；聽見叫喚，才驚醒過來。他們連忙敲梆
鈴，執器械，往後面巡邏，正好撞着唐僧和孫悟空，一齊吶喊起
來。悟空掣出棒晃一晃，碗來粗細，逢妖就打。棒起處，打死兩
個。其餘的丟了器械，奔到中廳，打着門大叫："大王，不好了！
毛臉和尚在家裏打殺人了！"

那三個妖精聽見，一骨碌爬起來，大叫："拿住！拿住！"

唐僧嚇得手麻腳軟。孫悟空顧不及師父，一路舞棒，將遮架的
小妖放倒三兩個，推倒兩三個，打開幾層門，跑出洞來。八戒、沙
僧迎上去，悟空把情況説了一遍。沙僧見洞門已關閉，聽聽裏面沒
有聲響，便説："閉門不喧嘩，想是暗弄我師父，我們動手吧！"

悟空點頭："説得是。趕快打門！"

八戒賣弄神通，舉鈀盡力築去，把那石門築得粉碎，厲聲喊罵
道："偷油的賊怪！快把我師父送出來！"

三個妖精大惱，立刻各持兵器，率小妖出門迎敵。此時約有三
更時分，皓月當空，照得洞外山坡上亮如白晝。三個妖精和三個和

尚借着這月色，大打出手，戰鬥多時，不見輸贏。那辟寒大王喊一聲：「小的們上來！」眾小妖一擁而上，早把八戒絆倒在地。幾個水牛精揪揪扯扯，合力將八戒拖入洞裏捆了。

沙僧正打着，忽見沒了八戒，只聽得「哞哞」牛叫聲，心裏發慌，即揮寶杖，往辟塵大王虛丟個架子要走，卻又被羣妖一擁而來，拉倒在地下，急掙不起，也被捉去捆了。孫悟空見情況不妙，急縱筋斗雲，脫身而去。妖精得勝回洞。

孫悟空離了青龍山，尋思那三個妖精神通廣大，自己難以對付，看來只有上天界去討援兵了。想着，他一個筋斗，翻上了天，來到西天門外。

太白金星正在西天門外和增長天王及殷、朱、陶、許四大靈官講話，一見孫悟空，慌忙施禮：「大聖哪裏去？」

孫悟空把來意說了一遍，臨末道：「老孫因此特來啟奏玉帝，查他們的底細，請降旨命天將去降伏。」

金星說：「那是三個犀牛精，因有天文之象，纍年修悟成真，亦能飛雲步霧；都有一孔三毛二角，行於江海之中，能開水道。若要拿獲，須請四木禽星前往。」

孫悟空連忙行禮，問道：「四木禽星今在何方？煩長庚老一一明示。」

金星笑道：「此星在斗牛宮外，羅佈乾坤。你去奏聞玉帝，便見分曉。」

孫悟空謝過金星，進入天門，不一時，來到靈霄殿下，向玉帝奏明情況。玉帝問："你想點哪路天兵相助？"

悟空奏道："煩請四木禽星相助。"

玉帝即差許天師同孫悟空去斗牛宮點四木禽星下界。兩人到了宮外，早有二十八星宿來接。許天師一傳玉帝旨意，即有角木蛟、斗木獬、奎木狼、井木犴應聲呼道："孫大聖，點我們去何處降妖？"

孫悟空說："原來是你們四位，老相識了。妖精在金平府東北側青龍山玄英洞，是犀牛成精。"

當下，四星宿即隨孫悟空下界。到了青龍山，四星宿說："大聖不必遲疑，你先去索戰，引他們出來，我們隨後動手。"

孫悟空便到洞前罵道："偷油的賊怪，還我師來！"三個妖精聞報，即率小妖，各執槍刀，搖旗擂鼓，走出洞來，對孫悟空喝道："你這個不怕打的猢猻，怎麼又來了！"

孫悟空最惱的就是別人叫他"猢猻"，不由得咬牙發狠，舉鐵棒就打。三個妖精忙調小妖跑個圈子陣，把孫悟空圈在垓心。他三個這裏鬧騰騰忙調兵，不提防那四木禽星突然冒將出來，一個個各掄兵刃，喝道："孽畜，休動手！"

三個妖精見了四星，心中害怕，都說："不好了！我們的克星來了！小的們，各顧性命走啊！"一時間，只聽得"呼呼吼吼"，"喘喘呵呵"，眾小妖都現了原形。原來都是些山牛精、水牛精、黃牛精，此刻都一個個亂了方寸，滿山裏奔。那三個妖精，也現了本相，放下手來，豎起四隻蹄子，往東北方向跑。孫悟空、井木犴、角木蛟緊追急趕，毫不放鬆。斗木獬、奎木狼在山凹裏、山頭上、山澗中、山谷內，把那些慌不擇路的牛精都打死了，然後去玄英洞救出了唐僧、八戒、沙僧。

三個犀牛精一路急逃，直竄進西洋大海。孫悟空、井木犴、角木蛟也追進海裏，六個惡鬥了一番，三妖不能抵敵，撥轉頭往海心裏飛跑。早有探海的夜叉報知西海龍王敖順。敖順即喚太子摩昂："快點水兵。想是大聖追趕犀牛精辟寒、辟暑、辟塵三個。今既至

擒獲犀牛精 陳安民 畫

海，快快拔刀相助。」

摩昂得令，即忙點兵。項刻間，蝦兵蟹將各執槍刀，一齊吶喊，衝出水晶宮外，擋住犀牛精。犀牛精不能前進，急退後，又有井、角二星和孫悟空攔阻，慌得失了群，各自逃生，分頭奔走。那辟塵大王即被水兵圍住，摩昂下令逮活的，眾水兵應命一擁而上，把辟塵扳翻在地，用鐵鈎子穿了鼻子，攢蹄捆倒。

那井木犴現了原身，趕上辟寒大王，猛撲上去將其按住，一口咬斷了他的頸項。那妖精遂一命嗚呼。

摩昂領蝦兵蟹將與井木犴向前追趕，只見角木蛟把辟暑大王倒趕回來，便攔住去路。辟暑見走投無路，只好跪地求饒。井木犴走上前去，一把揪住他的耳朵，抓着去見孫悟空。悟空讓人鋸下那頭死犀牛的兩隻角準備帶回，牛肉留給龍王等享用，然後和井、角、奎、斗四星牽着兩頭活犀牛回到金平府。

到了城裏，孫悟空、四星先和唐僧等見面，然後與八戒、沙僧一起把兩頭犀牛牽往府衙門。至此府官和百姓方知歷年偷吃香油的原來是這三個妖精。豬八戒發起狠來，掣出戒刀，將兩頭犀牛的頭砍了下來，又取鋸子鋸下四隻角。

孫悟空說：「共六隻犀牛角，四隻由四位星官帶回去進貢玉帝，回繳聖旨；一隻留在府堂鎮庫；一隻由我們帶往靈山，獻給佛祖。」

四星官大喜，即時拜別大聖，駕彩雲回天宮去了。

唐僧師徒在金平府逗留了數日，繼續上路西行。

天竺國玉兔為妖

第四十三章

　　唐僧師徒四眾，離了金平府，餐風宿水，一路平安。行了半個多月，這天來到了一座寺院——布金寺。因天色已晚，他們便到該寺投宿。

　　當晚，布金寺住持陪唐僧、孫悟空在寺院花園裏賞月。走近後門，忽聞得有女子啼哭之聲。唐僧慈善，聽了覺得心酸，不覺淚墮，問道："是何人在此處悲切？"

　　那住持說出了一段情由：一年前的今天，也是晚上，他正在臥房誦經，忽聞一陣風響，夾雜着悲怨之聲。住持出門，循聲尋去，只見花園裏有一個美麗端正的姑娘，正在啜泣。上前一問，姑娘自稱是天竺國國王的公主，在月下觀花時，被風刮來的。住持難辨真假，就把她鎖在一間空房子裏，每天給她兩頓粗茶淡飯，以度光陰。為防止有人欺負她，住持便假稱那姑娘是個妖邪，嚴禁寺內僧人與她接近。一年中，住持幾次進京城去打探公主之事，但聽到的消息都說公主在王宮裏生活得很好。他越發感到蹊蹺，便更把那姑娘看守得緊了。

住持最後說：「請師父明日到了京城，廣施法力，將此事辦個明白。一則救拔良善，二則昭顯神通。」

唐僧和孫悟空聽罷，切記在心。當晚安寢無話。

次日清早，唐僧師徒離開布金寺，行了半日路，就到了京城，並在會同館驛落了腳。唐僧向驛丞打聽：「今日貧僧要去倒換關文，未知國王是否上朝？」驛丞說：「今日公主在十字街頭高結彩樓，拋打繡球，撞天婚招駙馬。國王在等消息，所以還未退朝，此時正好去倒換關文。」唐僧囑八戒、沙僧留在館驛，自己帶了孫悟空去王宮。

卻說這天拋繡球撞天婚的公主，其實是個妖邪。她在一年前的那個夜晚，趁真公主在御花園賞玩之際，將其攝去，自己變做公主的模樣，竟騙過了國王、王后、宮女。這妖邪精於算計，算得唐僧今年、今月、今日、今時到此，便奏明國王要拋繡球選擇駙馬，想讓唐僧和她結婚。

這天午時三刻，唐僧、悟空去王宮路上經過十字街頭，行近彩樓下，那「公主」便拈香焚起，祝告天地。她身旁一個近侍捧著繡球。「公主」轉眼觀看，見唐僧來到樓下，就將繡球取過來，親手拋在唐僧頭上。繡球把唐僧的毗盧帽子打歪，唐僧忙伸手去扶，那繡球正好滾進他衣袖之內。

彩樓上齊聲發喊：「打著個和尚了！打著個和尚了！」那些宮

娥及大小太監，都來對唐僧下拜，說："貴人！貴人！請入朝堂賀喜！"

唐僧急了，低聲問孫悟空："怎麼辦？"

孫悟空說："師父盡可放心，你隨他們入朝見駕，我暫回館驛去等候。若那公主不招你便罷，倒換了關文就行；如一定要招你，你就對國王說'召我徒弟來，我要吩咐他們一聲。'那時我等三個

撞天婚　陳安民　畫

入朝，我找機會辨別真假，再作計議。此是'倚婚降怪'之計。"

唐僧這才放下心來，隨太監等入朝。孫悟空便回館驛等候消息。

那國王聽說繡球拋中了一個和尚，很覺意外，便問"公主"想法如何。"公主"說："父王，此乃天意，說明小女和此聖僧有前世之緣，小女願招他為駙馬。"國王尊重"公主"的選擇，降旨讓

320

通告天下。唐僧一聽，連忙推辭："貧僧是出家之人，怎敢與公主為偶！"國王大怒，説如果不做駙馬，就推出去殺頭。唐僧無奈，只好照孫悟空關照的，要求召徒弟來説幾句話。國王准予，即派人去宣召孫悟空等三人。

孫悟空、豬八戒、沙僧見了國王，説了幾句話。孫悟空因未見到"公主"，不能肯定就是妖邪，所以不便發作，就示意唐僧暫且答應國王：師徒四人一起住在御花園裏，待三天後成了親，再打發徒弟上路。

國王便讓下面加緊準備"公主"的婚事，同時熱情款待唐僧師徒。轉眼過了三天，議定的婚期到了。不料，那"公主"得知唐僧的大徒弟即當年大鬧天宮的孫悟空後，心存恐懼，她向國王奏道："這幾日聞得宮官傳説，唐聖僧有三個徒弟，生得十分醜惡，小女不敢見他們，恐怕見了嚇出病來。萬望父王將他們發放出城。"

國王説："孩兒不提，朕倒忘了。駙馬那三個徒弟果然生得有些醜惡。也罷，即刻給他們倒換關文，打發他們出城。"

國王當即宣召唐僧師徒。國王對孫悟空三個説："你們把關文拿上來，朕即用寶花押交付你們。你們早去靈山見佛，若取經回來，還有重謝。留駙馬在此，不必掛念。"

孫悟空稱謝，讓沙僧取出關文遞上。國王看了，即用了印，押了花字。辦妥後，孫悟空朝國王作揖辭別，轉身要走。慌得唐僧連忙扯住，咬響牙根道："你們都不顧我就去了！"

孫悟空用手捏着唐僧的手掌，丟個眼色道："你放心就是，我們取了經，會來看你的。"

唐僧這才鬆了手，看着三個徒弟離去。

孫悟空三人回到館驛，悟空讓八戒、沙僧暫待房中，不要出頭。他即變隻蜜蜂飛入朝中，落在唐僧的帽子上，悄悄地爬及耳邊，說：「師父，我來了。」

唐僧正愁眉不展，心內焦燥，一聽此話，頓覺心寬。這時，國王讓駙馬隨他進宮。唐僧便邁步前往後宮。只見裏面彩女成行，鼓樂喧天，異香撲鼻。那「公主」由王后、嬪妃陪同着，前來迎接。孫悟空在毗盧帽上，運神光，睜火眼金睛觀看，見「公主」頭頂上微露出一點妖氣，知道必是妖邪所變，遂大喝一聲，現了本相，趕上前，揪住「公主」罵道：「好孽畜！你在這裏弄假成真，享受榮華富貴，心尚不足，還要騙我師父！」

這一招，唬得那國王呆呆掙掙，后妃跌跌爬爬，宮娥東躲西藏。那妖精見勢不妙，掙脫了手，奔到御花園土地廟裏，取出一條碓嘴樣的短棍，急轉身來對付孫悟空。悟空即掣鐵棒劈面相迎。兩人吃吃喝喝，先在花園裏鬥，後又大顯神通，各駕雲霧，殺到空中。

妖精與悟空鬥了多時，不分勝負。孫悟空把棒丟起，叫一聲「變！」就以一變十，以十變百，以百變千，半空裏，恰似蛇游蟒攪，朝着妖精亂打。那妖精慌了手腳，將身子一閃，化道清風，即奔碧雲之上逃走。悟空念聲咒語，將鐵棒收做一根，縱祥光一直趕來。將近西天門，望見那旌旗閃灼，悟空厲聲高叫道：「把天門的，擋住妖精，不要放她走了！」護國天王聽見了，即率龐、劉、苟、畢四大元帥，各展兵器攔阻。

妖精見不能前進，急回頭，又和孫悟空惡鬥了十數個回合，見孫悟空棒勢緊密，料難取勝，於是虛晃一招，將身子化作金光萬道，直向正南方逃去。悟空隨後急追。妖精逃至一座大山，按金光，鑽入山洞，寂然不見。孫悟空恐怕妖精遁身去京城暗害唐僧，連忙駕雲返回。

王宮裏，那國王正扯着唐僧，戰戰兢兢地叫着：“聖僧救

空中鬥玉兔 陳安民 畫

我！"那王后、嬪妃也個個驚惶不已。這時，孫悟空從天而降，向師父和國王說了假公主之事。國王求悟空提供保護。悟空便讓國王派人速去館驛請來八戒、沙僧，囑咐他們保護師父、國王，自己再去找那妖精。

孫悟空縱筋斗雲來到正南方那座山上，尋找了一會，不見妖精蹤跡。他心中焦燥，捻着訣，念動真言，把那山中的土地、山神喚了出來。

二神來到悟空面前，叩頭道："不知大聖降臨，未來迎接。萬望恕罪！"

悟空說："我不打你們，只問你們：這山叫做什麼名字？此處有多少妖精？"

二神告道："大聖，此山喚做毛穎山。山中只有三處兔穴。自古至今，沒有妖精，是一個五環福地。"

悟空喝道："什麼五環福地！剛才就有個妖精被我趕到這裏，躲起來了！"

二神聽說，即引悟空去那三窟中尋找，尋到山頂上，發現一個洞，洞口有兩塊大石頭擋着。土地說："估計妖精躲在這裏面。"

孫悟空即以鐵棒撬開石頭。那妖精果然躲在裏面，"呼"的一聲，跳出來，舉短棍就打。孫悟空掄起鐵棒架住，唬得山神倒退，土地躲避。妖精知道不是悟空的對手，且戰且退，奔至空中。孫悟空緊追不捨，一心要把妖精置於死地。正在那千鈞一發之際，忽聽得有人叫道："大聖，棍下留情！"

孫悟空回頭一看，原來是太陰星君。太陰星君的後面還跟着姮娥仙子。悟空連忙收了鐵棒，躬身施禮："老太陰，哪裏來的？老孫有失回避了。”

太陰説：“剛才與你對敵的這個妖邪，是我廣寒宮搗仙藥的玉兔。她私自偷開玉關金鎖，出宮下凡。我算她眼下有傷命之災，故特來救她。”

悟空説：“怪道她的兵器是一個搗藥杵，原來是個玉兔！老太陰不知，她攝藏了天竺國王的公主，又假合真形，還想動我師父的腦筋，其情其罪，怎可輕饒？”

太陰説：“幸虧大聖留心，識破真假，未曾傷損你師。萬望看我面上，恕她之罪，讓我收她去吧。”

孫悟空笑道：“既是老太陰説情，老孫也不敢抗違。但只是你收了玉兔，我恐那國王不信——煩請太陰君同仙妹將玉兔領到那裏去，對國王明證明證。”

太陰星君點點頭，用手指定妖邪，喝道：“孽畜還不歸正！”

妖邪打個滾，現了原身。

當下，孫悟空引領太陰星君、姮娥仙子，帶着玉兔，前往天竺國。來到王宮上空，悟空呼叫國王等觀看太陰星君、姮娥仙子與玉兔，那國王急召王后、嬪妃與宮娥等朝太陰與姮娥禮拜。不一會兒，黃昏臨近，天色漸暗。太陰君便令姮娥仙子帶着玉兔，直上月宮而去。

次日，孫悟空引領國王、王后等去布金寺認回了真公主。

銅台府四僧蒙冤

第四十四章

　　唐僧師徒四個離了布金寺，繼續西行。半個月後，他們來到了一座城池，名喚銅台府。四人進入城門，打聽到城內寇員外家可以化齋，便向寇府走去。寇府門前有一座虎坐門樓，門裏邊影壁上掛着一塊大牌，刻寫着"萬僧不阻"四字。四人在門前停下，從裏面走出一個佣人，見孫悟空、豬八戒、沙僧醜陋，嚇得連忙去稟報寇員外。

　　那寇員外六十四歲，家境富裕，年青時開始信佛。四十歲那年，他在佛前許願：今生必須齋一萬個和尚，才算功德圓滿。二十四年下來，已經齋過九千九百九十六個和尚。昨晚寇員外做了一個夢，說今天將有四個和尚登門化齋。寇員外醒來，不知此夢能否應驗。早飯後，他拄着杖，在天井裏閑走，口裏不住地念佛，忽聽佣人說來了四個和尚，真是喜出望外，認為這是天意，讓他完足萬僧之數，故連忙出來迎接。

寇員外吩咐廚子辦了一桌素筵，熱情款待唐僧師徒。四人受用了一頓，起身對員外謝了齋，就欲告辭。寇員外攔住道：「老師，放心寬住幾日。只等我做過了圓滿道場，方敢送程。」

唐僧見員外心誠意懇，就住了下來。一直住了七天，員外才請了本地應佛僧二十四員，辦做圓滿道場。這道場又做了七天，方才結束，唐僧心裏惦着取經，又向寇員外辭謝。寇員外見挽留不住，只得説：「那等明天吃了送行酒再走吧！」

次日，寇員外置辦盛宴，宴上有百十名親朋陪同，並有鼓瑟弦歌助興。宴畢，吹鼓手、和尚、道士又列隊送唐僧師徒出城。寇員外自己一直把唐僧師徒送至城外十里長亭，在那裏又設簞食壺漿，與唐僧師徒一一擎杯把盞，相飲而別。

唐僧率三徒西行，走了四五十里地，天色將晚。見大路旁有一座破廟。四人便一起擁過去看，但見廊房俱倒，牆壁皆傾，雜草叢生，卻不見人影。他們正想抽身退出，不料天上黑雲蓋頂，大雨淋漓。沒法子，只好一齊縮在破房之下，躲避風雨。

卻説銅台府城內有伙歹徒，這天晚上聚在一起策劃去哪家財主處打劫些金銀。內中有一人出主意：「今日送那唐朝和尚的寇員外家，十分富厚。我們何不去劫他些金銀！」

眾賊都説好，便帶了短刀、悶棍、麻繩、火把，冒雨前往寇家。到了那裏，撞開大門，吶喊殺入，慌得寇家大小，男男女女，都躲了起來：寇員外閃在門後，寇妻躲在牀底下；員外的兩個兒子及佣人們都戰戰兢兢地四散逃走。眾賊把箱柜打開，把金銀寶貝、首飾衣裳等貴重細軟，一捲而空。寇員外見了心疼不已，走出來對眾賊人哀告道：「列位大王，留幾件衣物與我老漢送終吧！」

眾賊人哪容分說，飛起一腳把寇員外踢倒在地。可憐寇員外年老力衰，當場一命嗚呼。

眾賊人得了手，走出寇家，天亮時，他們來到一座山下，商議分贓之事，忽見唐僧師徒順路而來，以為隨身必帶財寶，便各持器

狹路相逢　潘裕鈺　畫

328

械，吶喊一聲，跑上大路，一字兒擺開，叫道：「和尚，快留下買路錢，饒你性命！若説半個‘不’字，一刀一個，決不留存！」

唐僧嚇得差點掉下馬來。孫悟空説：「師父莫怕，等老孫去問他一問。」

孫悟空走上前，叉手當胸道：「列位是幹什麼的？」一賊人喝道：「你額頭下沒長眼，不認得大王爺爺？快拿買路錢來！」

悟空輕蔑地説：「原來是一伙強盜！」另一賊徒大怒，叫道：「殺了！」

悟空彎腰，就地抓了一把塵土，往上一灑，念句咒語，使了個定身法。隨着一聲「住」，那伙賊人一個個咬着牙，睜着眼，撒着手，直挺挺地站定，開不得口，動不得身。

唐僧看得呆了。孫悟空説：「師父請下馬坐着。常言道：‘只有錯拿，沒有錯放。’二位師弟，你們把賊都扳倒，捆了，教他們供認罪狀。」

悟空説着，拔下些毫毛，吹口仙氣，變作繩索。八戒、沙僧一齊下手，把賊人扳翻捆住，念了解咒，將賊都弄醒了。一審，賊人供出了打劫寇員外之事。

唐僧聞言，吃了一驚：「寇員外十分好善，如何遭此災厄？我們擾他半月，感激厚恩，無以為報，不如將此財物送回他家，也是一件好事。」

悟空依言，即與八戒、沙僧去把那些贓物取來，收拾了，馱在馬上。孫悟空欲將這伙強盜一棍都打死，又恐唐僧怪他傷人性命，只得將身一抖，收上毫毛。那伙賊鬆了手腳，爬起來，一個個落草逃生而去。

唐僧師徒帶着贓物正往回走，忽見遠處一羣人拿刀舉槍而來。唐僧大驚：「徒弟，你看那些人手持兵器簇擁而來，是什麼意思？」

　　孫悟空説：「這些人好像是捕賊的官兵。」

　　正説着，那些官兵已經趕到，他們二話不説，撒開個圈子陣，把唐僧師徒一齊捆了，穿上杠子，兩個抬一個，回轉府城。

　　官兵為什麼要抓唐僧師徒呢？這裏面自有一段情由：賊人離開寇家後，寇員外的妻兒傭人見員外已死在地下，皆伏屍而哭。寇妻哭到四更時分，想想此事都是因為大肆張揚送唐僧師徒而引發的，便生妒害之心，她對兒子寇梁、寇棟説：「你老子今日也齋僧，明日也齋僧，卻齋着一伙送命的僧了！」

　　寇梁、寇棟問：「母親，怎麼是送命的僧？」

　　寇妻説：「賊來時，我躲在牀下，戰戰兢兢地留心向燈火處看得明白。賊共有四個：點火的是唐僧，持刀的是豬八戒，搬金銀的是沙和尚，打死你老子的是孫悟空。」

　　寇梁、寇棟信以為真：便依言寫了一張狀子，告到銅台府衙門。那刺史大人看了狀子，即點起捕快數十人，各執器械，出西門追趕唐僧四人。這會兒追到，就下手捕拿了。

　　捕快把四人抓到衙門，刺史立刻升堂審訊。唐僧堅不承認殺人搶劫，刺史大怒，下令：「拿腦箍來，把這禿賊的光頭箍他一箍，然後再打！」

　　孫悟空一聽，擔心箍壞了師父，就説：「大人且莫箍他。昨夜的事都是我做的，我是賊頭，要打就打我，與他們無關。」

　　刺史喝道：「先箍起這個來！」

衙役們一齊下手，把孫悟空的頭套上腦箍。可是，一連勒斷了幾個箍，孫悟空的頭皮皺也不曾皺一些兒。衙役們正要換上新索子再箍時，刺史的上司來了。刺史要去接待，就暫停審訊，讓衙役把四個犯人關進牢房。

唐僧等四個被關進牢房後，挨了一頓打，飯也不給吃，到下半夜才睡着。將近五更，孫悟空思忖：我得去想個法子，天明好擺脫這牢獄之苦。悟空搖身一變，變做個蜢蟲兒，飛出了牢房。他飛到寇家，只見那堂屋裏停着棺材，棺頭點着燈，擺列着香燭花果，一家人正在啼哭。

孫悟空停在棺材上，咳嗽了一聲，把滿屋人嚇了一跳。那寇妻膽大，問："老員外，你活了？"

悟空學着寇員外的聲音："我不曾活。我是閻王差鬼使押着來跟你們說話的，問你為什麼枉口誑舌，陷害無辜？"

寇妻叫道："我哪裏枉口誑舌，陷害無辜？"

悟空喝道："唐僧何曾點火，八戒何曾持刀，沙僧何曾搬金銀，悟空何曾打死我？閻王轉差鬼使押解我來家，叫你們趁早解放他們去；不然，我在家攪鬧一月，叫合門老幼並雞狗之類，一個也不得安生！"

寇妻嚇得魂不附體，說不出話來。寇梁、寇棟連忙磕頭哀告："爹爹請回，待天明我倆就去本府投遞解狀，願認招回。"

孫悟空這才離開寇家。他飛回銅台府衙門時經過地靈縣衙門，見縣官、縣尉等官兒都在堂上，於是就在半空中，又搖身一變，變作個大法身，從空中伸下一隻腳來，把個大堂塞滿，口中叫道："眾官聽着：吾乃玉帝差來的浪蕩遊神。說你這府監裏屈打了取經的佛子，驚動三界諸神不安，令我傳言，趁早放了他們；若有延遲，我一腳踢死你們這些糊塗昏官兒！」

眾官吏慌得一齊跪下，磕頭禮拜：「上聖請回。我們馬上去府衙門稟告刺史大人，即讓放人。千萬莫動腳，驚唬死下官。」

孫悟空才收了法身，仍變做個蠓蟲兒，飛回牢房睡覺。

這時，刺史在府衙門升堂。寇梁、寇棟即來跪投解狀。刺史見

借屍明冤　潘裕鈺　畫

了，發怒道："你昨日遞了失狀，就給你拿了賊，追了贓，怎麼今日又來遞解狀？"

寇梁、寇棟說："昨夜小的父親顯魂，告知說唐朝和尚並未劫財行兇，讓我倆來投解狀，求大人放了他們。"

刺史還未開腔，那地靈縣知縣等官，急急跑上堂，七嘴八舌道："老大人，不好了！不好了！剛才玉帝差浪蕩遊神下界，教你快放了錯抓的唐朝和尚，他們不是強盜。若稍作遲延，就要踢死我們。"

刺史一聽，大驚失色，連忙命令把唐僧四人從牢中放出來，並親自下堂迎接，說："昨天未弄清楚就把你們關了，抱歉！抱歉！"

唐僧合掌躬身，又將經過情況詳細陳述了一遍。眾官滿口應承，都說："是我們審錯了！聖僧莫怪，莫怪！"

唐僧說："我們都到寇家去，與他們對證對證，看究竟是何人見我做賊。"

眾官只得依從，大家一起去了寇家。只見那孝堂之中，一家人都在啼哭。孫悟空對那寇妻說："你這打誑語誣害人的老婆子，且莫哭！等老孫叫你老公來，看他說是哪個打死的！"

當下，孫悟空一路筋斗雲，直至幽冥地界，撞上森羅殿。十閻王迎接了，悟空一說來意。閻王說："那寇員外既是善士，我再延他陽壽一紀，讓他多活十二年。"

孫悟空返回寇家，讓打開棺材蓋，那員外果然活了。寇員外把當時情況說了一遍。刺史即命捕快去訪拿真兇。寇妻忙向唐僧師徒認錯賠罪。唐僧師徒這才重新辭別眾人，上路西行。

取真經五聖成正果

第四十五章

　　唐僧師徒四人離了銅台府，又往前走。漸漸地，所見景致與以前大不相同，到處是琪花、瑤草、古柏、蒼松。師徒們夜宿曉行，又行了六七日，忽見一座道觀，沖天百尺，聳漢凌空。唐僧慌忙跳下馬來，只見一個道士，斜立山門之前，朝他們招手。

　　孫悟空一看，叫道：「師父，這是靈山腳下玉真觀金頂大仙，他是來接我們的！」

　　唐僧進前施禮：「有勞大仙盛意，感激！感激！」

　　四人牽馬挑擔，進入觀裏。大仙即命小童看茶擺齋，又讓燒香湯讓他們沐浴。浴畢，天色已晚，四人就在玉真觀安歇。

次日，唐僧換了衣服，披上錦袈裟，戴了毗盧帽，手持錫杖，登堂拜辭大仙。大仙笑吟吟地攜着唐僧的手，從觀宇中堂穿出後門，指着靈山説：“那半天中有祥光五色，瑞靄千重的，就是靈鷲高峯，佛祖聖境。”

孫悟空引着師父、師弟，徐徐緩步，攀登靈山。來到靈山之巔，直至雷音寺山門之下。如來佛接到金剛報告後，十分歡喜，即召聚八菩薩、四金剛、五百阿羅、三千揭諦、十一大曜、十八伽藍，兩行排列，然後傳金旨，召唐僧四個進去。唐僧、悟空、八戒、沙僧循規蹈矩，牽馬挑擔，進入山門。他們到大雄寶殿殿前，對如來倒身下拜。拜罷，又向左右再拜。然後，復向佛祖長跪，將通關文牒奉上。

如來看了通關文牒，還給唐僧。唐僧啟口道：“弟子玄奘，奉東土大唐皇帝

遙指靈山　曠昌龍　畫

335

旨意，遙詣寶山，拜求真經，以濟眾生。望我佛祖垂恩，早賜回國。」如來開口曰：「你那東土，雖有孔氏立下仁義禮智之教，帝王相繼，治有流放絞斬之刑法，然不遵佛教，不向善緣，不敬三光，不重五穀，故時時有不忠不孝，不義不仁，瞞心昧己，殺身害命之罪孽發生，以至永墮幽冥，不得超生。我今有經三藏：《法》一藏，談天；《論》一藏，說地；《經》一藏，度鬼。可以超脫苦惱，解釋災愆。共計三十五部，一萬五千一百四十四卷。汝等遠道而來，理當多取些去。」說罷，叫道：「阿儺、伽葉，你兩個引他四眾，到珍樓之下，先款待齋食。齋罷，開了寶閣，將我那三藏經中，三十五部之內，各檢幾卷給他們，以流傳東土，永注洪恩。」

阿儺、伽葉二尊者領了佛旨，將唐僧四個領至樓下。只見那裏擺列着仙茶、仙果、仙餚並珍饈百味，與凡世不同。師徒們頂禮謝了佛恩，隨心享用。二尊者陪奉四眾餐畢，去寶閣，開門登看經卷。只見那裏有霞光瑞氣，籠罩千重；彩霧祥雲，遮漫萬道。經柜上、寶篋外，都貼了紅簽，上面寫着經卷名目。

阿儺、迦葉引唐僧看遍經名，對唐僧說：「聖僧從東土到此，有些什麼禮物送我們？快拿出來，好將經傳與你們。」

唐僧說：「弟子因來路迢遙，不曾備得。」

二尊者冷笑道：「空着手也想來取經？」

孫悟空見他們出口扭捏，不肯傳經，忍不住叫嚷道：「師父，我們去告訴如來，讓他自家來把經給老孫吧！」

阿儺說：「莫嚷！這是什麼地方，你還撒野放刁！好吧，你們一個個到這邊來接着經。」

八戒、沙僧耐着性子，勸住了悟空，轉身來接。他們將經一卷卷收在包裏，馱在馬上，又捆了兩擔，由八戒與沙僧挑着。四人離了寶閣，回到寶殿，去寶座前叩頭，謝了如來。又一一謝了殿堂兩旁的諸佛，然後出門下山。

卻說那寶閣上有一尊燃燈古佛，他在閣上，暗暗地聽着那傳經之事，心中甚明：阿儺、迦葉傳給唐僧他們的，乃是無字之經。他覺得有些不平，心想：「將這無字之經讓他們帶回，豈不枉費了唐僧這場跋涉？」便問：「座邊有誰在此？」只見白雄尊者閃出。古佛吩咐道：「你可作起神威，飛星趕上唐僧，把那無字之經奪了，教他再來求取有字真經。」

白雄尊者即駕狂風，滾離了雷音寺山門，急趕唐僧一行。唐僧師徒興沖沖正行間，忽聞香風滾滾，只道是佛地的異香清氣，並未在意。突然聽得一聲響，從半空中伸下一隻手來，將白馬馱的經，輕輕搶去，唬得唐僧捶胸叫喚，八戒滾地來追，沙僧護守着經擔。孫悟空大喝一聲，升上空中，駕雲就追。那白雄尊者，見悟空趕得兇猛，恐他棒頭上沒眼，一時間不分好歹，打傷身體，便把經包捽碎，拋落下來。悟空見經包破落，又被香風吹得飄零，就按下雲頭去撿經，不再追趕。那白雄尊者遂返回寶閣，向古佛銷差。

八戒與悟空把散落的經本收拾起來，背着來見唐僧。唐僧滿眼垂淚道：「徒弟啊，這個極樂世界，也還有兇魔欺害哩！」

沙僧接過抱着的散經，打開看時，見那一頁頁紙上原來雪白，並無半點字跡，慌忙遞給唐僧，說：「師父，這一卷沒字！」

孫悟空又打開一卷，一看，也沒字。

豬八戒打開一卷，也無字。

唐僧叫道：「都打開來看看！」

四人把經本都一一翻看過，每本都是白紙！

唐僧長歎一聲道：“我東土人真沒福氣啊！似這種無字的空本，取去何用？怎麼去見唐王！此乃欺君之罪，要殺頭的！”

孫悟空轉了轉眼珠子，已經知曉是怎麼回事，對唐僧說：“師父，不消說了。肯定是阿儺、迦葉因為我們沒有送他們禮物，所以把這白紙本子給了我們。我們快回去對如來說去。”

四人急急回山，不多時，到了山門之外。眾金剛也不阻擋，讓他們進去，直至大雄寶殿前。孫悟空嚷道：“如來，我師徒們歷盡了千般磨難，萬種辛苦，自東土拜到此處，蒙如來吩咐傳經，可是阿儺、迦葉因索財不成而故意給了些無字的本兒。我們拿這白紙本兒去有何用？”

如來說：“你且休嚷。他兩個索討禮物之事，我已知曉。阿儺、迦葉，快將有字的真經，每部中各檢幾卷給他們，把數字報來。”

阿儺、迦葉復領四人來到寶閣，但仍堅持向唐僧索要禮物。唐僧無禮可送，就讓沙僧取出紫金鉢盂，雙手奉上：“弟子真的因窮寒路遙，不曾準備禮物。這鉢盂是唐王親手所賜，讓弟子沿路化齋用的。今特奉上，聊表寸心。”

阿儺接在手裏，微微而笑。伽葉這才進閣檢經，遞給唐僧。唐僧說：“徒弟們，你們都仔細看看，別又同上次那樣。”

悟空三人接一卷，看一卷，都是有字的。一捆捆收拾齊整，馱在馬上；剩下的，還裝了一擔，由八戒挑着。沙僧仍挑原先的行李。悟空牽了馬，唐僧拿了錫杖，四人歡歡喜喜，重新回寶殿去見如來。

阿儺、迦葉向如來報告：“共向唐僧傳經五千零四十八卷。”

唐僧、悟空、八戒、沙僧拴了馬，歇了擔，一個個合掌躬身，朝上禮拜。如來喚來八大金剛，吩咐道：“你們快使神威，駕送聖

聊表寸心　戴敦邦　畫

339

僧回東，把真經傳留後，即引聖僧西回！"

八大金剛奉佛旨，即使神威，駕起香風，不一日便把唐僧師徒四眾送至長安上空。金剛停在空中叫道："聖僧，此間便是長安城了。我們不好下去，這裏人伶俐，恐泄漏吾相。孫大聖等三位也不消去，把經交給你們師父就是了。"

孫悟空說："尊者之言雖當，但吾師如何挑得這經擔？又如何牽得這馬？須得我等同去一送。煩你們在空中少候，決不誤事！"

金剛見他說得有理，也就應允了。當下，豬八戒挑着擔，沙僧牽着馬，孫悟空領着唐僧，往地面下降。

卻說唐太宗在貞觀十三年九月送唐僧出城西去取經後，至貞觀十六年即差工部官在西安關外專門建造了一座望經樓，準備接經。從望經樓建成起，唐太宗年年數次親至其地，恰好那一日出駕到望經樓上，忽見正西方滿天瑞靄，陣陣香風，料想是唐僧回來了，不禁大喜過望。

這時，唐僧四人都按下雲頭，落於望經樓邊。唐太宗同百

取經歸唐 陳安民 畫

官望見，一齊下樓相迎。唐僧見了，即倒身下拜。唐太宗攙起，問道：「御弟，與你一起回來的這三位是何人？」

唐僧回答：「是途中收的徒弟。」

唐太宗又問：「他們是外國人嗎？」

唐僧便把孫悟空等三人的來歷簡述了一遍，聽得唐太宗稱讚不已。

唐太宗下令：「侍官備御馬，扶御弟上馬，同朕回朝。」

唐僧謝了恩，騎上御馬。孫悟空掄金箍棒緊隨，八戒、沙僧扶馬挑擔，隨駕後入長安。全城百姓知道是取經人回來了，都湧上街頭一睹其風采。

唐僧隨御駕到朝門之外，下馬隨眾進朝。唐太宗登殿，唐僧向太宗奏稟了取經經過，繳驗了通關文牒，又將真經五千零四十八卷獻上。唐太宗大喜，命在東閣設素宴款待唐僧師徒。當晚，唐僧師徒宿於唐僧以前住過的洪福寺。

次日，唐太宗讓唐僧去雁塔寺演誦真經。唐僧捧幾卷經登台，正欲誦讀，忽聞得香風繚繞，半空中八大金剛現身高叫道：「誦經的，放下經卷，跟我等回西去也！」

唐僧師徒即連白馬一起平地而起，直升九霄，隨八大金剛騰空而去。慌得唐太宗與百官望空下拜。拜畢，太宗即選高僧，在雁塔寺中，修建水陸大會，看誦真經。後又命人謄錄經文，傳佈天下。

再說八大金剛駕香風，引着唐僧四眾，連馬五口，復轉靈山。此時靈山諸神，都在佛前聽講。八大金剛引他們進去，對如來道：「弟子前奉金旨，駕送聖僧等，已到唐國，將經交納，今特繳旨。」

如來大喜，遂喚唐僧等近前受職：唐僧為旃檀功德佛，孫悟空為鬥戰勝佛，豬八戒為淨壇使者，沙僧為金身羅漢。唐僧等四個，都趕緊叩頭謝恩。如來又命揭諦引白馬去靈山後崖化龍池邊，把馬推入池中。那馬打個轉身，即褪了毛皮，換了頭角，渾身長起金鱗，腮頷下生出銀鬚，一身瑞氣，四爪祥雲，飛出化龍池，回到如來座前。如來封他為八部天龍馬。小白龍也趕緊向如來叩頭謝恩，然後飛出殿堂，盤繞在山門裏擎天華表柱上。

孫悟空對唐僧說：「師父，此時我已成佛，和你一樣了，怎麼還戴金箍兒，你還念什麼緊箍咒勒我？快念個什麼咒將它鬆脫下來吧！」

五聖成正果 陳安民 畫

唐僧説："你已成佛，那箍自然就沒有了，不信你自己摸摸看。"

　　孫悟空一摸，那金箍果然已經消失了。

　　唐僧師徒，西天取經，行程十萬八千里，前後經歷了十四個寒暑，終於功德圓滿，不負使命，他們自身也因此得道而成正果。此時，在如來佛座前聽講的諸佛及各路神仙，紛紛前來向他們表示祝賀。賀畢，諸佛及八方神仙又邀他們各歸其位，共同聚集在佛祖如來座前，傾聽如來講經説法。

　　靈鷲峯上，金光萬道；極樂世界，祥雲繚繞……

編 寫：

魏肇權　東方明　全　枚　蕭　群　何　難

繪 畫：（按姓氏筆畫排列）

王宏喜　王家訓　王錫麒　朱延齡　池沙鴻　余文祥
吳山明　李子侯　杜覺民　沈　虎　周京新　孟慶江
郎承文　夏書玉　袁　輝　逢　俊　陳安民　陳谷長
傅伯星　程多多　程寶泓　賀友直　黃　昌　楊宏富
廖正華　趙宏本　趙志田　潘裕鈺　戴敦邦　韓　碩
曠昌龍